医療Gメン氷見亜佐子　ペイシェントの刻印

本城雅人

集英社文庫

医療Gメン氷見亜佐子　ペイシェントの刻印

主な登場人物

氷見《ひみ》亜佐子《あさこ》……厚生労働省　医政局医務指導室・医療監視員、元富国大外科医、医系技官

伴《ばん》奏《かなで》　……警視庁捜査一課・業務過失班担当、警部補

（『終わりの歌が聴こえる』に登場）

藤瀬《ふじせ》祐里《ゆり》……中央新聞　社会部・厚生労働省担当記者

（『ミッドナイト・ジャーナル』「二係捜査」シリーズに登場）

津舟《つぶね》桃子《ももこ》……厚生労働省　医政局医務指導室・医療監視専門官

清原《きよはら》裕司《ゆうじ》……厚生労働省　医政局長

高井《たかい》敦也《あつや》……東京フロンティア医大教授

飯森《いいもり》智大《ともひろ》……東京フロンティア医大先任准教授

斉藤《さいとう》七海《ななみ》……東京フロンティア医大手術室・看護師

錦《にしき》　織利恵《おりりえ》　……共生女子医大特別研究員、亜佐子の師

1

「これより肝癌《かんがん》の切除手術を行います。執刀医の飯森《いいもり》です」

飯森智大《ともひろ》が麻酔で眠る患者を前に名乗ると、第一助手、麻酔医、外回り医師、器械出し看護師、外回り看護師の順で、それぞれ自己紹介していく。

全員が手術帽、マスクを着用しているが、日々、何度も手術をしてきた仲間だ。顔も名前も覚えている。

それでもこうして自己紹介するのは、オペ室のリーダーでもある智大が、顔や声からスタッフの体調が万全であるかを確かめるという意味も含まれる。

最後に外回り看護師の斉藤七海《さいとうななみ》が名乗ると、智大はこの日の患者についての説明に入った。

これも事前のカンファレンスで分かっていることだが、万が一のための確認作業だ。

他の病院のことではあるが、患者の取り違いが起き、実際には悪くない臓器を切除したという事例もある。

「患者は中田秀夫《なかたひでお》さん、六十五歳、男性。A型、感染症はなし。手術時間はおよそ六時間と見ています。ではよろしくお願いします」

そう言うとすぐさま横に立つ器械出し看護師から電気メスが渡された。

智大は医師免許を取得して十五年目の三十九歳になる。医師としてはまだまだ中堅クラスだが、この東京フロンティア医大の消化器外科では、高井敦也《たかいあつや》教授に次ぐ二番目の先任准教授で、とくに肝胆膵《かんたんすい》（肝臓、胆道、膵臓）にかけての手術経験は豊富にある。

ステージⅢの肝癌だが、造影ＣＴ、腹部ＭＲＩ検査などでは他臓器への転移は見当たらず、根治は可能だと智大は見ている。

だが今日に限っては事情が違った。

この一週間に立て続けに大きな手術を行い、寝不足が続いている。

東京フロンティア医大ではこの半年で先輩の先任准教授がやめ、肝胆膵での大量の出血を伴うオペは、自分と高井がやらざるをえない状況に陥っている。

最近は高井が離院する機会が多く、ほとんど智大がこなしているが、病院が三カ月前の七月より国から特定機能病院の指定を受けたことで、高井からは今後、腕の立つ外科医をヘッドハンティングできると聞いている。

そうなれば自分の負担も減り、患者一人一人と向き合ってオペや術後管理ができる。

医局でナンバー2の地位を得た智大に、出世欲はない。

先輩医師が急に退職し、准教授から先任准教授への昇進を言い渡された時も、とくに喜びはなかった。

なにせ上には高井という絶対的な存在がいるのだ。自分に欲があったとしても、ここまでが精いっぱいだろう。むしろ高井がどこかから引っ張ってくる野心に溢《あふ》れた医師に、自分を追い越してほしいとすら思う。

そうなれば自分がこれまでやってきた特別な症例を論文にまとめられる。後進への知識の譲渡も医師の大事な任務だ。今の智大の職場環境では、毎晩遅くまでオペや術後管理に追われ、研究や論文作成に割く時間がない。

事前に印をつけておいた線通りに電気メスで切り終えると、智大の手で開腹する。反対側に立つ後輩の第一助手の手が伸びてきて、腹壁を牽引《けんいん》して開創器《かいそうき》で固定する。

智大は術野を確認した。

まずは最初の難関だ。ある程度歳《とし》のいった、とくに飲酒や働きすぎなどでγ《ガンマ》－GTPの数値が悪い患者は、癒着が激しく、肝臓に辿《たど》り着くまで時間がかかる。もたもたしていると、患者の心臓が耐えきれなくなる。

もとよりこの患者は入院中に心筋梗塞を発症し、オペが延期された。注意深く心電図を確認しているが、今のところ安定している。

丁寧に癒着を剝がしていくと、ようやく赤黒い肝臓が見えた。

腹水が多く、小さな血管からも出血が見られ、事前に調べた以上に増悪《ぞうあく》していた。

これは思いのほか、大変かもしれない。

智大は注意深く目を凝らす。眼鏡《めがね》の度数が合っていないかのように目がぼやけた。こんな状態ではまずいと、目頭に力を入れる。

どうにも今日の智大は、リズムに乗れていない。器械出し看護師から器具を受け取るタイミングからして悪いのだ。

出した器具を智大が受け取らないため、看護師は要求が違ったのかと引いてしまう。

智大は「ごめん、メッツェンくれる」と術野を向いたまま言い、先が細くなった剪刀《せんとう》（はさみ）を手にした。

気がつくと右膝が揺れていた。どうやら智大は不安を覚えると、膝が微《かす》かに揺れるらしい。それも左膝ではなく右膝だけ。モニターで見ていた高井教授に指摘されたことがある。

右足の揺れを意識して止めると、リズムまでも取り戻せた気がした。

最初の癌組織は切除した。いよいよこのオペの最大の難関である下大静脈《かだいじょうみゃく》近くにある腫瘍《しゅよう》の切除に入る。

下大静脈に腫瘍が近い場合、肝静脈の処理に気を遣わなくてはならない。

そこで、また目がぼやけた。

注意していたのに、気づいた時には腫瘍栓が千切れ、下大静脈に入ってしまった。

「あっ」

先に声を出したのは後輩の第一助手だった。

智大にも千切れた腫瘍栓が、下大静脈から右心室へ流れていくのは分かった。

まずい、これでは肺塞栓を起こし、心停止となる。

その時はすでに右心室まで流れてしまったのか、間に合わなかった。

「先生、心停止しています」

器械出し看護師が叫ぶ。

「CPR（心肺蘇生法《しんぱいそせいほう》）を」

智大が指示を出すと、第一助手が機器を使って心肺蘇生に取り掛かる。

このままでは術中死となる。

智大も必死に心臓マッサージをするが、患者の心臓が再び動き出すことはなかった。

2

発砲音が森の向こうで聞こえた。

「おっ、見つけたのかな」

高井敦也の隣で、きっちり七三に分けたロマンスグレーの髪にハンチング帽を被《かぶ》った男性が、肩に猟銃を担いだ姿勢で呟《つぶや》いた。

「どうでしょうか、向こうのチームは、大臣ほど腕がいいとは思えないですから、先に仕留めるのは考えられませんが」

同じように猟銃を担いだ敦也が答える。

大臣――男性は、現役の厚生労働大臣である宇佐美繁《うさみしげみ》である。ツイード地のチェック柄ジャケットは両肘に革パッチが当ててあり、ズボンは同じ生地で裾が細くなっている。まるで英国紳士の出で立《いた》ちだ。

「どの世界でもビギナーズラックがあるからね。一発で倒したのではないかな」

この地域を地盤にし、狩猟を趣味にする宇佐美は、大物大臣とは思えない丁寧な物腰で答えた。

「ですけど、大臣、ビギナーといえば、初めて猟に出る私ですよ。私の前に獲物が出てきてくれてもおかしくないでしょう」

狩猟など興味もなかった敦也が、装薬銃（ライフル銃および散弾銃）を扱える第一種銃猟免許を取得したのはつい最近のことだ。

免許を得るには、都道府県が実施する狩猟免許試験に申し込み、適性試験を受けることから始まる。

筆記試験は参考書を齧《かじ》った程度で合格した。銃に触れたのは、事前に行われる公安委員会の講習が初めてだったが、技能試験で求められる銃の分解から組み立て、射撃姿勢、標的までの目測検査まで、すべての科目をこなし、一発で合格した。

指先を器用に使って銃を扱うことといい、姿勢の大切さといい、さらには目標までの距離を瞬時に正確に測ることといい、射撃に必要な要素は、繊細かつ大胆さが求められる外科医のそれとよく似ていた。ただ多忙な敦也には、免許を得るまでの過程が億劫《おっくう》で、宇佐美と知り合わなければ一生縁がなかっただろう。

かつての宇佐美の会合といえば、ゴルフだった。宇佐美が入閣した直後に、房総《ぼうそう》半島で強い地震が発生して怪我人《けがにん》が出た。

当時の防災担当大臣はゴルフをしていて、すぐに戻って来ず、国会で厳しく追及されたうえ辞任した。表面化していないが、実は宇佐美も敦也らとともに御殿場《ごてんば》でプレーしていた。

御殿場では小さな揺れしか感じなかったため、他のメンバーはプレーを続行しようとした。敦也はティーショットを打とうと構えた宇佐美が、口をすぼめたのが見えた。

凜々《りり》しいマスクの宇佐美が、タコみたいに上唇をめくるのだから、明らかに違和感を覚える。その唇の形をした時の宇佐美は悩んでいる時だと、敦也は以前から知っていた。

敦也はスマホが通じる場所を探してニュースを確認した。ティーショットを打ち終えた宇佐美に震度6という情報を伝えた。

——大臣、今すぐ戻りましょう。

ただちに東京に戻ったことで、宇佐美が批判に晒《さら》されることはなかった。

——高井先生が気を利かせてくれたおかげで私も大臣をやめずに済みましたよ。

——いいえ、私が言わなくても大臣は嫌な予感をされていたんじゃないですか。

——どうして、そう思ったんですか。

そこで敦也は失礼とは思いつつ、宇佐美の表情の癖を話した。

宇佐美は怒るどころか「よく分かったね。これまで女房にしか指摘されたことがないのに」と褒めてくれた。

防災担当大臣のゴルフが批判されたことで、それ以後、「宇佐美会」での娯楽が、宇佐美の趣味でもあった狩猟に代わった。大学でライフル射撃部だった宇佐美は、二百三十キロもある獰猛《どうもう》なイノシシを撃ち殺したこともあるらしい。

「静かですけど、向こうの組はどうしたんですかね」

敦也は山の奥を見上げながら尋ねる。現場では弾を抜いての移動が基本だが、個人的な狩りとあって、弾は装塡している。

「大声出して訊《き》いてみたらどうです。この静けさなら声も届きますよ」

「大きな声を出したら人を察して、我々の獲物も逃げてしまうのではないですか」

「この猟区をねじろにしている猪《しし》は人の声くらいじゃ微動だにしませんよ」

経験の浅い二人が発見したところで仕留められるわけがないと思っているのだろう。

いい歳をして大声を出すとは恥ずかしいが、ここは言うことを聞いておいた方がいいと、従うことにした。

「清原《きよはら》さ〜ん、伊藤《いとう》さ〜ん、仕留めましたか〜」

深い森に吸い込まれるように声が木霊《こだま》した。

「見つけましたが、逃げられました〜」

製薬会社の社員である伊藤の声がすると、隣で宇佐美が愉快そうに笑った。

「見つけただけでも立派ですよ、そう言ってあげてみては」

「大臣、ご勘弁を。伊藤さんならまだしも、撃ち損ねたのが清原さんなら、私の立場がなくなってしまいます」

「そうですね。私も仕事がしづらくなります。あなたのアドバイスはいつも的確です」

「大臣にそう言っていただけると、光栄です」

まだ地震の時の進言を覚えてくれているようだ。

敦也としては宇佐美の知遇を得ることは意味深く、そのためにこうして宇佐美の趣味に付き合っているようなものである。

敦也が消化器外科の教授として勤務する東京フロンティア医大の附属病院は、今年七月、厚生労働大臣の宇佐美によって特定機能病院の指定を得た。

創立して十年余というキャリアの浅い東京フロンティア医大附属病院が、全国でも限られた特定機能病院になれたのは、宇佐美が敦也を高く評価してくれているからだ。

その後は再び深閑とした森に戻った。

いたるところに赤や黄色の樹木が午前中の陽《ひ》に当たって輝いていたが、敦也に景色を楽しむ余裕はなかった。

獲物らしきものが現れないどころか、物音もしなければ、足跡を見つけることもできない。

敦也より三歳上、六十歳の宇佐美は、勾配のある山道をすいすい登っていくのだ。こちらは息切れしかかっているのに。

頭上には抜けるような青空が広がっていた。朝は肌寒さが残っていたが、陽が昇っていくにつれ、十月半ばとは思えないポカポカした陽気に汗が滲《にじ》み出てくる。敦也は立ち止まって、水筒の水を飲んだ。その間に宇佐美との差は開いた。党のホープと呼ばれる宇佐美は、いつもエネルギッシュだ。敦也は駆け足で追いつこうとした。

「高井先生、そろそろ限界ですか」

止まって待ってくれていた宇佐美から気遣われる。

「大丈夫です。でも大臣と一緒に狩りを楽しむには、まだまだハードワークが必要です」

ハードワーク――いつも部下に言い続けている言葉だ。ハードワークがテクニックを生み、テクニックがステータスを作る、と。いくらハードワークが大切でも、こんな山道を歩かされるのは勘弁だが。

「さすがに今日は厳しいかもしれませんね。引き揚げて朝飯を食べましょうか」

「はい、そうしていただけると」

山を下りかけた宇佐美の体がそこで止まった。

耳を澄ますかのように、ハンチング帽の下で目の動きが止まる。

視線が左に動いた。

「高井先生、あっちだ」

左頭上を指したので、敦也は慌てて肩にかけていた銃の安全装置を外して、構えに入った。

確かにガサガサと音が聞こえた。

だが木で覆われた傾斜地から、足を滑らせるように下ってきたのは、清原裕司《ゆうじ》と伊藤勇人《はやと》の二人だった。

午前十時には山を下り、この山の所有者である猟友会の会長が経営する温泉旅館で遅めの朝食を取った。

「あやうく高井先生に撃ち殺されるかと思いましたよ」

炊き立てのご飯を頬張りながら製薬会社の伊藤が顔をしかめる。

「でもさすが高井先生ですね。最初のハンティングだというのに、あんな冗談ができるのですから」

銃を向けられた時は「ウワッ」と声をだした伊藤は、そう言って敦也を持ち上げた。

「いや、冗談なんかじゃないよ、伊藤さん、私は初めての狩猟で熱くなってたから、本当に獲物だと勘違いしていたんだよ」

宇佐美の指示だったことは隠した。こう言った方が場は盛り上がる。

「やめてくださいよ。またゾッとしてくるじゃないですか」

「だけど私の腕では弾は明後日《あさって》の方向に飛んでいくだろうけど」

的外れの方向に飛んでいったのは間違いないだろうが、引鉄《ひきがね》を引いていた可能性があるのも嘘《うそ》ではない。

敦也の脳内には宇佐美の指示に従えとインプットされている。

そうやって人は自分の気づかぬまま、癖や習性が身に沁《し》みついていくのだ。

宇佐美は冗談で言ったのだろうが、敦也は自分の癖を止められるほど冷静ではなかった。

宇佐美は敦也と伊藤の会話に笑みを浮かべて、鮭《さけ》の味噌汁《みそしる》を啜《すす》った。

その横に座る官僚の清原は白い歯一つ見せなかった。高校の後輩でもある敦也に銃口を向けられたのが気に入らないのだろう。

それでも宇佐美がいつも以上に寡黙な清原に気を配って話しかけると、清原も何度かノーフレームの眼鏡を弄《いじ》りながらも、笑顔を作って答えていた。清原は宇佐美がご飯の最後はお茶漬けにするのを誰より先に気づき、主人にお茶の用意を頼む。

こうした抜け目のないところが、官僚である。それでいて心の内をまったく見せない。国会でやり玉に挙がったこともあるが、清原は首尾一貫、話の噛《か》み合わない回答を続け、責任の所在を明らかにしないまま質問を終わらせた。

ポケットの中でスマホが震えていた。

指を突っ込んで、こっそりと覗《のぞ》き見する。病院の松川《まつかわ》という准教授の一人からだった。いつもなら無視するが、気になって「電話に出てもよろしいですか」と宇佐美に許可をもらう。

「どうぞ出てください」

言われたので、敦也は部屋を出た。

すでに十回以上は鳴っているのに、まだ呼び出し音は続いている。

「なんだね、松川先生」

消化器外科の順位では、教授である敦也から数えて三番手である松川准教授に向かって、辟易《へきえき》しながら応答する。

出張中は電話をするな、急ぐ用事があってもショートメッセージで伝えるよう指導しているのに、この男は忘却している。

〈大変です。術中死が起きてしまいました。肝癌切除の中田さんですが、心停止が確認されました〉

早口でまくし立てる。

またか。

うちの病院はどうして使えないヤツしかいないんだ。敦也は呆《あき》れ返った。

術中死はどうしようもないが、そうなったらそうで、医師が対応すればいいだけの話ではないか。

「どうして飯森先生が連絡してこないのかね」

執刀医は飯森智大という先任准教授、敦也に次ぐ二番手に抜擢《ばってき》している男である。

〈飯森先生は懸命にＣＰＲをされましたが、亡くなられた後、ふらふらになってしまい、今は医局で点滴を受けています〉

「医師がそんなことでどうするんだ」

思わず声を張り上げそうになったが、どうにか堪《こら》えた。こんなところで激怒していたら、宇佐美たちに知れ渡ってしまう。

「ペイシェントの家族への説明は」

〈患者さんのご家族への説明は看護師の斉藤さんが亡くなったことだけを告げ、あとで医師が報告すると伝えています〉

斉藤とは外回りの看護師である。こうしたケースでいきなり医師が出向くのはよくない。動揺してうまく説明ができず、明かしてはいけないことまで口にする。裁判になればその言葉のすべてが不利な証拠となる。

〈なぜ事故に至ったかの説明ですが……〉

松川からの説明を面倒くさいと思いながらもひと通り聞いた。敦也なら避けられるケースだった。飯森もこれくらいのオペはできて当たり前だと思っていた。いったいあいつはなにをやっているんだ。せっかく目をかけてやったのに。

「もういいよ、松川先生」

松川はまだ説明を続けようとしていたが、これ以上聞いていられなかった。

「今すぐ、休んでいる飯森先生のもとへ行き、家族に説明するように言いなさい」

〈ですけど、飯森先生はまともに歩けないほど憔悴《しょうすい》されていて〉

「馬鹿者、そんな甘いことを言ってどうする。執刀医が説明しないで誰が納得するんだ」

〈そうですけど〉

そこで患者に心臓疾患の病歴があったことを思い出した。心筋梗塞を発症したため、肝癌除去のオペが一カ月延びたのだ。今回のオペにも再発の可能性があると説明し、同意書にサインさせている。

「ただし、こう伝えろ。開腹したが癌の増悪が思いのほかひどかった。細心の注意を払って切離《せつり》したが、その際に心筋梗塞が再発症したと」

〈心筋梗塞ではなく、腫瘍栓が直接の原因ですが〉

松川は納得していなかったが、「いいんだよ。どのみちCPA（心停止）したんだから」と会話を遮る。

一度心筋梗塞を起こしている人の再梗塞の頻度はけっして低くはない。なにも自分はありえないことを言っているわけではない。

〈承知しました。飯森先生にそう説明するように伝えます〉

松川が答えると同時に電話を切った。

あのまま電話を続けていたら、松川は「先生、すぐに病院に戻っていただけますか」と訊いてきただろう。

敦也に今ここで戻る気はなかった。そんなことをすれば、宇佐美や清原に事故を起こしたと怪しまれる。

「あわてているように聞こえたけど、病院でなにかあったのですか」

お茶漬けを掻《か》き込んでいた宇佐美に尋ねられた。

「いいえ、事務方から搬入機器の手違いがあったので、叱り飛ばしたんですよ。無駄なものを仕入れていれば、病院経営などたちまち立ち行かなくなってしまいますから」

敦也は息をするように嘘をついた。

3

霞《かすみ》が関《せき》にある厚生労働省庁舎、二十階の廊下にヒールの音が響く。

医政局・医務指導室に入ると、始業時間が迫っているのに、まだ三分の一ほどしか出勤していなかった。

自席に座った氷見亜佐子《ひみあさこ》は、思い切り体を伸ばした。

百六十五センチある亜佐子は手足も長い。

尻を椅子からずらして、長い両手をバンザイするように伸ばしたものだから、後ろの席の若い男性職員の頭に手が当たり、彼はびっくりしていた。

「あら、当たっちゃった、ごめんなさいね」

首を曲げて謝る。

「いえ、いつものことなので」

彼は苦笑いを浮かべていた。昨日も一昨日も、伸びをしたら手が当たったのだった。そうなると警戒していない彼の方が悪い。

室長席で、気難しい顔をして座る山口《やまぐち》は、亜佐子になにか言いたそうだった。

「あっ、すみません、室長。昔から退屈だとつい出ちゃうんですよね」

本当は退屈だから伸びをするわけではない。

オペがあってもリラックスして迎えるため、亜佐子が師匠として慕っていた医師から、一日の始まりのルーティンとして継承したのだった。

これでもこの医務指導室に配属されて十日間のうち、三日前までは礼儀正しく過ごした。我慢できなくなったのはやはり、仕事が思っていたのとは正反対なほど退屈だったからだ。

普通は異動してきたばかりの新参者が退屈などと言ったら、怒られそうだが、山口室長からはなにも言われなかった。

始業時間に向けて、駆けこむように残りの職員がやってきて、十三席ある席がすべて埋まった。

ここにいる職員は「医療監視員」と呼ばれ、国家公務員試験に受かった者、ある意味「官僚」「キャリア」と同等である。医療監視員は厚生労働省だけでなく、保健所にもいる。

　この中の山口を含めた半分が事務官。残り半分は医師免許を持つ「医系技官」である。亜佐子のように大学病院で臨床医を経験した者もいれば、初期研修のみを経験して、入省した者もいる。

　医師免許を持っている者同士の方が専門的な話がしやすいだろうと、医系技官は同じシマに机を並べている。

　職務対象は病院や医療機関、職務内容は「すべて国民は、健康で文化的な最低限度の生活を営む権利を有する」という憲法二十五条、または医療法二十五条に基づく立ち入り検査で、医療監視すること。

　三十七歳の亜佐子は去年、富国《ふこく》大医学部附属病院の臨床医から医系技官に転職、医薬局に勤務していたが、たった一年で、希望していたこの医政局・医務指導室に移った。

　内示が出る前、山口室長に呼ばれて面談した。

　――あなたは、うちへの異動を希望されているようですけど、それはどうしてですか。

　――臨床で感じた疑問を解決したくて、私は医師から転職しました。医療現場を立て直したいと思っています。

　亜佐子は当然とばかりに答えた。山口があえてそんな質問をしてきたのは、亜佐子が政策面をやりたいと訴えて入省したことにも関係している。

入省した際には医薬局長から、「あなたは臨床医だったのですから、まずはここで二、三年、厚労省全体の仕事を学んでください。その後、あなたに適した医療政策関係の部署に動いてもらいます」と言われた。

政策立案も魅力的だ。それ以前に、腐敗した医療現場を少しでも立て直したいという思いの方が強くなった亜佐子は、山口の前でもその意志を曲げなかった。

――医務指導室の仕事は、なかなか目に見えて成果が出にくいですよ。なにもあなたのような元医師が、医師を裁く仕事をされなくてもいいと思いますけど。

正直、あまり気合の入った人材は、来てほしくないのだろう。成果が出にくいと言えば、心変わりして希望を取り下げる、山口はそう望んでいたようだが、亜佐子の決心は揺るがなかった。

――出にくいからこそ成果を出すのが仕事ではないでしょうか。それに私は医師免許を持っていたから医系技官として採用されたのです。元臨床医だからこそ、法令に則《のっと》って管理、運営されていない病院や医師に、指導できます。

きっぱりと言うと、この女の決意は固いと山口は諦めたようで、そこで面談は打ち切られた。

内示前からして敵を作ってしまったが、どこに行こうが、遅かれ早かれそうなるのが亜佐子のパターンである。

周りからどう見られるかは気にしない。そうでなければ自分のやりたいことなどできない。

もっとも山口室長の説明には、医師が医師を裁くという言葉からして語弊があった。厚労省の地方組織である地方厚生局には「マトリ」と呼ばれる麻薬取締官がいて、警察と同じような逮捕権が与えられている。

しかしどんなに法に触れる事案を見つけたとしても、医務指導室の医療監視員には逮捕権もなければ捜査権もない。

医療監視員にできることと言えば、立ち入り検査をして不正や誤った医療行為を見抜くことくらい。よほど非常識な行為でもない限り、出るのは軽い処分のみだ。

無事辞令は出たが、どうにもこの部屋からは、亜佐子が望む「日本の医療を正したい」という正義は伝わってこない。

室長の山口はとくに弱腰で、聞いた話によると、医療監視員の一人が、明らかな医療過誤を見つけた時でさえ、「警察が動き出してからでもいいのではないか」と動かなかったらしい。上がそんなだから、事務官たちは余計なことはせず、なにごともなく過ごして次の異動を待っている。

九時五十分になったところで、亜佐子は痺《しび》れを切らして、「室長、もう先に会議やりませんか」と切り出した。

十時から今後の重点立ち入り検査を決定する会議を行うことになっている。

これが病院なら、会議が十時開始予定でも九時四十五分にはスタッフが全員集合して、カンファレンスはスタートする。ここではみんなのんびりしていて、忙しさに追われているわけでもないのに、すべてが時間通りに始まる。

「一応、十時と発表してるから」

予想した通りの山口の返答だった。

「発表たって、みんな部屋にいるわけだし、今ここで室長が『全員揃《そろ》ったから会議はじめましょう』と言えば済むことではないですか」

そう言ったが、山口は急に資料を出し読み始めた。

「郷《ごう》に入《い》れば郷に従えよ」

隣の席の津舟桃子《つぶねももこ》という女性が口出ししてきた。一つ年上の彼女は、医療監視員の中では「専門官」の名称がつく、この部署に二人いるエースの一人である。

「すみません、津舟さん、私、昔から自分が話したいことがあると、頭の中でどうやって説明しようか考えてしまうんです。だから早くやってほしくて」

「イラチは損するよ」

そう諫《いさ》められた。

「おっしゃる通りですね。自分の意見が通るように予行演習しておきます」

正面を向くと、一つ向こうの席に座る眼鏡をかけた男が、睨《にら》みを利かせてきた。

「氷見さんが出された大見会《おおみかい》病院は、おっしゃるように診療報酬点数が高く、過度な医療行為の可能性は否めません。ですがこれまで保健所による医療監視では問題なしという結果を受けています。診療報酬点数の不正請求の問題でしたらうちの管轄外ですし、なにもこの少ない部隊の我々が乗り出す必要はないと思います」

発言していたのは、会議前に亜佐子を睨みつけてきた古舘《ふるだて》という専門官だった。彼が津舟と並ぶ、医務指導室のもう一人のエースである。

「私はなにも不正請求を問題視しているのではありません」

亜佐子は負けじと言い返す。不正請求を追及するのは保険局の医療指導監査室であり、そこにも亜佐子たちのような臨床医出身の医系技官、さらには薬剤師や歯科医、看護師資格を持つ医系技官（看護師は看護系技官）が所属している。

お門違いであることは、入省して一年の亜佐子でも知っている。保険局の調査では診療報酬点数の不正請求だけで終わってしまう。

「診療報酬点数の多さに目を付けたのは、あくまできっかけに過ぎません。私はまだこの部署に来て日は浅いですが、過去の立ち入り検査の資料を調べますと、不正が発覚している医療機関は総じて診療報酬点数が正常でないことに気づきました。もちろん、きちんと診療している病院もありますが、中には診療報酬点数と医療従事者の数とのバランスが悪いものも見受けられました。そうした病院は事故が起きやすい、大きな事故が起きる前に立ち入り検査して、病院の責任者を指導すべきです」

「バランスが悪いとどんな事故が起きやすいのですか」

「あらゆる事故です」

「その事故の類《たぐ》いを訊いているのです」

古舘はわざとらしく首を傾けた。分かっていて、問い質《ただ》しているのだ。事故と言ったら事故、患者が亡くなる、もしくは取り返しのつかない事態まで悪化すること以外にない。

「ですから適正ではない治療、あるいは不備によって、患者が受ける被害です。だいたいそれを調べるのが我々の仕事ではないんですか」

まともに答えるのが馬鹿らしくなり、言い方がきつくなった。

「いくら、一年前まで現役の外科医さんであっても、氷見先生の勘だけで我々が動くにはデメリットが大きすぎます」

「勘だなんて……」

ますます業腹《ごうはら》である。

「立ち入り検査して、なにも出なかった時、それこそ医師会を通じて、大抗議を受けますよ」

古舘は強気に言い放った。

「いきなり立ち入り検査しようなんて言っていません。まずは個別指導して……」

亜佐子が話している最中だというのに、古舘は「それより室長、私が提案した東伏《ひがしふし》見《み》病院を調べましょう。カルテが保存されていないことを証明するだけの証言をこれだけ揃えたのですから」と山口室長に振った。

「そうだな。古舘さんの言うようにまずは東伏見病院からにしましょう。氷見さんの病院はもう少し具体的な事例が分かってからでいいでしょう」

山口は亜佐子の顔を見ることなく、結論を出した。

古舘が見つけた病院が法律で五年間の保存が決められているカルテを消去したのは重大違反である。

だが立ち入り検査したところで、病院側は電子カルテの操作を誤って消したなどと言い訳し、事務員に処分を出して済ませる。カルテの管理ミスが、直接、人命に関わる可能性は極めて低い。

結局こういうことなのだ。医療監視員と名前だけは立派だが、病院の根本的な問題には目を瞑《つむ》り、うっかりミスで済むような事案にだけ手をつけ、仕事をしている振りをする。こんなことをするために、亜佐子は臨床医をやめたのではない。

「でしたら、こうしませんか。私が出した大見会病院と、古舘さんの東伏見病院と二手に分かれて調べるというのは」

亜佐子の意見は山口にあっさり却下される。

「そこまで人数を当てられませんよ。うちには他にもやらなくてはならない仕事が数多くあるのですから」

少ない人数で病院に乗り込み、カルテや過去数年にわたるその他資料を提出させ、診療報酬点数から医療行為まですべて照合するのは相当に骨が折れる。

まだ所属して十日だが、残業が当たり前だった医薬局とは違って、この医務指導室は定時でほぼ全員が帰宅する。気合を入れて、深夜まで数日頑張れば、今まで一件しか調査できなかった事案を二つ調べられるのではないか。

亜佐子はそれ以上、言うのをやめた。

古舘が嫌らしく笑ったこともあるが、他の職員が、亜佐子が二手に分かれてと言った途端、眉をひそめたからだ。

すべて職員は、国民全体の奉仕者として、公共の利益のために勤務し、且つ、職務の遂行に当たっては、全力を挙げてこれに専念しなければならない——公務員法第九十六条にはそう明記されているとはいえ、今の時代、残業を強要することは望ましいことではない。

この二日間、仕事を自宅に持ち帰り、睡眠時間を削ってまで大見会病院に関するレジュメを作った。

これはいけると勇んで会議に乗り込んだが、結局は亜佐子の完全敗北に終わった。


昼食は地下のケンコー食堂に入る。

厚労省には二十六階に中華料理店、一階に喫茶店が入っているが、この大衆食堂風のラーメンが亜佐子のお気に入りだ。

食券を買うと、女性店員にカウンターの一番奥の席に案内される。カウンターの真ん中あたりで専門官の津舟桃子がスープを啜っていた。

長い髪をポニーテールのように結び、うなじを露《あら》わにしている。性格は男勝りだが、首は細くて案外、艶《つや》っぽい。

「あら、氷見さん」

気づかれなければ声をかける気もなかったが、津舟から言われたので「お疲れさまです」と頭を下げて、空いていた隣に座った。

十日間、室内の人間関係を見てきたが、同じエース格でも男性の古舘が慕われているのに対し、津舟は孤独である。

一年いた医薬局は半分弱が女性だった。対してこの医務指導室は、女性は亜佐子と津舟の二人しかいない。ただ彼女が孤独なのはなにも男女比だけが理由ではなさそうだ。

「そんな高いヒール履いて、ラーメン食べにくる人、初めてみたわ」

津舟は首を曲げて亜佐子の足元を覗いた。

彼女からは異動初日も「そんな派手な服を着て、どこぞのモデルさんがやってきたのかと思ったわよ」と先制パンチを浴びた。やっぱり嫌味なヤツ。艶っぽいと思ったのを取り消したい。

「ラーメン出てきたらスマホ見るのは禁止というのはよく聞きますけど、ここはヒール禁止なんですか？」

黙っているのも癪《しゃく》なので亜佐子も言い返す。

富国大医学部附属病院に勤務していた亜佐子だが、出身大学は共生《きょうせい》女子医大である。一方、津舟は私立の名門である慶和《けいわ》大卒で、慶和病院で医師をやっていたくらいだから、亜佐子よりはるかに高いキャリアを持つ。

だがどうした理由か定かではないが、彼女は臨床医をやめて、医系技官になった。医師資格を持つ人間が、医系技官になるのはそれほど多くはない。

それは私立だと二千五百万円から五千万円する医大の学費に対して、官僚の給与では見合わないからだ。

一応、医系技官には国立の医大、病院勤務者と同じ給与が保証されている。

だが勤務医のように残業、当直がないため、手当の分で相当な差がつく。

亜佐子はほとんどやらなかったが、病院では多くの勤務医が、休日は他の病院でアルバイトをして収入を増やす。医系技官の給料は一般的な勤務医の半分に満たない。

それくらい待遇に違いがあるのだから、医系技官に転身した人は、医師として人の死に直面することに耐えられなくなったとか、親の介護や子育てで当直のある臨床医ができなくなったとか、なにかしらの理由がある。

「あたしも昔はあなたみたいなヒール履いてたのよ。でも小さい子供って、どこで飛び出すか分からないでしょ？　ヒールなんて危なっかしくて」

津舟の会話から初めて子供が出た。医系技官になったのは育児が関係していそうだ。

「津舟さんのお子さんっておいくつですか」

とくに興味もないが訊いてみる。

「小学五年生と四年生の年子の男の子。平日は塾、土日はサッカーと忙しくてね」
四、五年生なら小さくないだろうよ。亜佐子は心の中で毒づく。
「津舟さんのお子さんだからきっと名門中学に入られるんでしょうね」

「名門どころか、普通の私立にも引っ掛かりそうにないから、お尻叩《たた》いてんのよ。あなたみたいにのんびり欠伸《あくび》もできないわ」

嫌味パンチの二発目が飛んでくる。

「津舟さんはいつも始業ギリギリに来るのによくご存知ですね」

「だって有名だもの。勝浦《かつうら》くんが三日連続、氷見さんにグーパンチされたって。頭がズキズキするって言うから、あたし、脳ドックの受診を勧めたのよ」

グーパンチではない。ただ伸びをした手が頭に触れただけだ。あの男、大袈裟《おおげさ》に触れ回りやがって。

「それにあれは欠伸ではなく、蹴伸びなんですよ。年取ると前屈《まえかが》みになるって言うじゃないですか。津舟さんも気を付けた方がいいですよ。年寄りは自然と俯《うつむ》いて歩くようになるから。あっ、津舟さんは私と一歳しか違わないんでしたね」

亜佐子としては一発返したつもりだったが、タフな津舟にはノーダメージだった。

「大丈夫よ。主人が子供を見てくれてる時間はジムに通って、パーソナルトレーナー付けて鍛えてるから」

確かに津舟の体を見ると、よくシェイプアップされている。

そこに注文したチャーシュー麺がやってきた。

髪留めを持ってくるのを忘れた亜佐子は、肩まである髪を耳にかけてから、箸を割った。

「新品のあるから、貸そうか」

津舟はポーチからヘアゴムを出す。

「ありがとうございます。でも平気です。慣れてるので」

顔も向けずに、レンゲでスープをすくう。

「残念だったわね。せっかく氷見さんが調べた病院の調査が流れて……あたしもあなたのレジュメを見た時は、この病院、なにか怪しいと臭ったけど」

ちょうど食べ終えてレンゲを置いた津舟が、亜佐子が敗北した会議内容を蒸し返してくる。食べ終わったのならとっとといなくなれ。

「それでしたら津舟さんに助けてほしかったですよ。私、待ってたんですよ、津舟さんがいつ口添えしてくれるのか」

津舟が援護してくれるなどと考えてもいなかったが、一応、口にしておく。

「それを期待していたのなら、事前にあたしに相談してくれなきゃ」

「相談ですか」

「あなたが矢面に立っても勝てないのよ。まして相手は医務指導室の牢名主《ろうなぬし》、古舘さんなんだから」

「相談したら、津舟さんが私の代わりに戦ってくれたんですか」

「当たり前じゃない。もちろん貸し借り付きだけどね」

なるほど、次に津舟が調査材料を見つけた時は、亜佐子が前面に立って戦えということだ。

「氷見さんって、臨床医が長かっただけあって、政治に疎《うと》いのね」

「私は行政に携わりたかったのであって、政治をやりにきたわけではないんですけど」

「そういう考えがダメなのよ」

一刀両断にされる。

「今後の教訓にしますから、津舟さん、その政治とやら、アドバイスをくださいよ」

「どんな戦いでも、二位・三位連合に勝るものはないのよ。最初は三位が戦って、敵の反論が出尽くしてから二位が登場する。そして敵の矛盾を一気に突いて論破するの」

「それって二位・三位連合というよりは、敵が弱ったところに、挟み撃ちみたいに聞こえますけど」

卑怯《ひきょう》なことが嫌いな亜佐子には、けっしていい作戦には聞こえなかった。

「あなたがどう思おうが、勝負事は勝たなきゃ意味がないでしょ。そのためには下準備が必要、それを役所では地均《じなら》しと言うのよ。事前にきっちり地均ししないことには、富国大では通用したことも、役所では通用しないわよ」

亜佐子の前職の病院名まで出して、浅はかさを弄った。

言い方は腹立たしいが、津舟に言われたような面倒くさい手順は富国大にはなかった。富国大病院もかつては保守的と言われていたが、亜佐子がいた三年間は自由に意見が言える風潮があった。

ただしそれは現場であって、裏ではそれこそドロドロした政治の世界が展開されていた。

「大変重要なアドバイスありがとうございます。肝に銘じておきます」

「使わなかったら捨てといて」

新品のヘアゴムを亜佐子のどんぶりの横に置き、津舟は出ていった。


厚労省の外にある喫煙が許される喫茶店でコーヒーを飲み、一服してから医務指導室に戻る。

中では事務官の、亜佐子に三日連続グーパンチされたと言い触らしていた勝浦が、電話に追われていた。

「ですから、そういう事情でしたら、なにか証明するものを出していただかないと」

面倒くさそうに応対している。

タレコミか。

組織内の内部通報だけではなく、監督官庁やマスコミへの周知も含まれる内部告発が、事件の表面化のきっかけとなることも多い。

勝浦は受話器と耳の距離を徐々に離していく。タレコミは勘違いで、意味のないことを何度も電話してきて、どうして厚労省は動かないんだと文句を言うモンスタークレーマーなのかもしれない。

大変なら私が代わろうかと、歩を進めると、勝浦は無言で電話を切った。

「ちょっと、どうして切っちゃうのよ」

亜佐子は思わず注意した。

クレーマーであったとしても、話している途中に一方的に切れば、熱くなって相手はますます電話攻勢をしてくる。

「違いますよ、向こうが切ったんですよ」

さすがに一方的に切るという失礼なことはしていなかった。

「で、なんだったの、面倒くさいヤツ？」

「違います、初めての電話です」

「じゃあ、なにを言ってきたの？」

「術中死の疑いです。最近、術中死があったと」

「大変なことじゃない。医師のミスがあったと言われたんじゃないの？」

「そこまで言ってません。ただそういう事があったと」

「そういう事って、事故でしょ？」

「遺族だったら僕も詳しく聞くんですけど、今の電話の主は噂《うわさ》を聞いただけ。自分は外部の人間だと言ったんです」

「外部の人間がどうしてそんな事情まで知ってるのよ」

「だから僕もなにか証明できるものを出してほしいと言ったんですよ。そうしないことには調べようがないので」

勝浦が言うことにも一理ある。

病院の数が増えて、今や患者の取り合いが生じている。亜佐子が勤務していた富国大医学部附属病院も、事実とは異なる悪評が流布され、クレーム電話のたびに事務局から連絡が入り、現場は説明に苦慮した。

治療の甲斐《かい》なく亡くなられた家族からの抗議もあるし、正しい治療をしても死は避けられない。

「どこの病院って言ってたの？」

念のために尋ねてみた。

「あの病院ですよ、この前なったばかりの」

「なったばかりって、どこの病院よ」

「東京フロンティア医大附属病院です」

「えっ？」

この前なったばかりと言ったのは、東京フロンティア医大附属病院が受けた特定機能病院の指定が最近だったからだ。

何年かぶりの指定となったため、亜佐子がいた医薬局でも話題になった。

承認したのは厚生労働大臣だが、ふさわしいかどうかは、この医政局にある地域医療計画課と医務指導室が担当する。さらに指定された後でも、特定機能病院の条件にふさわしくないと判断した場合は、医務指導室が立ち入り検査をして取り消しに動く。

「特定機能病院で事故死があったのなら、まさにうちの仕事じゃない」

「でも事故死があったわけでは……」

「術中死があったんでしょ。それを通報してきたということは、なにかしらの過失があったからじゃないの？」

「証明するものがないから、電話を切ったんですよ」

「外部の人間ならそんなもの取れないわよ」

「そうなると、うちだって動けないじゃないですか」

「あっ、なに科って言ってた？」

「訊いても答えてくれなかったです」

「そっか」

ため息をつく。着任してから初めての通報に熱くなったが、彼の言う通りだ。

医療過誤は、法律に当て嵌《は》めるなら業務上過失致死にあたり、調べるのは厚労省ではなく、警察の役目である。

それでも通報者は、納得できないことがあるから所轄官庁の医務指導室に電話をかけてきたのだろう。きっとなにかしらの事由が隠されているはずだ。

どこまでできるか分からないが、亜佐子は個人で調べてみようと思った。

4

中央新聞社会部の藤瀬祐里《ふじせゆり》は、厚労省の記者クラブに四日ぶりに出勤した。

四日間の有給休暇、といっても飛ばされた夏休みの代わりでしかないのだが、三十六歳独身の祐里は、一日は友人と会ってあとは家でゴロゴロして過ごした。

それでも四日間、仕事のことを一切、考えなかっただけでも頭の中がリセットできた。普通に有給がもらえるだけでもマスコミ業界はずいぶん健全になったと感じてしまう。

祐里は記者になってからの大半を事件記者として過ごした。

その中でも五年余やった警視庁捜査一課担当は過酷を通り越して残酷で、休みは日曜だけ。夏休みと正月休みはもらえたが、「仕切り」と呼ばれる捜査一課担当のリーダーの時は、捜査一課長は仕切りの質問にしか応じないため、休みの日でも夕方からの捜査一課長宅へ夜回りに行った。殺人事件が起きて、帳場（捜査本部）が立てば何日も休めなかった。

——新聞記者って超ブラックだね、そんな非常識な仕事、祐里はよく文句を言わないで続けてるよね。

友達からは呆れられ、付き合いが悪いと一人、また一人と離れていった。

ただそれも仕事上、仕方がないと思う面はある。

番記者と呼ばれるように、社会部にしても政治部にしても運動部にしても、プライベートや家族サービスも犠牲にしてなにかに打ち込んでいる人間に密着、行動を観察し、発言を聞き取り、それらを随時報道するのが仕事である。

この厚労省にしても、今はのんびりしているが、国会会期中に野党から質問があがると、職員は徹夜、土日返上で残業している。自分たちはへとへとなのに、休養たっぷりの顔で記者にやって来られたら、彼らはまともに取材に応じようとは思わない。

「藤瀬さん、事務次官の会見、どうされますか」

隣でスマホを眺めていた三つ下の男性記者から訊かれた。

会見に出て質問するのも記者の仕事ではあるが、政策の進展具合を訊いたところで当たり障りのない官僚答弁でお茶を濁されるだけなので、祐里は会見には興味はない。

テレビが入ると、張り切って挙手して「〇〇新聞の〇〇です」と名乗って厳しい質問をぶつける記者もいるが、そういう人に限って会見でしか取材しておらず、単なる自己アピールの人が多い。取材は大勢でやるものではない。一人で調べて、積み上げていくものだ。

「私はいいわ、それより今日は介護保険料の値上げが話題になるんじゃないの。だったら宮城さんが出た方が」

そう言って反対側に座っている五十代の記者の横顔を眺めた。

「俺はいいわ。藤瀬さん、四日間休んだんだから出てよ」

彼は趣味の釣りのサイトを眺めながら、出席を拒否した。

「四日間って、特別に休んだわけではなく、夏休みをもらっただけですけど」

そもそもこの先輩記者が夏休み後に、夏風邪《なつかぜ》をひいて一週間休んだ。おかげで祐里の夏休みが飛んだ。

「藤瀬さん、エネルギーが余ってそうだし」

「余ってませんよ、久しぶりにたくさんの友人と会ってへとへとです」

平日だったせいで、ほぼ家にいたが、充実したように装っておく。

そう言っても、ベテラン記者も後輩記者も自分が出るとは言わなかった。

後輩記者には、一応、会社の先輩として「どうせ仕事をするなら、厚労省内部に親しい官僚を作って、この道の専門記者になるよう頑張ってみたら」と、アドバイスをしたこともある。

——僕はいつまで厚労省担当でいるか分かりませんし。

彼には響かなかった。

ベテラン記者はさらにひどく、もう三年も担当をしているのに、一対一《サシ》で話ができるネタ元一人いない。

新聞社は、環境省や文科省などは社会部、総務省は政治部、財務省や経産省は経済部と各省庁によって、担当する部が分けられている。

ところがこの厚労省だけは混合部隊で、政治部と社会部、さらに数年前までは経済部までが人を出し、政治部なら政策や年金、社会部は医療や福祉などを分担する。

他紙は社会部記者の方が多いのだが、会社が実施した早期退職制度で一人やめてしまったので、今社会部所属は祐里一人だけしかいない。

「やっぱり藤瀬さんが出てくれませんか。藤瀬さん、事務次官の方から話しかけてくれるくらい親しいし」

後輩記者が言ってきた。なにもしなくて親しくなったわけではない。何度も個別取材して、祐里なりに質問を考えて「藤瀬さんは面白い発想をするね。今度、部下に話してみるよ」と、顔を覚えてもらったのだ。

ただでさえ出稿量は社会部担当の方が多いのに、政治部の二人は記者クラブにいて、リリースされた発表ものを本社に送って仕事をした気になっている。彼らに気を遣っているのが馬鹿らしくなった。

「二人でジャンケンでもして、どっちが出席するか決めてくれますか。私は庁内を取材してきますので」

祐里はメモとペンだけ持って、記者クラブのブースを出た。

取材してくると勇んで出たものの、知り合いの課長、係長クラスは全員出払っていた。新しい取材先でも探そうと各局を回ったが、いきなりやってきた記者相手に、まともに会話をしてくれる職員はいなかった。

これが警察なら庁内や署内での取材はほどほどにして、夜討《よう》ち朝駆けで刑事を取材する。記者と話をしているのを見られて、情報漏洩《ろうえい》の疑いをもたれるのを、とかく刑事は嫌がるからだ。

昼間に会話をしない代わりに、一生懸命取材している記者には、家まで上げて、捜査状況の概要や取材のヒントをくれたりする。

そうした取材方法が、官庁では通用しない。

多くの官僚の場合、自宅取材をすると次の日には広報担当から電話が入り、自宅取材はやめてほしいと注意を受ける。

今日は空振りのようだ。

肩を落として部屋を出ようとしたところ、廊下を黄色のワンピースを着た女性が、十センチはありそうなピンヒールをカツカツと鳴らして通り過ぎていった。

一瞬、女優が厚労省のキャンペーンにやってきたのかと思ったが、すぐに分かった。実はその女性職員、祐里とはちょっとした因縁がある。と言っても祐里にもその女性職員にもなにも落ち度はないのだが。

厚労省担当になった時から祐里に親切にしてくれる男性キャリアがいた。ぽっちゃりしたその人は、四十代の独身で、アイドルオタクという変わった人ではあったが、省内についてなにも知らない祐里に、幹部の相関図、対立の図式まで作って教えてくれるので、よく個別取材をした。

それが今からちょうど一年前、そのオタク官僚からこんなことを言われたのだ。

——藤瀬さんって、僕のベストスリーに入ってたんだけど、残念なことに四位に転落しちゃったよ。

——ベストスリーってなんですか？

——推しのベストスリーに決まってるじゃん。

——はぁ？

明らかに不快な反応を示したのに、その官僚は気にせず先を続けた。

——顔は一位タイだよ。髪も前より伸びて僕好みになったし。背の高さもいいよね。ただちょっとスタイルが、あっ、ムッチリしてるって意味じゃないよ。一般的に見れば細い方だと思う。でもその割に胸が……。

そこまで言って、祐里が相当怖い顔で睨んでいることに気づいたようだ。

――ごめん、そこまで言うとセクハラだね。

――もう充分、セクハラなんですけど。

キモッ――。口に出さなかったが思いっきりそう言ってやりたかった。顔を汗だくにして弁解してきたオタク官僚からは、夜にも謝罪のメールが来たが、ガッツリ無視した。三位以内など入りたくもないが、そのオタク官僚が、急に祐里の順位を落とした理由は分かった。

それは今、通り過ぎた氷見医系技官が、まさにその頃、大学病院から転職してきたのだ。

確かに祐里には遠く及ばない美女である。色気もあるし、省内ではひと際浮いた派手な服も堂々と着こなし、まるでモデルのように腰を振って歩いている。

とてもじゃないが、祐里には真似《まね》できない。真似したら、コントの練習をしていると勘違いされそうだ。

そうした経緯もあって、祐里は氷見医系技官に興味を持った。「自分の意見を押し通す」「人の意見を聞かない」「自己顕示欲が強い」など、あまりいい噂は聞かないが、そうしたことを言う人は大抵嫉妬しているだけで、氷見が仕事のできる人なのは間違いなさそうだった。

氷見は医薬局にたった一年いただけで、つい最近、医政局・医務指導室の医療監視員に転身した。

医務指導室の医療監視員といえば、病院などの不正を調べる刑事に近い。不正、隠蔽を暴くのは事件記者出身の祐里の得意分野でもある。これは新たなネタ元を見つける好機到来ではないか。

思わず拳を握った祐里は氷見の後を追った。

氷見が下りのエレベーターに乗ったので、祐里も隣のエレベーターで一階まで降りる。勘は冴《さ》えていて、彼女はエントランスを出て、庁舎ビルを出ていくところだった。

昼休み時間の三分の二を過ぎた午後十二時四十分、行き場所は察しがついた。氷見が喫煙者御用達《ごようたし》の喫茶店から出てきたのを一度、目撃したのだ。今日も一服しに行くのだろう。

煙が苦手な祐里は、しばらく日陰でスマホでも眺めて時間を潰すことにした。

健康増進法の一部を改正して、受動喫煙対策を講じている厚労省だが、職員に喫煙者はいる。ストレスのある仕事をしているのだから、吸わなきゃやっていられないと思うのは、厚労省職員だろうが仕方ないと思う。

以前は厚労省と環境省が入居する中央合同庁舎第五号館の敷地内に屋外喫煙所があっ

た。改正健康増進法が一部施行され、行政機関は原則敷地内禁煙となってからも、例外的に三年間、屋外喫煙所の設置を延長したが、今は撤去した。

吸える場所がなくなり、喫煙の習慣を断った人もそれなりに増えた。それでも我慢できない人もいる。氷見もその一人なのだろう。伸ばした爪にマニキュアを塗っている氷見は、喫煙する姿まで様になっているはずだ。

喫煙は男性が二十五パーセント、女性が六パーセントと男性の方が多い。ただどちらが減少しているかといえば男性で、女性の年代には増えている層もある。ただこれも、自分の健康リスクとストレスとのバランスを見て決めればいいことであり、他人に迷惑をかけない場所で吸う分には、自由だと思っている。

氷見には、彼女が医薬局にいた時に一度だけ取材した。

新しい薬の保険適用基準を決める有識者会議に、氷見はオブザーバーとして出席していた。会議後、記者の多くが識者や担当部長のもとへ行ったが、祐里だけは氷見が出てくるのを待った。

軽く自己紹介したあと、自分の考えを述べてから、氷見の意見を尋ねた。

――おっしゃる通りです。あなた、よく勉強していますね。

保険も薬も無知な祐里がした説明を、氷見は褒めてくれた。

そろそろ一服を終えた頃だろうと、喫茶店に向かって歩いていくと、ドンピシャの夕イミングでドアが開き、氷見が出てきた。

「氷見さん、こんにちは」

先に祐里から挨拶した。祐里も百六十センチちょっとあるが、彼女の方が圧倒的に視線が高いのはヒールのせいだろう。祐里はスニーカーである。

一回取材しただけなので、覚えていないかもしれないと思ったが、反応はあった。だが褒めてくれた前回とは真逆の対応だった。

「あら、知ったかぶりさんね。お久しぶり」

「知ったかぶり?」

聞き間違えかと思った。氷見は「あら、失礼」と謝る。だが次に聞こえたのは「にわかさんの間違えだったわね」だった。

祐里は言い返せなかった。前回の有識者会議、前の晩から必死に勉強して、なにか印象に残る質問をして、爪痕を残そうという魂胆があったのは事実である。

「さすがですね。私はあの時、まだ警視庁から厚労省担当に移ってきたばかりで知識不足だったので、氷見さんに認めてもらえる質問をしようと、前の晩からネットで調べまくったんです」

「そうそう、あなた、こう訊いてきたのよね。その薬が効くかどうかは人の心理に関係する。例えば小麦粉を渡して、これで腹痛が治ると言えば、患者はそう信じ込み、本当に治るかもしれない。だからどの薬を保険適用するかというのは、製薬会社のデータ任せにするのではなく、現場の医師や患者のニーズも汲《く》み取るべきではないかと」

　一言一句その通りのことを尋ねた。歯並びがよくなることで虫歯が減るのなら、歯科矯正に保険適用をしてもいいのでは、とも話した。

「私の質問、間違ってましたか？」

「間違ってないわよ。だからよく勉強しているって褒めたじゃない」

だとしたら、今頃、知ったかぶりと言わなくてもいいではないか。たとえ一夜漬けで勉強してきたと見抜いたとしても。

「タバコ吸うなら今のうちよ。空《す》いてるわよ」

　半身になって手を差し出した。邪魔だから早くいなくなれ、といった態度である。

　こうして煙たがられるのも慣れっこだ。冷たい態度をされた方が、のちに信頼関係が築けて仲良くなったりする。

「私はタバコを吸わないので」

「なら私のそばにいない方がいいんじゃないの。近寄ると受動喫煙になるわよ」

「なるわけないじゃないですか。屋外だから大丈夫ですよ」

「あら、それだとあなたが言っていた『人の心理に関係する』に矛盾しない？　喫煙者のそばにいるだけで、煙を受けているとあなたの心が判断するんでしょ」

祐里の顔に向かって、わざとらしく息を吐いた。ほんの少し匂いがしただけだが、祐里はあからさまに顔をしかめた。

「そういうのもハラスメントですよ」

やられっぱなしなのも癪なので言い返す。

「屋外だから大丈夫だってあなた、言ったじゃない」

ああ言えばこう言う、だ。取材をしていて一番面倒くさいタイプである。

「それよりも氷見さん、今度は医療Gメンになられたそうですね」

前振りは充分だと祐里は本題に入った。

「あん？」

あからさまに嫌な顔をされた。

「医務指導室って医療法違反を監視・指導する部署ですよね」

「なに言ってるのよ。医療Gメンというなら保険局の医療指導監査室でしょ。あなた、そんなことも知らないの。相変わらずにわかね」

またムカつく。そこが保険診療を調査する専門の部署であることは祐里も知っている。だが医療ミスなどを調査している氷見のいる医務指導室も、同じように医療法に反している事案を糺《ただ》す役目なのだ。

Gメンのとはガバメントの略。政治、統治ではなく麻薬Gメン、万引きGメンなど、司法取締官や警備員の意味もある。医療法を守らない病院や医師を指導するのだから、彼女の仕事は充分Gメンだ。

もう完全にこの女が嫌いになったが、ここで去ってしまうようでは、世の嫌われ者の記者稼業は続けられない。祐里は頭を捻《ひね》って次の手を考えた。

「氷見さんがどうして医薬局から医政局に移ったのか今度、教えてくれませんか。実は私も警視庁の捜査一課担当が長かったせいか、政策より法律違反を取り締まる事案の方が水は合うんです。居酒屋好きの刑事と、しょっちゅう飲みに行ってましたし」

お近づきの印に、お酒でもいかがですか。そう誘ったつもりだった。

氷見はそこでケラケラと笑い始めた。

「なにがおかしいんですか」

「なるほどね、あなたは男勝りに警察記者をやってきたのが誇りなわけね。それを武器に私から、なにかネタを仕込もうと考えてる？」

「別に誇りだなんて思ってませんけど」

それにすぐにネタをくれと言っているわけではない。困った時に尋ねられる相手として関係を築きたいだけだ。

「警視庁は過去二回、併せて五年やらされましたけど、誇りどころか、もう二度とやりたくないと思っていますよ」

ここで感情を乱しては氷見の思う壺《つぼ》だと余裕の笑みを作って否定した。

「本当かなぁ」

ニタニタと笑いながら、氷見は祐里の周りを歩き出し、祐里の頭から足元まで値踏みするように見て行く。

「あのぉ、私の恰好《かっこう》になにか？」

「ねえ、藤瀬さん、最近太ったんじゃない？」

「えっ」

言われて咄嗟《とっさ》に腰回りを押さえた。ここ一カ月飲む機会が増えて一・五キロ増えた。だがたった一・五キロだから服の上から分かるはずがない。だいたい氷見に会ったのは一度だけで、以前の祐里の体つきなど覚えていないだろう。

氷見はまだ笑っていた。してやられた。自分からしょっちゅう飲みに行っていたと告白したのだった。太ったことなど気づかれていないのに、リアクションで認めてしまった。

「それとあえて警察記者を出すなんて、自分は仕事ができますってアピールみたい」

「仕事ができるなんてひとことも言ってませんけど」

ここは受け流す気になれず、祐里の口調も強くなる。

「いずれにしてもあなたが言ってることは、全部過去であって、今の私にはなーんの関係もないこと。過去を主張するくらいなら、もう少し今を磨いた方がいいと思うけどなぁ」

「今だって努力してますけど」

「努力してる？　本当かなぁ？」

大袈裟に語尾を上げた氷見は、祐里に顔を近づけた。

「毛先は揃ってなくてバサバサね。枝毛もある。あなたヘアサロンに半年は行ってないんじゃない？」

「えっ」

「あっ、白髪発見！」

「嘘、抜いてください」

「なに言ってるの、抜いたら増えるだけよ」

「そうなんですか」

「科学的根拠もない迷信だけどね。今度、カットに行ったら染めてもらいなさい」

半年はないにしても美容院は三カ月ご無沙汰で、前髪を自分で切っているくらいだから、文句は言えない。

「洋服もブランド品を買えとは言わないけど、もう少しオシャレしてもいいんじゃない？　今日のおばさんパンタロンはないわ」

「おばさんパンタロン？」

紺のズボンは腰回りにゆとりがあり、ゴムで脱ぎ穿《は》きが簡単にできるイージーパンツだ。

「それとスニーカーは運動する時のための靴よ。おばさんパンタロンで、皇居の周りをランニングしてるの？」

祐里は反論する威勢も失っていた。

「俗に人は外見より中身が大事とは言うけど、知り合ったばかりの人間には中身なんて見えないいんだから。せめて見かけだけでも綺麗《きれい》にする。それもまた努力よ。じゃあ、またね、やり手の記者さん」

容姿を散々けなした氷見は、祐里が自分のズボンやスニーカーを眺めているうちに、風のように去った。

5

高井敦也は苛立《いらだ》っていた。専攻医（旧後期研修医）の胆石症の腹腔鏡《ふくくうきょう》手術に、前立《まえだ》ち（第一助手）として立ち会っているのだが、ポートから挿入した内視鏡の角度が悪く、術野がまったく映っていないのだ。

「おい、どこを撮ってんだ。これじゃ見えないじゃないか」

「すみません」

内視鏡を動かすが、まだ術野が悪い。

「きみは今までなにを学んできたんだ」

専攻医は東京フロンティア医大の卒業生で、いわば敦也の教え子でもある。学生時代は勉強がよくできた。実習はうまくはなかったが、まあまあだった。

それが他の病院での研修医（旧初期研修医）を終え、今年の四月から母校に戻って医局に入った。もう半年も経《た》つのに、まともな手術一つできない。

専攻医の手が震えた。おい、これくらいでびびってどうする。敦也が医局に入った頃の上司は鬼だらけだった。ミスするたびに「おまえ、患者を殺す気か」とプレッシャーをかけられた。それでも胆石程度で萎縮することはなかった。

胆石症、鼠径《そけい》ヘルニア、急性虫垂炎（盲腸）は外科の専攻医が最初に経験する手術である。初歩なのだから完璧にこなせて当たり前だ。

まだ手こずっている。内視鏡がブレブレなのだ。胆嚢壁《たんのうへき》に近づいたと思ったら、離れ、また近づいていく、モニターを見ているだけで気持ち悪くなってきた。他のスタッフも顔色が悪い。

「代われ」

さすがに我慢の限界だった。

「大丈夫です」

「代われと言ってんだ。このままじゃ、俺たち全員、船酔いする」

そう怒鳴って立ち位置を代わり、数分間で胆嚢ごと胆石を取り出した。

「あとはナート（縫合）しておくように」

「はい、他に出血がないか確認します」

専攻医は教科書通りのことを言った。敦也は気にくわなかった。

「俺がやったんだ。出血などあるはずがないだろ」

「は、はい、失礼しました」

縫合を終えるのを確認して、オペ室を出ていく。

背後からベテラン看護師の「ほら、早く」という声がした。

「前立ちありがとうございました」

細々した声が聞こえたが、敦也は振り返りもしなかった。


専攻医がいつにも増して恐る恐るオペをした理由を、敦也は分かっているつもりだ。

東京フロンティア医大附属病院では先週、死亡事故を発生させた。

いや、事故ではない、術中に心筋梗塞が再発症しただけだ。

そのことは執刀医でありながら、ショックでふらふらになり、点滴治療を受けていた飯森准教授を叩き起こさせ、指示通り家族に伝えさせた。

家族は悲しみに暮れながらも、「最後まで手を尽くしていただきありがとうございました。父も満足していると思います」と礼を言ったそうだ。

どうにか難関は乗り切った。そう安堵《あんど》して、群馬でのハンティングから帰京、病院に戻った敦也だが、医局で見たのは飯森が、まるで死んだ魚のような目をしてカルテを打っている姿だった。

嫌な予感がして、走ってパソコンの画面を見た瞬間、頭が瞬間湯沸かし器になった。

――なんてことすんだ。おまえ自分の将来を棒に振る気か！

カルテには自分の手術ミスが書き込まれてあったのだ。

常軌を逸していると感じた敦也は、飯森の白衣の襟首を摑《つか》んで椅子から引きずり降ろした。

彼の将来だけではない。この東京フロンティア医大、ひいては教授であり、将来の院長候補と呼ばれている敦也の未来でもある。

病院では半年前にも術中死を経験した。それもまた外部に知られたら、まずい内容だった。

その時は、患者の勤務先の社長が事務局に抗議に来て、事務局長が敦也のもとにすっ飛んできた。事務局長は調査委員会、もしくは外部委員による第三者委員会を立ち上げましょうか、とまで言った。

——その社長が言ってる話は嘘八百です。可愛《かわい》がっていた部下を失って、病院に当たり散らしているだけです。なにも調査委員会など立てる必要はありません。

胸裏では焦ったが、敦也は平然と答えた。結局、それ以後の抗議はなかった。おそらく社長も弁護士と相談をし、裁判しても勝てないと悟ったのだろう。

なにごともなく済んだというのに、その時の執刀医は辞表を提出して、東京フロンティア医大の先任准教授の座を放棄した。

やめると聞いた時は敦也も驚いた。だが引き止めはしなかった。

所詮はその程度の器だったのだ。ステータスを得るという執着心に欠けているから、一度患者を死なせたくらいで、医師の道を諦めてしまう。

今回の飯森にしてもそうだ。

当週は相次ぐ手術で、その術後管理もあって、飯森は家にも帰らずに医局で眠る日もあった。

それでも先の医師がやめてからは、飯森に先任准教授の地位を与えたのだ。少しくらい高度なオペでも軽くこなし、仮に不測の事態に陥り、患者を死なせてしまったとしても、うまく理由付けして家族を納得させる。それが医師の務めではないか。

飯森だって自分がすべきことは分かっていたはずだ。それなのに急に正義を振りかざそうとした。ショックで血迷っていたとしてもそのことが敦也には腹立たしい。

「高井先生、ちょっとよろしいですか」

事務局長が教授室に入ってきた。

「どうされましたか」

「飯森先生がやめたいと言ってきました」

謹慎の意味も含めて、自宅静養するよう言い渡している飯森から連絡があったようだ。

またかよ――心の中でつぶやく。

医大の先任准教授になどそう簡単になれるわけではないのに、その地位をみすみす手放すのか。どいつもこいつも愚か者だ。

飯森を先任准教授から降格させるつもりでいた敦也は、いっそのこと目の前から消えてほしいとも願っていた。だから辞意は願ったり叶《かな》ったりではあるのだが、それには条件がある。今回のことは口外しないという約束を取り付けておかなくてはならない。

「それは電話でですか、それとも本人が来て申し出たのですか」

「電話です」

「本人が来て、私に直接言うように伝えていただけますか。彼はショックで今、混乱しています。おかしなことを触れ回られたら、病院の威厳に傷がつきます」

「飯森先生は体の調子がよくないと言っていました」

またこれだ。今の連中は簡単に自分の欠点を晒す。体調が悪い医師など、どこの病院でも雇ってくれない。

「来ないのであれば、処分を懲戒に変えると脅してください」

「懲戒だなんて、そんなこと、調査委員会も設置していないのに、一方的に出せません」

「今のはあくまでも極論であって、来させるために、そうした処分も検討せざるをえなくなると仄《ほの》めかしてほしいという意味です。厳しいことを言わないことには、飯森先生は直接、私のもとに言いに来にくいでしょう。彼が来てさえくれれば、私が腹を割って話し、病院に残るように説得します」

止める気などさらさらないのにそう言っておく。

「先生が説得してくれるのであれば、懲戒とは言いませんが、病院に来るように話してみます」

「よろしくお願いします。どうしても彼の意思が固くてやめることになっても、これまで世話になった病院や仲間に、ひと言の挨拶もなく去るというのは、今後の彼の人生にとってもいいことではないと思いますので」

「私もこんなやめ方はよくないと思います」

「同時に至急、医師を探してくれませんか。以前、リストは渡しているはずです」

今回、飯森の退職問題が生じる前から、敦也は准教授クラスの医師を探してほしいと事務局長に頼んでいる。これで飯森もやめるとなれば、東京フロンティア医人にある三つの准教授の椅子（うち一つは先任准教授）のうち、二つが空席になる。

「そうなんですけど、声をかけても難色を示されまして」

「どうしてですか。なにも帝都大や日本癌センターのエリートが欲しいと言ってるんじゃないですよ。私が出したリストは地方、もしくは無名の大学病院で、安月給でこきつかわれている勤務医ばかりです。うちは都内でも結構な給与を出しています。喜んで来ますと言うんじゃないですか」

「それが……」

事務局長の顔の、目鼻口がすべて真ん中に寄るように萎《しぼ》んだ。

「どうされました？」

「それは高井先生が……」

目を伏せて言いかける。

「私がなにか」

「先生がお厳しいのが知れ渡っていて、好条件を提示しても、おたくには行きたくないと断られてしまうのです」

言ってからようやく顔を上げたが、視線をずらす。敦也の顔を見るのが怖いのだ。

「厳しいのはひと様の命を預かっているのだから当然ではないですか」

本音は怒り心頭だが、事務局長を怖がらせても意味はないと、できるだけ抑えた。

「もっともですが、今後は飯森先生がやったような困難な手術は、先生が直々にやってくれませんか」

おそらくそこで敦也の目が反応したのだ。「ひっ」と声でも出したかのように、事務局長の顔が退いた。

「なにを言ってるんですか。飯森先生が執刀したのはただの肝癌です。癌組織を切除するだけのオペを困難だと言っていたら、外科医は務まりません」

肝癌でも、下大静脈あたりにある腫瘍を取り除く難易度の高い手術だった。

だが敦也は膵癌や、他臓器浸潤や大血管浸潤を伴う手術でも部下にやらせる。

そのために普段から医師に煩《うるさ》く言っている。

数をこなしていくうちに、涼しい顔で難しいオペもこなせるようになる。高度な手技《しゅぎ》が求められるからといって、すべて敦也がやっていては、いつまで経っても新興勢力の東京フロンティア医大附属病院は、名門大学病院や名の知られた病院に追いつけない。

「うちの病院としても高井先生の腕を買って、来てもらったのですし」

「その期待には、私はすでに応えたと思いますよ。オペの数が多く、患者数は増える一方です。私一人では一日一人、もしくは二人しか大きなオペはできませんが、私と同じ技術を持つ准教授が三人、その下まで増えれば、うちは困難な病気でも待ち時間なく治療してくれる医療機関として、ますます評判が上がります」

「そうなんですが、実際、医師は減ってるので」

「なんだか私のせいで、医師がやめているような言い方ですね」

「そんな、滅相もない」

事務局長は怯《おび》えるような目で手を左右に振った。

「それに私が動いたことで、特定機能病院の指定を得られたことも忘れないでいただきたい」

全国で八十余しかない特定機能病院のほとんどは国立か、私学でも名門の大学病院、あとは癌センターなど研究所のみだ。創立して十年余りの東京フロンティア医大附属病院は、本来なら申請しても撥《は》ね付けられていた。

それを三年前に赴任した敦也が、ありとあらゆる手を尽くしたことで、高度の医療技術、及び高度の研修を実施する設備を持つ病院としてこの七月より指定を受けた。

この三カ月間で、病院の収益は上がった。

なによりも名誉を大事にする理事長は、後発でそれほど偏差値も高くないと言われているフロンティア医大の名が高まり、来年以降は受験者数が増えると、「これこそ創立した時からの悲願ですよ」と敦也の手を取って感激してくれた。

「高井先生のおかげであることは私も大変感謝をしております。先生に来ていただいて本当に良かったと思っています」

「それでしたら、私のやり方をさせてください。もし特定機能病院を取り消されることになったら、理事長は大激怒するでしょう」

「そんなことがあるんですか」

理事長の怒りに触れることを恐れたのか、事務局長はおののいている。

「なくはないですよ。厚労省が動けば、取り消すことなど簡単です」

「でしたら、今回のことも」

まだ続きそうだったが、敦也は「今回のこととはなんのことでしょうか？」と尋ね返す。

「失礼しました。なんでもありません」

事務局長は口を結んだ。

「心配ありません。厚労省が動いても、宇佐美大臣がいますから」

現役の厚生労働大臣の名前を出したことで、事務局長も安堵したのか、「では迅速に適材の先生を探します」と言って引き揚げた。

姿が見えなくなってから、飯森に登院するよう念を押すのを忘れたと後悔したが、小心者の事務局長は必ず連絡するだろう。

特定機能病院の取り消しを出したのは効果的だった。

万が一、そんなことになれば、真っ先に自分の首が危うくなることを、事務局長は身に沁みて感じているはずだ。


北海道札幌《さっぽろ》市出身の敦也は、高校生の頃から医者になりたいと思い、北海道の国立の名門、道桜《どうおう》大を受験したが、一年目は不合格、二年目も補欠で、合格には至らなかった。仕方なく地元では二流医大と揶揄《やゆ》される札幌の私大に入った。

同級生は実家が開業医のボンボンとお嬢さまばかりだったが、敦也は彼らとはつるまなかった。道桜大学に入れずに終えたこの二年の遠回りを取り戻すという強い思いを胸に抱き、いつか道桜大の学生を追い抜いてやると、どの授業でも教室の一番前に座って勉学に励んだ。

専門は腹部臓器系外科の中でももっとも専門的要素の高い肝胆膵外科を希望した。首席で卒業できた結果、教授の推薦で、憧れの道桜大で研修医になれた。手技でも理論でも道桜大のエリートたちに負けないだけのものを持っていたつもりだが、道桜大にいる間、学歴という負い目はずっと背負っていた。

その負い目から脱却したくて、母校に戻ってからは、論文を書いて、博士号を取得。

専門医、指導医の資格を取った。

三十八歳で准教授に昇任したが、そこから上は詰まっていた。肝胆膵外科の教授がいつまで経っても後任に譲ろうとしなかったからだ。

だが自分は若い。いずれ時が自分にふさわしい地位まで押し上げてくれると日々のオペで成績をあげるよう研鑽《けんさん》した。そんな折だった。教授から海外留学を持ち掛けられた。

——今や医師は世界に出ていかねばならない時代だ。きみの将来にとっては間違いなく、意義あることだと思う。

医大生の頃からいつか海外で学びたいと英語を勉強していた敦也は、留学ではなく、勤務医として働きたいと、米国の医師免許を取得した。複数の候補から、米国の医療界でも最先端を走るピッツバーグ大学を勤務地として選んだ。

最初は客扱いだったが、小さなオペを確実にこなしていく姿が認められ、やがて執刀医を任されるまでになった。

敦也にとって、海外の病院は学び舎《や》で、日々知るすべてが新鮮だった。一つ残らず吸収しようと、夜遅くワンベッドルームのアパートに戻ると、その日に教わったことをノートに書き留めた。

少しでも手技を高めたい、そう思って日々臨んだ海外勤務経験が、いつしか敦也から二流医大卒のコンプレックスまで取り払ってくれた。

三年の期間を終えて帰国した。勧めてくれた教授に礼を言わなくてはと、千歳《ちとせ》空港から家に帰ることなく大学を訪れたが、そこで衝撃を受けた。

知らぬ間に教授が名誉教授になっていて、敦也より年下の、たいした手技もなく術件数も少なかった後輩医師が教授に昇任していたのだ。

よくよく考えてみると、その後輩は敦也が渡米する前から、教授に取り入っていて、教授の出張に志願して同席、製薬会社とのパイプが太く、顎足《あごあし》枕《まくら》付きの出張を企画していた。

その時になって初めて、敦也は米国留学が、教授の勧めではなく、後輩によって謀《はか》られたものだと気づいたのだった。

地位は逆転されても医師としての評価は自分の方が高い、そう思って、敦也は勤務を続けたが、以前のような手技を高めたいという意欲は失《う》せていった。

四十代、五十代になってもつねに現場の最前線に立つ医師の姿は美しい、ずっとそう思っていたし、そうなりたいと憧れていた。

だが、堂々と現場に立てるのは、権威があるからだ。だからプライドも保てる。

自分がこうだと主張しても、危険だからやめた方がいい、医局の方針と違うなど、上から反対されれば、自分のジャッジとは異なる治療をやらされることになる。

ある時、教授に昇進した後輩から呼び出された。

――札幌の民間病院から高井さんを欲しいと申し出がありました。ぜひアメリカ仕込みの腕を振るってください。

事実上のクビ宣告だった。

勧められた病院は、札幌市内でも名の知れない中堅病院で、病床数も少なく、設備も乏しい。とてもピッツバーグ大で執刀医を任された自分に見合う移籍先ではなかった。

その申し出は拒否した。辞表を出し、知り合いもほぼいない東京に単身赴任で来て、自分で就職活動をした。

幸いにも調布《ちょうふ》の総合病院が外科の副部長として採用してくれた。

仕事に夢中になり家族も顧みなかったため、離婚したが、妻との愛など冷めていたし、子供も妻に任せきりだったくらいだから、独り身は歓迎だった。その病院で部長に昇進し、それ以降、より大きな病院で外科部長を務め、三年前に、東京フロンティア医大の教授にヘッドハンティングされたのだった。

新興大学とはいえ、大学教授に招聘《しょうへい》されたという事実は、医師としての高い医療技能だけがもたらしたわけではない。技術さえあればいいという考えを根本から変え、ひとえに霞が関、さらには永田町《ながたちょう》とのパイプ作りに努めたからである。

どの病院も本省、政治家に顔が利く医師を欲しがっている。

医療はやり方次第で金になる。一方で医師がいくら学会で素晴らしい論文を発表しても、腕を振るって患者の命を救ったとしても、それで得られる利益など知れている。病院じたいが金を生むビジネス形態へと変わっていかないといけないのだ。

方法は簡単だった。緩和ケアなどはせずに患者はオペで治していく。入院費は安定収入になるが、医師や看護師の手を考えたらコスパは悪い。入院期間を短くして、患者を常に入れ替える。そして一流病院の証《あか》しである看板を掲げる――すべての計画を敦也はこの三年間でやり遂げた。

まさしく、少し肌寒さを覚え始めた去年の今頃の季節だった。

札幌の母校で教授になった後輩が東京の学会に出席、その彼から「先輩、相談があるので乗ってくれませんか」と割烹《かっぽう》に呼び出された。

話を聞くと教授になれたのはいいものの、名誉教授は細かいことまで口出しし、業者からの接待は独占する。それどころか、一人娘が今の准教授と交際し始めていて、来春に結婚する。結婚すれば教授会に根回しして婿《むこ》を教授に抜擢し、自分は追い出される

……後輩はそう泣きついてきた。

医学界の顔となった敦也に頼めば、どこかしらの大病院で、外科部長クラスのポストを用意してくれると思っていたようだ。

ひと通り彼の話を聞き終えた敦也はこう答えた。

――きみは北海道出身だから、本州に出ない方がいいんじゃないか。東京は大変だぞ。

家賃が北海道とは比較にならないし、きみの奥さんも札幌出身だから慣れずに苦労する。

――大丈夫です。先輩と同じで単身赴任で来る覚悟もできてますから。

彼はまだなにか言おうとしたが、敦也は思いついたように手を叩いた。

――そうだ、きみにふさわしい病院がある。函館《はこだて》の病院を紹介するよ。クリニックに毛が生えた程度の病院だけど、学会で知り合った医師が院長をやっていて、外科医を探していると話していた。

――待ってください。自分は東京の病院をお願いしたいのであって、ましてクリニックなんて……。

――函館はいいぞ。札幌は年々暑くなっているけど、函館は海風が吹いて、夏もエアコンなしで過ごせる。

――道内の病院なら自力で探せます。先輩に頼んでいるのは、東京のそれなりに名前のある病院の部長クラスの椅子です。

――なに寝惚《ねぼ》けたことを言ってるんだ。きみは教授と結託して、私を札幌の中途半端な病院に移籍させようとしたではないか。

――誤解ですよ。自分は先輩をあんな病院に行かすのはありえないと教授に反対したんです。

後輩は目を瞬《しばたた》かせて否定する。

――嘘は要らないよ。俺が抗議した時、教授からこう言われた。全部、彼の仕組んだことだと。

教授に抗議したというのは、敦也がその場で思いついた嘘だった。

なにも言い返してこなかったということは、敦也の勘が当たっていたのだ。この男は立場がまずくなるとやたらと瞬《まばた》きする。

東京に来て自力で職探しをしても、政治や行政、さらに医師会にもパイプのある敦也に邪魔されることが、彼には分かっていたのだろう。

後輩は今、敦也が行くはずだった札幌の病院で、ヒラ医師をやっている。

6

「なんですって、もう一度、言ってもらえます」

スマホから聞こえた言葉に氷見亜佐子は自分が聞き間違えをしたのかと思った。

〈だから東京フロンティア医大病院では半年前にも術中死が起きてるのよ〉

さっきと同じ言葉が聞こえた。

「それって、なに科となに科なんですか」

〈半年前は消化器外科、今回のは今氷見さんに初めて聞いたから〉

「いずれにせよ一つの病院で、半年で二人も術中死が起きたことになりますね」

〈氷見さんだって嫌な予感がしたから、私に電話してきたんでしょ〉

「まぁ、そうなんですけど」

答えたものの、半年前にも術中死が起きていたとは考えもしなかった。特定機能病院の指定を受けたばかりの病院で術中死があった。もし病院側に問題があれば、それは適性を認める報告書を大臣に提出した医務指導室の問題であると思い、亜佐子は調べているだけだ。

今、電話をしている女性は東京都中央区の保健所の職員である。

本来なら個別に知りうる情報を外部に話すのは規定違反とされるが、厚労省と保健所は密に連絡を取り合っており、保健所にも医師や薬剤師出身の医系技官がいる。彼女もその一人だ。

病院開設は医療法八条で、所在地の都道府県知事に開設届を提出することが定められている。年に一度、医療従事者の資格や施設内の設備、診療録、適切な保険請求がされているかなどの検査は保健所が行うため、各病院についての内情は保健所の方が詳しい。

東京フロンティア医大附属病院の所在地が中央区であったため、検査に入った彼女は、半年前の術中死を知った。別の区なら、情報は得られなかった。

〈こういうのはだいたい同じ病院で起こるのよ。前にもたくさん死んで大騒ぎになった

大学病院があったじゃない〉

彼女が言っているのは今から十年以上前、北関東の大学病院で、腹腔鏡を用いた肝臓切除手術で、四カ月以内に八人もの患者が亡くなった事件を指している。全部一人の医師が執刀しており、のちに病院は医師の過失を認めた。

「ということは、今回も同じ科の同じ医師が執刀してたりして」

北関東の医師はけっして未熟ではなく、むしろその逆で有能だったという説もある。だが能力の高い医師だからこそミスをする。それは驕《おご》りがあるからだ。

〈同じ医師ではないと思う。だって前の医者はやめたみたいだから〉

「他の病院に移ったってことですか」

クビにされたのかと思った。

〈さぁ、そこまでは。その医師の名前も私らは知らないし〉

「保健所の調査範囲外ですものね」

それこそ調べるとしたら、自分たち厚労省の仕事である。

〈なにか問題を見つけたとしてもどうかな。うちの課長はやる気ないからね〉

亜佐子がいつも感じていることと同じ不満を言った。大方、保健所もなあなあで、本気で不正を炙《あぶ》り出そうという気概がないのだ。

〈今回の医師もやめてたりして〉

意味深なことを言う。

「どうしてそう思うんですか」

〈あそこの病院は厳しいからね。他の病院で断られた患者もどんどん受け入れるし、医師は疲れ切ってるのよ〉

東京フロンティア医大附属病院は大きな過失を起こした北関東の病院とは問題点が違うらしい。

問題なのは労働環境。これもまた特定機能病院にふさわしい組織としての体《てい》を成していないと疑える。

「その事故のこと、もう少し調べてくれませんか。名取《なとり》さんなら、フロンティア医大に知り合いはいらっしゃるでしょ？」

〈いないことはないけど〉

「なに科のなんていう医師で、あとはなんの手術だったか、病名、それと公表された死因も調べてほしいんですけど」

なんでも安請け合いしてくれるタイプなのだが、〈死因まではどうかな〉と自信はなさそうだった。

「外部の人間には伝えないですか」

〈そうだね。分かるとしたら遺族に伝えた死因くらいかな〉

「それが分かるんですか」

亜佐子が訊いたのはまさにその遺族に伝えた公の死因だった。オペ室という密室でなにが起きたかまでは、保健所の職員が知ることはできない。

「公になっている死因と病名だけでいいです」

その二つが分かれば、その手術でそのような死に陥るはずがないなど、外科医だった亜佐子にはある程度判断がつく。

〈少し時間をちょうだい。私も自分の仕事を片付けなきゃいけないから〉

「待ってます」

〈その代わりにまた付き合ってね〉

「もちろんですとも」

返事はしたが、実際は気重だった。彼女が言った付き合いとは、彼女の推しメンであるアニソンシンガーのコンサートに同行することである。

そういう趣味の人は一人で行動できるものだと思っていたが、彼女は案外寂しいらしい。

飲みの席でその歌手名を出された亜佐子が「あの人、カッコいいですね」と適当に話を合わすと、「でしょう?」と急に彼女の目の色が変わり、「じゃあ今度コンサートあるので行きましょうよ」と誘われた。一度付き合ったが、興味のない歌手の知らない歌が二時間続いた。亜佐子も一応、立ちっぱなしで手を叩いたが、途中、何度欠伸を嚙み殺したことか。

あの二時間の辛抱が、報われそうだ。

一人の医師であれば、それこそ警察の管轄だが、複数の医師での医療過誤であれば、むしろ自分たちの出番である。

執刀するに技術が至らない未熟な医師を抱えているとか、長時間労働で正確な医療を施すには医師に休息が足りていないとか、あるいは手術する設備が不足しているとか……東京フロンティア医大附属病院は比較的新しい病院のため、最後の設備不足は考えにくい。それでもなにかしらの問題がなければ、同じ病院で半年以内に二人も術中死は起きないだろう。

術中死というのはあくまでもオペ中にオペ室の中で息を引き取ったケースであり、手術後一度も退院できないで死亡する「手術関連死」とは異なる。

手術関連死はいかなる理由であっても、術後、九十日以内はカウントされる。たとえば移植などでは一度元気になったのに、移植した臓器が拒絶反応を起こして亡くなるケースもあるため、ある程度仕方がない面もある。

だが術中死は仕方がないでは済まされない。

というのも昔と比べて術前検査で、ＭＲＩやＣＴなどに加えて、心臓超音波検査、心臓核医学検査など検査技術や装置が向上しており、心不全や重度の弁膜の病気など、高リスク状態にあるか否かを事前に調べることができるからだ。

心臓が耐えられないのに開腹することは少なくなった。無謀な手術を実施するより、緩和ケアや看取《みと》りで、安寧な最期を家族と暮らす方向に説得するよう、厚労省からも各病院に指導書が出されている。

電話を終えると踊り場から階段を上がって、医務指導室に戻った。

中では勝浦が電話応対していた。

他の職員は皆、知らんぷりで仕事をしている。どうやら電話を受けるのは、ここでは新米の仕事であるらしい。

「ですから、なにか証明できるものを出していただかないと」

彼が言った言葉が亜佐子に引っかかった。前にも同じことを言っていた。まさか……。

「勝浦さん、またフロンティア医大の件？」

「はい、そうですけど」

勝浦が平然と答える。どうしてそんな事務的な対応ができるのか。二度も通報があれば、内部告発ではないかと、もう少し丁寧に応じる。室長なり、専門官なり、経験のある先輩に代わって任せてもいい。

彼の応対はこの部屋にいる全員に聞こえているのだ。なぜ誰も電話を代わろうとしない。

「ちょっと、私に代わってよ」

「今回は女性ですよ」

受話器の通話口を押さえて勝浦が言う。

「それって複数の人が言ってきたってことでしょ。なおさら重大じゃない」

あやうく「複数の告発者」と口にするところだった。大袈裟な表現は通報者を躊躇《ちゅうちょ》させる。勝浦は一応、通話口を手で隠しているものの、押さえ方が甘く、会話はおそらく相手に聞こえている。

亜佐子は受話器を受け取って、「お電話代わりました。医療監視員の氷見と言います」と名乗った。

相手はなにも言わない。

「もしもし、東京フロンティア医大病院で術中死があった件ですよね。もう一度話していただけませんか。私は専門職で、病院勤務の経験もありますので、少しのことでも調べられると思いますので」

〈…………〉

「別に証明するものなど必要ありませんので」

前回は外部の人間と言っていた。この相手が内部なのか外部なのか、内部なら事務職なのか医師なのか。今は想像もつかないが、向こうは伝えたがっているのだ。調べられると言えば話してくれるはずだ。

待てど暮らせど声は聞こえなかった。すでに通話は切れているのかもしれない。

「もしもし、聞こえてますか？」

尋ね返す。返事はないが、通じているような気がした。

「可能でしたら私のアドレスを伝えますので、メールで連絡してくれませんか。フリーメールで結構ですので」

返事はない。ただ小さな音がした。ペンを手にした？　都合よく解釈しすぎかもしれないが、亜佐子はそれを信じた。

「アドレス言いますね。アルファベット小文字でアップルのエー、シュガーのエス、またアップルのエー、キングのケー、オレンジのオー……最後はGメールドットコムです」

ａｓａｋｏの後に数字を組み合わせたフリーメールのアドレスを伝えた。

分かりましたともメールしますとも聞こえてこなかった。ただここで強く念を押せば余計に連絡することに恐れをなす。

「いつでもいいので、気軽にメールくださいね。待ってますので」

そう言うとプツンと切れた。やはり電話は通じていた。切り方から推測すればあまりいい感触ではなく、メールは来ない可能性の方が高い。

「ねえ、勝浦さん、彼女なんて言ってたの」

まともに応じる気などなかったくせに、電話を奪い取られて不貞腐《ふてくさ》れている勝浦に尋ねる。

「前回と同じですよ。東京フロンティア医大病院の消化器外科で、最近、術中死があったと」

そこで亜佐子は我に返る。前回とは違う。

「消化器外科って言ったの？　この前は科までは言ってなかったよね。勝浦さん、訊いても答えてくれなかったって」

「そうでしたっけ？　じゃあ消化器外科は今回が初めてです」

本当に頼りない。

「あそこの消化器外科って半年前にも術中死があったのよ。つまり半年間で二度、これって大問題だと思わない？」

「氷見さん、どうしてそんなことまで知ってるんですか」

余計なことを口走ったようだ。興味を示していなかった周りの職員のうち何人かが亜佐子を見た。

「私の知り合いの他の病院の医師が、そんなことがあったなと言ったのを思い出しただけ」

　そう言って濁しておく。

「仮に氷見さんが言うように、同じ科で半年に二度も術中死があったとしても、偶然が重なっただけかもしれませんよね。一つ起きるとまた起きるって、地震とか飛行機事故とかでよく言われるじゃないですか」

　自然災害である地震はプレートのズレとか、発生が重なる原因はある。飛行機事故はよく分からないが、それらと同様に考える問題ではない。術中死じたい、それほど頻繁に起きる事例ではない。WHO（世界保健機関）で合併症や麻酔によるショック死を減らすようガイドラインが出ているし、国内の手術中に起きた偶発症による死亡率は一万例あたりでたった六〜七例、確率にすれば〇・〇〇〇六パーセントだ。同じ病院の同じ科で、半年で二度起きていいものではない。

　これは会議の俎上《そじょう》に載せて本格的に調べるべきだと思った。東京フロンティア医大附属病院に詳しい知り合いもいないが、間接的に聞いている知人がいるかもしれない。まずはどんな人間が指揮を執《と》っているのか、そこから調査が必要だ。

　そこに山口室長が部屋に戻ってきた。

「どうしたんですか、外まで声が聞こえていましたよ」

「匿名の通報があったんです。それも二度目です」

亜佐子はその先も言おうとしたが、手柄を取られてなるものかと、勝浦が「僕が電話を受けました」と答える。

「通報内容はなんですか。我々が調べられる事柄ですか」

「術中死です」とまた勝浦。

「それは穏やかではないですね。原因はなにか言っていましたか」

「それが話してくれないんです」

勝浦が返事を独占して亜佐子に喋《しゃべ》らせてくれない。

「そうなると調べるのは難しいですね」

山口が言う原因とは、患者を間違えるとか麻酔を適量以上に投与するとか、医療過誤だと分かりやすい事案である。だが医療は複雑だ。様々な過程で医師のミスは起きる。

「そうですよね、手が出せないですよね」

意気込んでいた勝浦までが元のやる気のなさに戻った。

この部署に移ってきて失敗だったか。古舘が調べてきた東伏見病院のカルテ破棄のような、患者の命とは直接関係のない事案でしか動けないのか。

「氷見さん、くれぐれも勝手な調査はしないでくださいね」

室長席に座った山口が、亜佐子に向かって言った。

ここまでは勝手に調査したが、ここから先は許可をもらうつもりだった。会議で仲間にも話すつもりでいた。先に注意してきたということは、はなから認めるつもりはないということだ。

「ですけど室長、二度も電話があったんですよ。それも別の人間から」

「どうして別の人間だと分かるのですか」

「男女だから別でしょ？」

なにを間抜けなことを言っているのかと亜佐子は肩をすくめる。

「匿名なんですよね。それとも名前は名乗ってないけど、自分は男性だとか女性だとか、言ったのですか」

「声で分かりますよ。ねっ、勝浦さん」

呆れながら、席でパソコンを立ち上げていた勝浦に尋ねる。亜佐子の時は黙っていたが、勝浦は相手の声を聞いていた。

「いえ、女性っぽいと思っただけで、もしかしたら前と同じ人かもしれません」

勝浦は顔を亜佐子に向けることなく答えた。こいつ、寝返りやがった。立ったまま亜佐子は横顔を睨むが、勝浦は気づいていない振りをしている。同じ事務官の室長に嫌われて、悪い評価をつけられるのを恐れているのだ。やって失敗するなら、やらずに済ます。それが官僚の生き方であると、この一年嫌というほど見てきた。

「それにこの前の会議で、我々が今すべきことは決まったわけですし」

「室長。東伏見病院の事案はもちろんやります。でも時間外で私がなにをしても問題ありませんよね」

どうせ定時でみんな引き揚げるのだ、その後に亜佐子がなにを調べようが文句はあるまい。

「訊きますが、電話をかけてきたのは、氷見さんは誰だと思っているんですか。前回の勝浦くんの話だと、病院関係者ではないんですよね」

「善意の第三者じゃないですか」

キッパリ言った。「公益通報制度がある以上、善意の第三者の意向を無視するわけにはいきません」

こういった通報が権力のある当事者に知られると、通報者は解雇や減給、異動など不利益を受ける。勇気を振り絞って通報した者を守るため、公益通報者保護法が法律として定められている。

「調べてもいいですけど、氷見さん、病院に乗り込んだり、電話したりと、迷惑をかけるような行為はやめてくださいね。我々には順序があります」

乗り込むつもりはない。だが電話くらいはするつもりだった。それを迷惑とは。ここでも出鼻をくじかれた。

「その順序とはどういうことでしょうか、室長教えてください」

「まず保健所に言って……」

「直接、うちに電話があったんですよ。保健所だって迷惑しますよ」

今度は亜佐子が先を封じる。保健所長も厚労キャリアが天下りで務めているケースが多く、保健所長からクレームがくれば困るのは山口の方だ。

歯嚙みした山口だが、それで屈服したわけではなかった。

「ではもう少し様子を見て。もっとはっきりした情報を入手した場合には、個別指導から入ってください。いきなり医療監視などと言わないように。厚労省の『監視』という表現には、医師会も敏感ですので」

医師免許を国から与えられ、それゆえ対等であるはずの行政から監視を受ける謂《いわ》れはない——そう医師たちが怒っているのは亜佐子も現場にいたので知っている。だから立ち入り検査という言葉を使う。この調子だと立ち入り検査じたいも山口は認めてくれそうにない。

「どうすれば今の通報者の希望を叶えてあげられるのですか」

「彼女は、調べてくれと頼んだわけではないんでしょ、勝浦くん」

「はい、彼女は術中死があったことだけを告げてきました」

思わず笑いそうになった。性別は分からないと話を合わせながら、二人して「彼女」と言っている。

ここで主張しても無駄のようだ。密《ひそ》かに自分で調べて、医療法二十五条に明確に反していると分かった段階で、証拠を突き付けて直談判《じかだんぱん》するしかない。

それができたとしても、警察が逮捕するような大きな処分に持っていけないのが行政の歯痒《はがゆ》いところだ。

十数年前、八人もの患者を亡くした北関東の病院の医師でも逮捕はされていない。特定機能病院の指定を取り消されたが、今もその病院は存続している。

大学病院幹部がカルテを改竄《かいざん》して証拠隠滅罪で逮捕された例はあるが、それにしたってメディアが大騒ぎする、あるいは新聞記事が議会で取り上げられ、野党が質問して議会が荒れる。そうした過程を経て、やっと警察は重い腰を上げる。

それが医療監視の現実である。

7

東京フロンティア医大附属病院の消化器外科では先週も膵癌の手術を行った。

難治な臓器と言われる肝胆膵の中でも、膵癌はとくに高度な技術が求められるとあって、高井敦也自らが執刀した。

六十八歳男性の膵頭十二指腸切除術で、十二指腸と繋《つな》がる膵頭部と合わせて、十二指腸、胆管・胆嚢を切除、残った膵臓と空腸、胆管と空腸を繋いで再建するなど十時間に及ぶ手術だった。

成功率の低い手術で、患者の家族にはCPA（心停止）に陥った場合もCPR（心肺蘇生法）をしない、すなわちDNAR（蘇生処置拒否）の了解を取った。患者に体力があったこともあり、敦也は成功させた。さすがにこのクラスのオペとなると、自分以外は誰もこなせない。

ところが今朝《けさ》、教授室に入ったところで、患者の様子がおかしいと、部下の医師から報告を受けたのだ。

急いで患者のもとに向かった。

すでに二人の医師が来ていて、消化酵素を含む膵液の漏れが起きていることが判明した。膵液瘻《すいえきろう》が起きると、突然動脈が溶けて大出血して、死に至る。

幸い、医師たちの処置が早かったことで、容態は安定したが、最悪、一カ月で二人目の患者を亡くすところだった。

膵液の漏れが起きたことを、昨晩の当直だった医師の怠慢さにあるとジャッジした敦也は、他の医師がいる前で、当直の医師を怒鳴りつけた。

――術後管理をきちんとやれと言ったろ。ただ起きてるだけなら、医大生でもできるぞ。

——ですが、患者の容態は安定していたので。

あろうことか、当直医は敦也に言い訳をしてきたのだ。

血管吻合《ふんごう》が心配な場合は三時間おきにエコー検査（超音波検査）を行うが、問題がない場合はエコー検査は実施しない。それでも悪化したということはなにかあったに違いない。

膵癌患者には念には念を入れて回診し、眠っていても表情を確認、少しでも顔色が悪かったり、呼吸が乱れていたりすればすぐさま、エコーを撮って異常がないか確認するものだ。

——きみは、自分が診《み》た時はなにも変化はなかった。最後の回診を終えて、交代するまでの間に元気だったペイシェントに突然、異常が生じたと言いたいのか。

——いえ、そういうわけでは。

——だったらきみの責任だろ！

——はい、すみません。

ようやく自分の非を認めた。

肝胆膵の患者は、手術と同じだけ術後管理も重要だ。それは一度拒絶反応が起きると、その後どう容態が崩れていくのか予測がつかなくなるからである。

そんなこと、外科を学んだ初期段階で教わる。基本も忘れている未熟な医師が自分の部下にいると思うと、情けなくなる。

頭にきたまま、予定に入っていた消化器外科でも胃や食道といった上部消化器とは別部門の、肝胆膵部門のカンファレンスに入った。

道桜大や癌センターなど大きな病院は肝胆膵外科を独立させているが、ここでは消化器外科の一部に入れている。他に大腸、小腸などの下部消化器を扱う部署は、大腸・肛《こう》門《もん》外科と敦也の管轄外になっている。

一つだけ米国製の高級チェアーが置かれている敦也の専用席に着いたのだが、ホッとする思いと、部下の無能ぶりへの怒りが交錯し、スタッフからの説明は耳に入ってこなかった。

手術内容についての確認の説明が終わった時、准教授が発言した。

「このオペ、高井先生に執刀していただくことはできませんか」

飯森が退職したため、唯一残っている松川という准教授である。肝胆膵の専門医、指導医の資格を持つが、より専門なのは胃、食道外科である。

「おいおい、たかが腹腔鏡だぞ。そんなもの、この病院の医師ならできて当然だろ」

今回、執刀することになっているのは、ヒラの医局員とはいえ、それなりに経験を積んでいる。今朝の当直医の若手より、はるかに手技も巧みだ。だが顔を見ると、目が虚《うつ》ろになっている。この医師は心模様が必ず目に現れる。

「確かに早期癌ですし、転移の様子も見られません。うちの科の医師ならこなして当たり前ですが、飯森先生の一件以来、どうもみんな慎重になりすぎている気がして」

松川の声が耳に届く。その医師を見ていた敦也は、顔を松川に向けた。

「飯森先生の一件とはなんだ」

「そ、それは……」

松川は言い淀《よど》んだ。自分たちの医師の一人が患者を殺したとは、口が裂けても言えないのだろう。

「そんなに心配ならきみがやればいいじゃないか」

「私は前日に、胆嚢癌の手術が控えていますので」

「前日だろ。私が若い頃なら、それくらいは日常茶飯事だったよ」

「ですが夜中まで長引く可能性もありますし」

胆嚢癌は早期なら切っておしまいだが、今回の患者は癌が進行しているため、肝臓と肝外胆管を合併切除、さらに取り残しがないか確認して、転移の可能性があれば、膵頭十二指腸などを切除して縫合しなくてはならない。難易度が高いオペではあるが、敦也ならその日のうちに済ませる。

「スケジュールを詰めるのはよくないと思います。飯森先生にしたって……」

突然、看護師の斉藤七海が意見した。

彼女は飯森がミスしたオペで、潤滑に手術が進行するよう薬剤や輸血製剤の補充などを行う外回り看護師として入っていた。

「飯森先生にしたって、とはなんだね？　その言い方だと、飯森先生が過密なスケジュールで、体調を崩したみたいじゃないか」

「飯森先生は一週間に三つも難しいオペがあって、体調が悪そうでした。始まる前も私が『大丈夫ですか』と訊きましたから」

「そう言われた飯森先生は、『無理だ、体が疲れていてオペはできない』と言ったのかね。他の誰かに代わってほしいと」

「飯森先生はそんな無責任なことは言いません」

「なんて言ったんだね」

「私に向かって、『平気だよ、ありがとう』と答えました」

「だったらなにも問題ないじゃないか。それでもきみが心配したのなら、それを上司に伝えれば良かったじゃないか」

「ですけど高井先生は不在だったので……」

あの日は宇佐美大臣や厚労省の幹部と一緒にハンティングに行っていた。

院内のホワイトボードには「出張」と書いただけで、大臣と会っていたことを知っている者はいない。出張申請した事務局長には会合だと伝えたが、誰となんのために会ったのか話してもいないし、医師、事務局を併せても、この病院で敦也に尋ねてくる者はいない。

「私がいなければ、松川先生に伝えればいいんじゃないのか」

そう言ってもう一人の准教授の名前を出した。急に名前を出されて松川は視線を落とした。彼だって自分に火の粉が飛んでくるのは避けたい。

「そうですけど……」

それまで達者だった斉藤の口から勢いが失せた。そこで敦也は声を荒らげた。

「結果を見てから他人のせいにするな。ここでは医師も看護師も同じだけの責任を背負っている。きみが言ったことは、私への非礼だけじゃない、飯森先生のことまで侮辱していることになるんだぞ」

「いえ、私は飯森先生の責任ではないと……」

「斉藤さん、やめなさい」

松川准教授が注意すると、斉藤は唇を噛んだ。

「あのオペは我々の責任ではない、数パーセントは起こりうる偶発症に過ぎず、ペイシエントの心臓がオペに耐えられなかっただけだ。そのことは飯森先生が説明して、家族も納得していると聞いている。違うのかね、松川先生」

「おっしゃる通りです」

「だとしたら、それで済んだことだろ？　だいたい松川先生、きみが余計なことを言うから、スタッフが萎縮するんじゃないか」

「はい、大変失礼いたしました」

松川は頭を下げた。

敦也はスタッフの顔を見る。どいつもこいつも無能な顔をしている。こんなことだから。術後の悪化などという悪い運まで引き込むのだ。

「おい、みんな、なに時化《しけ》た顔をしてんだ。我々は外科医の中でももっともオペが複雑で、根治の難しい臓器と対峙《たいじ》しているんだ。だからこそきみたちだって、周りからリスペクトされている」

今は時間や出血量を見立てられるよう機器や検査方法も進化した。だが敦也が志した頃の肝胆膵外科のオペはすべてが危険で、一日中出血が止まらずに対処に追われることも普通にあった。

「私が普段から心掛けていること、それはなんだ。石川《いしかわ》先生、言ってみなさい」

腹腔鏡手術を任される医師に言う。終始俯いていた彼は急な指名に驚いて顔をあげた。

「それはできるだけ短時間でオペを済ませることです」

「他には？」

「出血は最小限に抑えるよう細心の注意を配れ、です」

二つとも当たり前のことで、いずれも敦也が、口が酸っぱくなるほど言い続けてきた言葉である。だが今言いたいのはそのことではない。

「違う、ハードワークだ。ハードワークがテクニックを生み、テクニックがステータスを作ると言ってるだろ」

「はい、そうでした」

「そんな大事なことを忘れるなんて、きみは大学からやり直した方がいいんじゃないか」

石川はまた視線を泳がせた。他の医師も俯いたり、目を逸《そ》らしたり、似たり寄ったりだった。

「きみらは私に言われたことを忠実に実行すればいいだけだ。無事終わったら、スタッフ全員で術後管理を徹底する。私は全部自分でやって、手柄を独占するような教授にはなりたくない。きみたちにたくさんの経験を積ませることで、どこの病院よりも早く、エリートドクターにしたいと思って任せているんだ、そうだろ、石川先生」

一流の医師といったことに、俯いていた石川は顔を上げ、今は素直に敦也を見て、大きく首肯していた。

「はい、ありがたく思っています」

「感謝しているなら、金輪際、無理だのできないだの、私をがっかりさせるようなことは言わないでくれ。松川先生、部下思いもいいが、きみも同じだ」

「余計なことを言って申し訳ございませんでした」

松川が謝罪し、他の医師たちも頭を下げた。

だが看護師の斉藤七海だけは納得できないのか、口を固く結んでいた。


肝胆膵のカンファレンスが終わると、敦也は教授室に戻って、自席に腰を下ろした。

この椅子もまた人間工学に基づいて設計された米国のハーマンミラー製の高級チェアーである。ピッツバーグ大学がそうだった。教授だけがこの椅子に座り、いつかはあの椅子に座ってみたいといつも羨ましく思っていた。

ピッツバーグ大とは比較にならないが、それでもこの東京フロンティア医大のざまはいったいなんなのだ。

あの病院はいい医師が育たず、医師が次々とやめていく――敦也の聞こえないところで、医学界ではそう噂しているらしい。

その理由は教授である敦也の指導が厳しく、看護師の斉藤が言ったように次から次へとオペを入れて、過労状態になるから、あるいはメンタルを崩してしまうから……。

離職率が他の病院より高いのは事実である。

実際、オペの数は同規模の病院に比べて確実に多い。

それも新しい大学病院なのだから当然ではないか。実績を積み重ねていき、あの病院に命を助けてもらったと、人から人への口伝えで病院の名が広まっていく。

そうすることで大学にもいい講師、いい学生が集まり、大学経営及び病院経営も安定していく。今、東京フロンティア医大、及び附属病院は一流への階段を数段飛ばしでのぼっている最中なのだ。

敦也は来年には副院長を兼任、理事長からは今の院長が定年退職する三年後には、院長の椅子が約束されている。

それがこんなつまらない医療過誤で台無しにされたら堪《たま》ったものではない。

ハンティングを終え、猟友会会長が経営する温泉旅館で食事をした後、温泉に入って帰ることになった。

敦也はすぐは申し訳ないだろうと、少し時間をずらして、脱衣所に行くと、風呂上がりの宇佐美が、六十歳とは思えない豊富な量の髪を大きなタオルで拭いていた。

——ああ、高井先生、いいお湯ですよ。

——入らせていただきます。

——清原くんがいるよ。私より少し遅れて入ってきたから。

風呂場で一緒になる程度の時間差で入るとは、本当に官僚のやることは抜け目ない。

浴場に入ると、清原は露天風呂に肩まで浸かって、陽に輝く紅葉の景色を眺めていた。

——お疲れさまです。先輩、ご一緒させていただいてよろしいですか。

普段はさん付けするが、清原は高校の、それも剣道部の一年先輩なので、一人きりの時は先輩と呼ぶ。

——構わんよ。

清原の顔に湯がかからないように、静かに湯船に足を入れる。

にもかかわらず清原は入った瞬間に顔をしかめた。

こういう意地の悪さが高校時代から嫌われていた。もっとも今、こうして人気者の宇佐美から狩猟に呼んでもらえるようになったのも、最初に清原が誘ってくれたおかげではあるのだが。

高校時代の先輩、後輩の二人で温泉に浸かっているものの、まったく会話はなく、静かなままだ。横目で見ると、清原は目許《めもと》を指で押さえていた。

今は眼鏡をしていないが、神経質な清原がよくする癖でもある。なにかある、そう思って敦也から切り出した。

——どうかされましたか。

——さっきの電話、もしかして術中死があったんじゃないのか。

——えっ、いや。

さすがに戸惑った。

——ペイシェントの家族とか、CPAとか聞こえてきたので。あなたは英語が多いから耳に入るんだよ。

ペイシェントとは患者、CPAとは〝Cardiopulmonary arrest〟の略で心停止のことだ。

官僚の地獄耳にうんざりしながら、敦也は術中死があったことを認めた。ただし、それは松川の報告の通りではなく、心筋梗塞の再発によるものだと説明した。

相槌《あいづち》も打たずに聞いていたため、清原に見抜かれるのではと、湯船の中で動悸《どうき》が激しくなっていた。

清原は「心筋梗塞を発症したのであれば仕方ないな」と言い残すと、「お先に」と露天風呂を出ていった。

宇佐美大臣に黙っていてほしいと念を押そうと思ったが、よくよく考えてみればその心配は杞憂《きゆう》だった。

東京フロンティア医大附属病院を特定機能病院に指定したのは、現職の厚生労働大臣である宇佐美なのだ。

宇佐美の顔を潰すようなことを、清原が言うはずはなかった。

ハーマンミラーに全身を預けて物思いに耽《ふけ》っていると、扉がノックされた。

「どうぞ」

返事をすると、「教授、少しよろしいですか」と言って井崎《いざき》という医師が入ってきた。

院内で敦也のことを「教授」と呼ぶのはこの男だけだ。他は「先生」、手術中など緊迫した場面で、いちいち役職で呼ぶこともなく、執刀医も助手も医師は平等ということで、敦也も札幌の医大にいた時から、教授も「先生」と呼んでいた。

井崎は三十代半ばになるが、いまだ無役だ。

本人は講師になり、その勢いのまま二つも空いた准教授の席も自分のものになる、そう仲間内で吹聴《ふいちょう》しているらしい。

だが敦也にそこまでの構想はなかった。井崎は注意力が散漫で、彼のオペは危なっかしくて見ていられない。

そのため今日のカンファレンスに出た腹腔鏡の肝癌でさえ、井崎より年下の石川に任せた。

それでもたまに学会に同行させるのは、井崎がこの大学でもっとも敦也に忠誠を誓っているからだ。

「どうしたんだね、井崎先生、にやにやして」

頰を緩めて入ってきた井崎に言う。こういう時の井崎はなにかしら院内の情報を持っている。

「今日のカンファレンスは最低でしたね」

なんだ、そのことか、と前のめりになりかけた敦也は姿勢を戻した。

「松川先生が私にやってくれと言ったオペのことか。きみがやりたいというなら、任せるけど」

させる気もないが、そう言った。まさか、やると言い出す気ではなかろうか。

いや、井崎にそんな向上心はない。この男はできるだけ医師以外の業務で、出世したいと考えている。

「松川准教授のことではないです。斉藤七海についてです」

口出ししてきた看護師のことだ。

「教授はどうしてあの女が松川准教授の味方をしたのか、お分かりですか」

教授室の外に声が漏れないように小声で言った。それだけで想像がついた。

「彼女、松川の女なのか」

専業主婦の妻と一男一女がいる松川は、酒も飲まずに、毎日病院と自宅とを往復しているだけのつまらない男である。そんな生真面目《きまじめ》な男だからこそ、女に溺れたのかと思った。

「惜しいところですが、違います」

「違うってなにが違うんだ。単に彼女が好意を寄せているだけとでも言いたいのか」

「いえ、付き合っています。ですが相手が違うんです」

「松川ではないのか、もったいぶらないで言ってくれ」

「飯森先生ですよ」

「飯森と付き合っているのか」

考えもしなかった名前に声が上ずる。

「そうです。同棲《どうせい》はしていないみたいですけど、結婚する予定だと一部の看護師に話していたみたいです」

よくよく考えれば、当て嵌まるのは松川ではなく飯森だ。斉藤七海は今日も飯森を庇《かば》った。敦也が次々とオペを与えて飯森を追い込んだせいで、体調を崩したと言わんばかりだった。

敦也の憂慮など気にせず、井崎は調子よく先を続ける。

「最後に『飯森先生のことまで侮辱していることになるんだぞ』と言ったのは気持ち良かったですね。あのお節介女、愛する恋人の味方をしたつもりでしょうけど、逆に自分が飯森先生の恥を晒していると、教授に気づかされたわけですから」

彼女の正義感を最終的には敦也が論破した。

しかし敦也は、井崎ほど楽観的には考えなかった。

ミスをして、しかもそれを自分の責任だと背負おうとした医師の恋人が、あのオペ室にいたなんて。

飯森は結局、体調不良を理由に敦也のもとには来なかった。

事務局長が電話で話し、今回の術中死についてカルテに書かれている以外、口外しないよう念を押したそうだ。飯森は「分かりました」と了承したらしい。

だが今日の斉藤の態度を見る限り、とてもカルテ通りで済んだと納得しているようには思えなかった。

飯森は納得したとしても、斉藤はそう思っていない。

相変わらず井崎は、飯森は患者を亡くしたショックで鬱状態になっているなど、調子よく喋っていたが、敦也には嫌な予感しかしなかった。

8

「あら、氷見、どしたのよ。私もちょうど昨夜《ゆうべ》、あなたが夢に出てきたところなのよ」

母校である共生女子医大の研究室に氷見亜佐子が行くと、パソコンを弄っていた白衣を着た女性が目許を綻ばせた。錦織利恵《にしきおりりえ》。亜佐子のことを今でも「氷見」と呼び捨てにするのは利恵だけだ。

「どんな夢を見たんですか。どうせ鈍くさい私を、師匠が叱ってる夢でしょう」

「違うわよ、あなたの手が次々と動いて、うわっ、このままじゃ私は抜かれると焦っちゃう夢よ」

「冗談はやめてくださいよ。私が師匠を抜けるわけがないじゃないですか」

利恵から何度叱られたことか。

――ほら、ぼけっとしてないで、氷見、次。

――氷見、術野から目を離さない！

未熟だった亜佐子を本気で指導してくれた利恵の声は今も永久保存版として脳裏に保管してある。

「私も夢にまでは出ませんけど、師匠のことを考えて、今日も仕事終わりに来たんですよ。きっと今晩も遅くまで研究してるんだろうなと」

利恵のことを「師匠」と呼ぶのも亜佐子だけだ。

亜佐子が学んだ共生女子医大での六年間、もっとも熱心に学んだのが当時、講師から准教授になった利恵の授業だった。

利恵から教わったのは医学だけではない。

国家試験で医師免許を取得し、国が法律で定めている二年間の研修医（旧初期研修医）プログラムを、共生女子医大に残って学んだ。内科から産婦人科、地域医療まで様々な科を一定期間ローテートし、その時も肝胆膵担当の利恵がもっとも厳しく、亜佐子に徹底的に技術指導してくれた。

さらに別の病院で三年間の専攻医(旧後期研修医)プログラムを終えると、利恵のいる共生女子医大に戻った。その後に、利恵が富国大に移ったため、亜佐子も一緒に移籍し、二つの医局で肝臓学会などが認定する様々な資格を取って専門医となった。

縁もゆかりもない富国大に利恵が移籍したのは、その頃の富国大の肝胆膵外科は派閥によるお家騒動が起き、とても正常な医療行為が行える状況でなかった。そのごたごたを解決するため、多くの論文を発表、手技にも定評のあった利恵に白羽の矢が立ったのだった。

利恵が教授選で選任されると、大学は病院を機能不全に貶《おとし》めていた二人の派閥トップを追放した。

誰もが不信感を募らせ、口を利かなかった医局で、利恵は土台を組み一本ずつ柱を立てて家を建てるように、一つずつ仕事をこなして医局員を指導していった。

ほとんどが富国大卒だったが、亜佐子のような外様《とざま》もいた。利恵は生え抜きも外様も、そして二つに分かれていた旧派閥の医師も平等に扱った。

ぎくしゃくしていた医局のムードも三年の月日を経て良化していった。

なにせ利恵はスパルタで、休んでいる間もないほど次から次へと指示が出て、仲が悪いとか、派閥でいがみ合っていたとか、そんなことに執着できないほど、医局は熱気に溢れていた。

かといって無茶をさせるわけではなく、利恵は「休むことも医師の仕事よ」と無理やり休暇を取らせる。それでも休むよう命じる利恵が頑張るものだから、みんな日々の勤務時間は自分の体力が許す限り、与えられた職務に没頭していた。

おかげで困難なオペもチームワークで成功し、そのたびにガラス越しに見守っていた全医師が手を握り合って快哉《かいさい》を叫んだ。

学会での発表が、海外の科学誌に掲載されたこともある。地に堕《お》ちた大学の権威は、利恵の力で再建できた。亜佐子にとっては理想的な病院だった。利恵の指導のもとで永く勤務したいと思っていた。

ところが実際の大学は、亜佐子が思っていたような理想形ではなかったのだ。

こういうのを「腐ったみかん」と呼ぶのか、それとも一匹のシロアリからいつの間にか大量発生して建て直した家を食い潰したとでも言うのか、旧派閥の残党による利恵の失脚計画が水面下で進んでいたのだ。

利恵は元より政治に疎く、一番弟子を自認している亜佐子にしても、腕を磨くことに必死で、仲間の医師たちが、こっそりと一人、また一人と利恵から離れていることに気づかなかった。

利恵が教授を務めていた三年の間に、外された主流派がOBを巻き込み、いつまで女の教授に任せるんだと、大学に不満を言い出していたそうだ。

富国大の外科で、女の教授は利恵が初だった。

いわば彼らは教授の椅子を外様の女医師から取り戻したかったため、学長や理事に対して、利恵のやることなすことに難癖をつけていたのだ。

そんな追放組の反撃が水面下で始まっていた時に、利恵が自分のミスだと自認するオペが起きた——。

「師匠が今取り組んでいるのって、例のAIを駆使したロボットですよね。いよいよ完成ですか」

パソコン画面を背後から眺めて亜佐子が言った。

追い出されるように富国大教授を辞した利恵は、かつて勤務していた共生女子医大に戻った。だが教授のような名誉ある役職ではない。

特別研究員という肩書で、メーカーと協力してより難易度の高い手術にも対応できるロボット、しかも人より確実に劣ると言われる「経験」を、AIによって学ばせる最新鋭の医療ロボットを日々研究開発している。

「なに能天気なことを言ってるの。そんな簡単に完成したら、それこそ医者は必要なくなっちゃうわよ」

「もしかして大学の反対に遭ってるんですか」

医療ロボットの採用はすでに様々な分野で進んでいる。

そうした時、必ず言われるのが、ロボットがなんでもこなすことで、医師の技術が下がってしまうという苦言だった。技術云々《うんぬん》より、医師不要論、すなわち医師の生活権の侵害になると。

病院側がロボットを使いたがるのは、医師の数を減らすなど人件費の削減という病院経営の効率化にある。

だがロボット使用の効果はそれだけではない。疾患の早期発見、術医によって差が出てしまうオペの精度を高め、患者をより安全に回復させる。

また発展途上国や日本国内でも医師不足と言われる過疎地で、都心と同じような医療サービスが受けられる。

なにも利恵はロボットにオペのすべてを任せて、人間は術後管理や緩和ケアに徹するべきだと思って開発しているわけではない。目的にしているのは、医師とロボットとの共存だ。難解な手術こそ人の知恵が必要だと感じており、それをロボットに覚えてもらう。

そうして知識を得たロボットにナビゲーションされることで、経験の浅い医師でも難しいオペに挑むことが可能になる。医師の個人差、そうしたものが高いレベルで平均化される、それが利恵の理想とする医学界の未来である。

「反対になんて遭うわけないじゃない。私がこの研究をやりたいと思っていたら、私を呼んでくれたんだから」

「そうですよね、その分野で一番になりたいと共生女子医大は思ってるんですものね」

本音かどうか分からない。女子医大と言っても教授ら幹部は男性が圧倒的に多く、女性医師から指示をされたくないと思っている者はいくらでもいる。いまだに医学界はジェンダーギャップで、世界から遅れを取っている。

「一番反対してるのは、あの人だけどね。いまだに最新器具などなくても、医師に情熱があればオペはできると思い込んでいるから」

「あっ、今、お師匠さんの声が聞こえてきました」

亜佐子は耳に手を当てておどけた。

本当に錦織達三《たつぞう》の声が聞こえた気がした。

利恵の夫であり、研修医プログラムを終えた亜佐子に、「次は大学病院とは違う環境で学んできた方がいいわね」と利恵が勧めてくれた新潟県の山間部にある診療所の医師である。

利恵は「うちの人」と呼んでいたし、二人とも珍しい苗字《みようじ》なので、婚姻関係にあるのは分かっていた。だが東京と新潟と離れて暮らし、連絡を取り合っている様子もなかったから、籍を抜いていないだけで、すでに心が離れた夫婦と思って、亜佐子は新潟に行った。

だが二人は深い愛情で結ばれていて、医師としても互いを尊敬し合っていた。

達三の診療所は、大学病院に備えられているような立派な機器はなかったが、利恵が勧めただけあって達三は腕が立つ医師だった。達三のもとで過ごした三年間は、毎日が別世界で、大学病院どころか他の病院でも絶対に得られなかった知識と経験を学んだ。とはいえ、同じスパルタでも利恵には優しさがあった。達三の診療所はつねに緊張感で包まれ、覚えているのは、達三の怒った顔ばかりだ。

一番ひどかったのは入って一カ月目のある日、亜佐子は寝起きから体調が悪いと感じながらも出勤した。普段通りに白衣に着替えて診察の準備に入ったが、普段となにか様子が違ったのだろう。達三に見抜かれ、怒鳴られた。

——その体で患者を診ようとしているのか。患者が迷惑する、要らん。帰れ。

なにもそこまで言わなくてもと、亜佐子は不貞腐れて帰ったが、あとになって達三からは、「医師は患者を選べるが、患者は医師を選ぶことができない、医師が体調が良いのか、悪いのかなど患者は知らないんだ」と言われてはたと目が覚めた。

それ以来、亜佐子は体調管理に万全を期し、厚労省に転職してからも風邪一つひいたことはない。

「師匠とお師匠さんは、相変わらず月一のデートを楽しんでいるんですか」

利恵が師匠なので、達三のことはお師匠さんと呼ぶ。

休診日は週一だった達三だが、毎月三週目だけは連休にして、行先も告げずに姿を消した。急患は受け付けたが、「たいしたことなければおまえが診ろ」と亜佐子に託し、緊急オペや大病院への搬送が必要な際だけ、連絡するように命じた。

亜佐子は何度か急患を診たが、そんな時にふと思い出したのだ。そう言えば利恵も月に一度、三週目に連休を取っていた——そのことに気づいたのは、達三の診療所に行って三年目に入った頃だった。

二人は東京と新潟のほぼ中間地点、長野県浅間の上信越《じょうしんえつ》国立公園の特別地域内にあるホテルがお気に入りで、毎月一日だけともに過ごしていたのだ。

一度、亜佐子も連れて行かれ、すべての部屋が別々の造りになっているそのホテルで一番手の込んだ、暖炉のある部屋を取ってもらった。

夕食やその後のバータイムは、三人で過ごした。利恵はもちろん、達三も普段見たことのないほど朗らかな顔をしていた。

「月一デートなんてありえないわよ。三回に一回はあの人に急患が入ってドタキャンするんだから。急患で当日キャンセルは富国大の頃に私もしたし、まぁ、気難しいあの人の顔を見るよりは、一人でのんびりホテルのスタッフと話している方がリラックスできるから、いいんだけどね」

一人の方がいいようなことを言ったが、利恵がキャンセルの連絡を聞くたびにがっかりして、さみしく過ごしているのは想像に容易《たやす》い。

「それより氷見、タバコ臭いんだけど、また吸い始めた？」

「えっ、嘘でしょ」

そう言って肘を曲げて洋服についた匂いを嗅ぐ。朝に一本だけ吸ったが、今日は利恵に会いに行くと決めていたので、勤務中は我慢した。匂いはしない。そこで気づいた。

「やられた！」

おでこを押さえる。利恵がくすりと笑う。

「ホント、あなたは相変わらず単純ね。頭がいいのに猪突猛進《ちょとつもうしん》」

周りが見えていないとよく怒られた。だがいつしか褒められる時によく使われるようになった。「氷見のいいところは正しいと思ったら、周りに遠慮せずに突っ走るところ」だと。

「すみません、厚労省に移って一年目は我慢してたんですけど、あまりに職員に無能が多すぎて、ストレスになってしまって」

「普段、何本吸ってる？」

「えっ」一度訊き返してから「三本です」と答えた。

「その顔は、五本は吸ってるわね」

「はい、おっしゃる通りです」

亜佐子の嘘はいつも当てられる。

「一時より減ったからいいけど。昔は氷見の横でどんだけ副流煙を吸わされたか」

師匠が肺癌になったら私のせいです」

「あなたのお父さんだって、タバコなんて吸わなかったら、あなたが医師になった姿を見られたかもしれないのに」

急性膵炎を患った父を、適切な治療で根治させてくれたのが共生女子医大病院の医師だった利恵である。ところが退院した数年後に肺に癌が見つかり、父が亡くなるまであっという間だった。

食品加工会社を経営する父は、一日二箱は喫煙するチェーンスモーカーだった。娘には甘く、子供の頃からやりたいことをさせてくれた。試験でいい点を取っても喜んでくれたが、「勉強より好きな仕事を見つけろよ」「パイロットでも宇宙飛行士でもなりたいものになれ。男だ、女だ、なんて時代はとうに終わったんだから」……そう言って亜佐子を励ましてくれた。最後に目を閉じる前に言ってくれた言葉も「亜佐子だったらなんでもなれる。悔いなく生きろよ」。いまわのセリフまでカッコ良かった。

大好きだった父を肺癌で失ったにもかかわらず、亜佐子は成人してから喫煙を始めた。

タバコの匂いを嗅ぐと、父がそばにいるような気がする。とても利恵には言えないが、そんな思いも正直ある。

ちなみに厚労省に移った最初の一年が禁煙の最長記録である。

最初は新しい職場だし、国民の健康を任されている厚労省で女が喫煙しているのはイメージがよくないと、吸いたいのを我慢した。

敷地内に喫煙所がなくなったことも自制に貢献したが、無理だった。肺癌で死ぬより、このままだとストレスで精神が破壊される——喫煙者にありがちな都合のいい言い訳でまた吸い始めた。

「氷見、あなた用があって来たんでしょ。用件を言いなさいよ。あなただって忙しいんだろうから」

自分の方が毎晩遅くまで研究を続け、さらに週に数コマ、授業も担当しているので多忙なくせに、そう言って気遣ってくれる。

「たいしたことはないんですけど。というか師匠には訊きにくいんだけど」

「なによ、その奥歯に物が挟まった言い方は。遠慮知らずの氷見亜佐子らしくないじゃない」

「師匠、医療過誤ってどういうことで起きてると分析されてます？」

「わっ、ド直球を投げてきたわね」

利恵は体を仰《の》け反《ぞ》らせて大袈裟に驚いた。

「すみません、嫌なことを思い出させて」

やはり訊くべきではなかったと後悔する。利恵を追い出したのは旧勢力の復権だったが、きっかけとなったのは乳児の肝移植だった。

あの頃は他病院に移った医師の補填がなく——それも旧派閥の残党の陰謀だったのだが——難易度の高いオペは利恵が執刀していた。

患者に病院事情は関係ないという達三と同じ考えで、利恵は愚痴一つ零《こぼ》さずにすべてのオペをこなした。

父から乳児への肝移植だったが、肝移植じたいはうまくいった。ところが術後、乳児は血管が詰まるという合併症を起こしかけ、再手術となった。

合併症や拒絶反応はいつなんどきでも起こりうる術後の症状だが、利恵には肝動脈の縫合の甘さを見過ごしたという認識があったようだ。

自分の体調がベストなら出血は防げたと自分を責め、家族に頭を下げた。

そのことがなぜだか利恵を追い出そうとしている旧派閥に伝わり、彼らは大学の評判を下げたと騒ぎ出した。

ちょうど二期目の教授選の前だった。

普段からの真摯な対応に、両親は利恵を信頼しており、子供を助けてくれたと感謝していたが、幼い子に二度も危険な手術を受けさせた責任を取って、利恵は教授選不出馬を決め、辞表を提出して富国大を去ったのだった。

「医療過誤を起こす原因があるとしたら、一つは医師の承認欲求よね。自分はこんな難しいオペもできる、なのにどうして医学界は自分を評価してくれないんだ、そうした焦りから無理なオペをやってしまう」

「それって一人の医師が何人も死なせてしまったケースですよね。今回は複数の医師の場合です」

「ちゃんと最後まで聞きなさい。一人だろうが複数だろうが、そうした事故が起きるということはその組織のトップが悪いのよ。自分も、部下も、この世に完璧な医師などいないのだと驕らず、驕らせず、ミスすれば注意して、しばらく現場を外すなり、冷静にさせるのが上司の務め。複数で事故を出しているとしたら、尚更《なおさら》、組織が壊れていることをトップが気づいていないとしか言いようがないわね」

「トップが医師の技量を把握していないってことですね。未熟な医師なのに困難なオペをさせているとか」

「未熟でなくても患者を死なせてしまうことはあるわよ。私だって危うく幼い命を奪うところだったし」

「師匠のことを言ってるのでは」そう言ってから「すみません」と謝った。

「大丈夫よ、氷見、もう立ち直ったから」口角を上げてから「それってどこの病院よ」と訊いた。

「東京フロンティア医大です。師匠は消化器外科の教授をご存知ですか」

今日、情報収集を頼んだ中央区保健所の女性から新たな情報が入った。

二つ目の術中死もやはり消化器外科で起きていて、肝癌切除中に発症した心筋梗塞によるものだった。手術中に心疾患を発症して亡くなることは肝癌切除に限らず、他の手術でもなくはない。

前回の電話で彼女は「あそこの病院は厳しいから」と言っていたが、実際に厳しいのは消化器外科のことだったらしく、高井敦也という教授が就任してからフロンティア医大はめきめきとその名を高めた。ただ執刀医は今回も高井教授ではなかった。

彼女の話にとくに新しい事実を感じることなく聞いていた亜佐子だが、途中で一点だけ訊き返した。それは今回の執刀医も退職したと言われた時だった。

「東京フロンティアとなると、高井先生ね」

やはり知っていた。利恵も消化器系の教授だったのだ。教授同士の繋がりで、知っていて当然か。

「会ったことはありますか」

「相当に昔、お互いがまだ四十代の頃だけどね。あの頃、高井先生はピッツバーグ大学から帰ってこられた頃で、現地で執刀した症例の発表を聞きたくて、学会では他の医師に混じって話しかけたの。話すことのすべてが新鮮で、やり手感が出てたわね。だいたいピッツバーグ大なんて、希望してもよほど優秀じゃなきゃ入れてくれないから」

海外でも認められるだけの腕があったから東京フロンティア医大の教授に呼ばれたのだろう。そこまでのレベルとなると亜佐子には想像が及ばない。

「もしかしてさっきの医療過誤って、高井先生のもとで起きてるの？」

「はい、それも半年に二度もです」

「二度となると、調査委員会が開かれてもおかしくなさそうだけど」

「開かれてもというか、院内で問題となってる様子もありません」

「でも二件なんだよね？」

もっと多い数を想像したのだろう。利恵は安堵したかのように息を吐いた。亜佐子も医者時代なら同じ反応をした。他の病院でも、術中に何人も死んだというのはいい知らせではない。

「はい、二件です」

「二件だからって、軽視はできないけど」

「私もそう思って師匠に訊きにきたんです」

「高井先生って、確か札幌の大学、外様よね」

「そうです。都内の病院で外科部長をやって招聘されたようです」

「そうなると私の時のように、OBや理事会が騒ぎそうだけど」

その点も中央区保健所の職員から聞いた。東京フロンティア医大は三顧の礼で高井を教授に招いた。その高井のもとで特定機能病院の指定を受けたものだから、理事長だろうが、OBだろうが口出しできない。今や消化器外科のみならず、病院全般を牛耳るほどらしい。

そうした事情を説明した上で、亜佐子は続けた。

「術中死のほかにも少し気になることもあって。二件は違う執刀医でしたが、二人ともその後、病院をやめているんです」

「責任を取らされたってこと？」

「そこまでは分かりませんが、病院は責任を認めていないようなので、それはないと思います」

「私の時みたいに、内輪で責任を押し付けて、表には出さないようにしてるんじゃないの」

また利恵に嫌な記憶を呼び起こさせてしまったようだ。

「そうかもしれませんね。そのあたりはもう少し調べようと思っています」

「その医師がどうしてやめたかは、氷見が大学や本人を調べないことには分からないけど、どんなに高難易なオペで、患者や家族の同意書を取ったとしても、患者が亡くなれば、医師はやりきれなくなるものよ。自分は立派な医師になったと満足していたのに、その域まで辿り着いていなかったと知らされるわけだから」

亜佐子はそこまで難しいオペをした経験がない。幸いにも患者が術中に、あるいは在院中に亡くなったこともない。

それは死に直面するような成功率の低いオペは任されず、亜佐子自身が自分の実力を自覚していたからだ。

だから今も後悔している。もっと頑張って、たくさんの経験をして、力をつけておくべきだったと。

自分が信頼され、亜佐子自身が腕に自信を持っていれば、利恵がやめる原因となった肝移植にしたって、亜佐子が執刀医になれていたかもしれない。

あの日、利恵が疲れているのは亜佐子には分かっていた。

それなのに、自分がやりますとは言えなかった。第一助手も、先輩の男性医師に任せた。

その助手は今も大学に残っていて、復活した旧勢力の中でうまく立ち回っている。

その医師が、利恵が見過ごしたと悔やむ直径二ミリの細い肝動脈の縫合を担当していた。

父から子への臓器提供を無駄にし、乳児を命の危険に晒すような不完全な結紮《けっさつ》を、まさか医師がするとは思えない。だが利恵を中心としたワンチームに、その助手の心がなかったのは確かだ。

利恵の早い判断で、再手術して、危機はしのいだ。利恵は小さな子供に二度も大きなオペをしたことを悔いているが、今、その子は保育園に通って、他の子供と同じように元気に遊んでいるそうだ。

利恵が去った後も、亜佐子は病院に半年は残った。だが追放先から戻った教授は、利恵に付いていた医師たちを冷遇した。

再び医局の空気は悪くなり、医師同士のコミュニケーション不足、伝達ミスまではいかなくともひと言でも次の医師に伝えていれば済んだ事柄を、知らんぷりしたせいで患者の体調が悪化したり、重症化したりと、よくないことが続けざまに起きた。

ここは患者が救いを求める病院ではない。医師のエゴだけで動いている、そうした患者に真摯に向き合っていない病院を指導し、利恵がいた時のような、正しい姿を取り戻させたい、そう思って亜佐子は、厚労省に入った二年目に、医政局の医務指導室への異動を願い出たのだった。

「もしかしたら師匠の言う通り、医師自身が患者を亡くした責任に苛《さいな》まれているのかもしれませんね」

そうなると、やめたことじたいは医療過誤には繋がらない。

そこで利恵が急に黙ったのが気になった。

「どうしました、師匠」

一つため息をついてから利恵は話しだす。

「今はこの業界、いい方向に向かってると思ってるのよね。富国大は相変わらずみたいだけど。そんな時に他の病院の悪評まで立ったら、せっかくのいい流れが断ち切られてしまうわ」

「いい流れが来てるんですか？」

医学界は悪くなっている一方だとは方々で聞くが、良くなっているという声は珍しい。

「ほら、富国大に失望して、医者をやめると言った氷見に、私が医系技官を勧めた時なんて言ったか覚えている？」

医務指導室で医療監視員になりたいと思ったのは入省してからだ。それまでは医師とはまったく別の仕事をしようと考えていた。

「もちろんですよ。師匠からは『臨床で助ける命は目の前の患者だけ、一生かかっても千人くらい。だけど政策で助けられる命は何十万、何百万もあるのよ』と言われました」

「ちゃんと覚えてんだ？　それなのに氷見は、政策ではなく、医療監視員を希望したのよね」

「すみません」

内示前だというのに、山口室長にあれこれ訊かれたのも、そうした希望で入省したからだ。他の受験者と同じ、筆記も面接も正々堂々と試験を受けて合格したが、面接を通ったのは、その言葉が面接官の心に響いたからだと思っている。

「そこでやっぱり我が道を行くと方向転換してしまうところが、氷見らしいんだけどね」

利恵も呆れていた。

「その言葉と、医療界の現状、どう関係があるのですか」

利恵がなぜそんなことを言い出したのか、会話を辿って質問した。

「私が言った、政策で助けられる命は何十万、何百万もあるという言葉、あれは今の宇佐美大臣の発言なのよ」

「そうだったんですか」

「宇佐美氏は、当時は駆け出しの政治家で、なんの地位にも就いていなかったけど、医療には興味があったようで、あるシンポジウムで発言して、主催者である厚労省の幹部に発破をかけたの。私はこういう人が厚労大臣になればいいのに、と思ってたんだけど、それから十年くらい経って、本当に就任したから、これから医師会を含めて、医療界は変わっていくと密かに期待してるのよ」

「なるほど、師匠の言葉ではなかったんですね」

「そうそう、受け売り、ガッカリした？」

「いいえ、私も宇佐美大臣のもとで、うちの省も良くなっていくように思えてきました」

「あなたがやる気になったのなら、正直に伝えて良かったわ。氷見にはこんなことを言いたくないんだけど、今の研究にはお金がかかるので、私も慣れない政治《まつりごと》をやってるのよ」

笑顔が急に曇り、自分を卑下するような言い方をする。

大学の研修室を充実させるために、政府に補助金を求めることは大事な職務である。厚労省に入って分かったが、病院側からアプローチがなければ、行政はなにがどこまで進んでいるのか、今後の医療にどんなものが必要なのか知ることはできない。

「そんなこと、承知してますよ。私だって今は医務指導室にいますけど、やがてはどこかに異動させられて、政治家や医師会の思惑に沿って、こそこそ裏の仕事をやるかもしれないんですから。せっかく師匠から『氷見は真っ直《ます》ぐにしか走れない』って言われてるのに」

「大丈夫よ、あなたは異分子だから、どこにいっても悪い波を断ち切ってしまうわよ」

「異分子はなくないですか。師匠にくっついてたのに」

「私にくっつこうとすることじたい、異分子の表れじゃない」

利恵は目尻を下げた。

今の厚労省はけっして悪い組織ではないことを聞かされたことも良かった。なによりも臨床医だった頃と変わらない師匠から、前と同じように「猪突猛進」と弄られ、亜佐子は自分がやろうとしてることは誤っていないのだと、自信を持つことができた。

9

珍しく深夜まで病院に残った高井敦也は医局に顔を出した。

当直医の専攻医が一人いるだけだった。彼はスマホを眺めていた。

「高井先生、どうされましたか」

専攻医はこの時間に敦也が医局にいることになにも違和感を覚えることなく顔を上げた。最近はこんな医者ばかりだ。術後管理の甘さで激怒したというのに、一切の緊張感が医局にない。

「きみ、回診に行かないのか」

「さきほど行き、次の時間まで一時間半あります。輸液とドレーン排液や尿量のインアウトバランスを見ましたが問題はありませんでした」

「採血は？」

「しましたが問題なしです」

「エコー検査は？」

「えっ」

「昨日崩れたんだぞ。調べるのが普通だろ」

「松川先生からはそこまで言われなかったので」

准教授の松川の名前を出す。膵液瘻を起こしたケースは、松川が迅速な措置をとったため、最悪の事態は避けられた。

「きみは上から言われないと、なにもしないのか。私ならつねに気を配る。もし自分の当直時にペイシェントになにかあったら、どう責任を取るか、そればかりを考える。私ならのんびりスマホなど見ない」

「失礼しました。ではすぐにエコー検査をしてきます」

専攻医は立ち上がった。

「きみは杉村先生とはいくつ違いなんだ」

術後管理で敦也に雷を落とされた医師だ。

「いくつもなにも私は専攻医ですし」

「ドクターに専攻医も専門医もない。みんな同じ現場に立ってるんだ。きみは私の話のなにを聞いている」

ピッツバーグ大の医師が言っていた言葉だ。敦也はそれを「米国人ドクターも日本人ドクターも」に言い換えて、日々奮闘した。

「私は杉村先生の年齢の三歳下、学年で言うなら二期下です」

「もういい、さっさと検査に行ってこい」

意欲のなさに腸《はらわた》が煮えくり返りそうになる。こんな医師しかいないから、次々とミスが出るのだ。

これが現状の東京フロンティア医大のレベルなのだ。敦也が着任していなければ、いまだ大学病院カーストの最下層を彷徨《さまよ》っていた。

これでも敦也が来てからは、定員割れしていた受験者の数は増え、レベルはいくらかは上がった。

それまでも学費は高い方で、あの医大は金さえだせば入れると馬鹿にされていたが、拝金主義者の理事長は、特定機能病院の指定を受けたことで来年からさらに学費を値上げするらしい。

確かに医大は金がかかる。ましてや一人前の医師を育てるのには研修期間を含めて十年はかかる。設備もまだまだ不充分だ。

そんな微細なことを気にするのはやめた。俺は院長になるのだ。いや最終ゴールは学長だ。学校の名をさらに高めて、学部も増やして、マンモス私大へと変えていく。

その時には首都圏の各地に「東京フロンティア」と名のつく附属の大学病院を建設する。最高峰の地位と圧倒的権威を得ることで、学会で挨拶しても、敦也がいた札幌の医大には興味を示さなかった医師たちを見返してやるのだ。

今の専攻医は、たった二期しか違わない杉村を自分とは立場が違うと謙遜していたが、敦也が学生の頃は、二年くらい上なら、建前上礼儀正しく振舞っても、腹の中ではあの先輩は未熟だ、頭でっかちで腕がないと冷笑していた。

他方、どう見ても実力は敦也が上なのに、見る目のない教授は、敦也の同期や、敦也が相手にしていない先輩を執刀医に指名することがあった。

そうしたオペで、前立ちに入った教授から執刀医が叱られていたと聞くと、心が晴れた。

どうせなら失敗しろ。そうなれば教授は敦也を選ばなかったことを後悔する、そんなことまで考えた。当たり前だ。スポーツと同じで、病院にもレギュラーと呼ばれる医師には枠がある。補欠のままではやがて淘汰《とうた》される。

医局に誰もいなくなってから、敦也はパソコンの前に座った。

焦る必要はなかった。今の専攻医がエコー検査を終えるまで充分な時間はある。

病院には夜勤の看護師が残っている。専攻医を叱って医局から追い出した直後、教授がカルテを開いていた。それら一部始終を見られていたとしたら、余計な勘繰りをされる。

このパソコンの中にある電子カルテには一週間前に飯森が術中死させた患者の詳細が記録されている。

書いたのは、履歴上は執刀医の飯森になっている。だが敦也がハンティングから戻ってきたあの日の夕刻、飯森が書こうとしていたことは、ここに記入されているものとまるで異なっていた。

——おい、家族に説明したこととは違うじゃないか。

乱暴にどかした飯森に代わって、カルテの前の椅子に座った敦也はそう怒鳴った。

床に倒れた飯森は、今日の自分は体調が悪かった。そのせいで患者を死なせてしまった……床に膝をついて涙ながらにオペの状況を説明した。そして今ここに書いたことが事実ですから、と。

話している途中で敦也が遮った。

——違う。おまえが家族に伝えたことが事実だろ。

——事実ではありません。それは高井先生に言われたからで。

——なんだと、私の責任だというのか。

敦也は睨みを利かせて、話の筋を変える。

——そういうわけじゃ……責任はオペをした私にあります。

飯森はこうべを垂れた。

——だから責任なんてないんだ。心臓が耐えられなくなることはありうる。ましてペイシェントは心筋梗塞の持病持ちだったんだ。家族だって納得したんだろ。そういうものだと分かった上でオペを頼んできた。

——ご家族は私を信じてくれていました。亡くなる前には奥さんからは「主人を」、息子さんからは「父をどうかよろしくお願いします。また元気な姿を見させてください」と頼まれたんです。それを私ときたら……。

そこで涙ぐむ。敦也はそういう弱い医師が大嫌いだった。胸のむかつきまで覚えた。

——泣くな、みっともない。

そう言われても彼の涙は止まることなく、指で拭いている。

——人前で涙を見せる医師にペイシェントは自分の命を預けたいと思うか。

彼はようやくそこで泣くのをやめた。

その後は飯森のログインのまま、敦也がカルテを打った。他人のログインでカルテを書くことは、病院内の規定違反、もっと大きな罪に問われる危険性もなくはない。

だが彼に打てと命じても、とても言うままに打つようには思えなかったから、敦也が打つしかなかったのだ。

敦也が入力している間、飯森は幽霊のような生気が抜けた顔で、敦也の横に立っていた。

表情も変えずに呆然《ぼうぜん》と立ち尽くす姿が、敦也は不気味でならなかった。

飯森がたちどころに手を伸ばして、保存キーを押せば、それでおしまいだ。

その段階で、カルテは一旦、保存される。命じて再ログインさせたとしても、修正履歴がつく。

だが心配は杞憂に終わった。飯森はなにも行動を起こさなかった。

書き終えて保存キーを押すと、敦也は回転椅子を飯森に向けて言った。

――このことは、誰にも言うんじゃないぞ。

彼は同意をしなかったが、反論もしなかった。感情が欠落したまま、呆然と立っていた。

――きみも疲れていたんだろう。私もきみに負担をかけすぎたのかもしれない。有給も使っていないし、休日出勤の代休もあるだろうから、しばらく休みなさい。事務局には私から伝えておく。

そう伝えると医局を出ていった。

飯森とはその日から顔も見ていないが、彼の取った行動に、いささかの不安を覚えている。

どこかに告発する気ではないか。

病院には内部通報を受け付ける内部監査室がある。総務・人事局からは独立した形を取り、通報者が不利を受けない仕組みになっているが、実際はその通りではない。敦也が病院にやってきたこの三年で、整形外科のパワハラ事案など数件、通報があったと聞いているが、戒告処分が一度出ただけで済んでいる。

いや、病院の内部監査室ではなく、マスコミなら敦也の力で揉《も》み消すことはできない。

大丈夫だ。飯森が告発したところで、彼はあの場にいたのだ。なぜ自分の名前でカルテが書かれたことに抗議しなかったのか、飯森の方が非難の対象となる。

そもそもそこまでの問題にもならない、飯森のログイン記録が残っているのだから、飯森が書いたと敦也が主張すればいいだけだ。

ちょうど夕方の回診時間と重なっていて、医局には飯森一人しかおらず、敦也が書いていたのを見た者は、飯森をおいていない。

それにしてもあの日、自分はよく病院に戻ってきたと思う。

慣れない山道をへとへとになるほど歩かされたせいで、真っ直ぐ家に帰るつもりだった。

東京駅に着いたところで、急に心変わりして、乗車したタクシー運転手に病院に寄るよう伝え、そしてカルテを書こうとしていた飯森に遭遇した。

ああいうのを虫の知らせというのだろう。それとも神の知らせか。そうした運を持たなければ、医学界をトップランナーとして走り続けることはできない。

しばらく物思いに耽っていた敦也は、もう一度、誰も入ってこないか足音を確認して、カルテにログインした。今回は自分のＩＤで、だ。

頭が熱くなっていたあの日は、飯森のログインで保存するとそのまま帰宅した。だが術中死が起きたのだ。医師が書いたカルテを確認するのが管理職の務めである。自分のログイン履歴を残していないことを、今日まで失念していた。

自分が書いたものだから、履歴さえつければ中身をチェックする必要はない。しかしまた飯森がこっそりやってきて書き直していないか、あるいは飯森が書き残した部分と自分が書き換えた部分とで齟齬《そご》が生じていないか、ひと通り確かめた。

《ペイシェント、その家族に心筋梗塞再発可能性がある旨の同意を得た上で、オペの実施。術中に心筋梗塞が再発。心筋梗塞を原因とする心原性ショックを発症した。その後、ＣＰＡに陥った》

これならどこからどう読んでも、心筋梗塞の再発による心停止だと読み取れる。

カルテの内容に危惧する疑問点はなかった。重箱の隅を楊枝《ようじ》でほじって問題点を探し出すなら、直前に心筋梗塞を発症した患者に、どうして肝癌切除のオペをしたかぐらいだろう。

昨今、数ある病院が、医療裁判を心配して、難しい手術をしたがらなくなった。とくに高齢者に対して、緩和ケアに切り替えるよう説得する医療機関が増えた。

だが何歳であろうと生きたい、手術をしてでも根治の可能性に賭けたい、そう思うのも人の権利である。その結果、亡くなる者もいる。

そこで生じる死は、患者が単に賭けに失敗しただけであり、医師の責任ではない。この患者と家族は手術を切望した。だから当院はオペに踏み切った。理に適《かな》っている。

こうした医学界の弱気な姿勢に立ち向かうためにも、自分のような人間が必要だと敦也は思っている。

他院が断った患者も受け入れて、病院の名を高めていき、たくさんの医師の卵を集め、厳しい指導で育てていく。

俺は間違ったことなどしていない。日本の医学界の未来に貢献しているのだ。

米国の最高機関で味わったあの緊張感と、自分たちが世界の医療に追いつこうとしているという優越感をこの病院にも浸透させ、日本の医療全体をレベルアップする。日本では治してもらえないから、海外で治療をする、そんなことは断じてあってはならない。

もう充分だろう。こんなに遅い時間に病院にいたのはオペ以外では久々のことだ。とっとと家に帰ろう。

ふと気になって、ログイン履歴を確認した。

そこで目が留まった。

飯森の名前と今の敦也との間に、一人だけこのカルテを開いた人間がいた。

10

氷見亜佐子はファミレスの一番手前の席に座って、ドリンクバーのコーラを飲んでいた。

普段は自分でも浮いてるなと自覚している原色を使ったワンピースやスカートが多いが、今日に限ってはダーク系のパンツスーツにした。

学生時代はおとなしめの服装をしていたのに、医師になった途端、上から下まで気合の入ったファッションに変えた。

時に医師になって勘違いしだした、羽振りがよくなったと誤解を受けるが、ブランド物でなく、廉価だけどセンスのいいお店で探している。

もとより亜佐子は、自分がオシャレだとは思っていない。

ただ共生女子医大に入った亜佐子が、服装に気を遣い始めたのは、父の主治医だった錦織利恵の影響を受けている。

利恵は亜佐子ほど派手な服装はしておらず、ヒールも高くて五センチ程度のもので通勤していたが、とにかくチャーミングだった。

その中でも亜佐子が気に入っていたのは、利恵は必ずピアスをつけていたことだ。共生女子医大には多くの女性医師がいたが、ピアスをつけていたのは利恵だけ。ほんの小さなピアスなのだが、菱型《ひしがた》のルビーで、一人前の医師になったら、自分もピアスをつけて勤務しようと決めていた。

ところが達三の診療所での研修を終え、母校に戻ると、利恵の耳からピアスが消えていた。

どうやら衛生的な問題で、アクセサリー類をつけることが禁止されてしまったらしい。

——師匠、私も一人前になったら、師匠みたいなピアスをつけたオシャレな医師になろうと思っていたんですよ。こんな規則ができるなんてショックです。

利恵の技術から患者との接し方、もちろん容姿まで追いかけていた亜佐子は本気で残念がった。

その時言われた利恵の言葉は忘れられない。

——あのピアスはオシャレでもなんでもないのよ。まだ半人前の医師で、自信を失っていた私に、達三さんが「そんな暗い顔をして患者と向き合っていたら医師は務まらんぞ。これからはこれをつけて少しでも明るい顔で臨みなさい」とピアスをプレゼントしてくれたの。たかがピアスなんだけど、あれをつけたらうまくやれる。違うわね、しないで失敗したら、どうしてピアスをつけずに臨んだんだろうって、あとで後悔するような気がしたの。だから毎日、同じピアスをつけてたのよ。

驚いた。のちに他大学から教授として引っ張られるほど優秀な利恵でさえ、そうした不安とつねに戦っていたとは、思いもしなかった。

勤務中にアクセサリーをつけられないため、それ以降の利恵は、素敵な服装で出退勤するようになった。達三に言われた「明るい顔」で現場に臨むことを守ろうとしたのだ。

亜佐子も真似をした。

まだ新米だったため、新しいワンピースで出勤すると、他の全員から浮かれた医師が来たと苦い顔をされた。

だが利恵だけは「あら、その服、素敵ね。他にどんな色があった？」と喜んでくれた。

富国大では、医師たちの健康状態まで気遣い、無理をさせないローテーションを作った利恵だが、それでも普段は朝の七時からカンファレンスが行われる日もあるし、午前中は回診、午後は外来、その後は残業してだいたい午後十時まで、土曜もほぼ全員が病院に来ていた。

それだけでも相当きついが、利恵は当番でもないのに、自分が手術をした患者がいると日曜日も様子を見に行っていた。

亜佐子もそうしようとしたが、体力がついていけず、日曜はベッドから出る元気がなく、自分が手術した患者がいても当直医に任せた。

そうした日は大概、夜には自己嫌悪に陥り、どうして病院に行かなかったのか、こんなことではいつまで経っても利恵に追い付けないと、永遠に縮まらない差を痛感させられた。

結局、真似できたのは、服装くらいかもしれない。

ただ亜佐子の中にも、部屋着のような楽な服装で出勤して、患者にもしものことがあったら、それは自分がいつもと違うことをしたせいだと悔やむ、そんな思いが募り始めていた。


今、亜佐子が待っているのは、厚労省に電話をしてくれた女性である。

おそらく彼女が思い描いているのは、テレビドラマなどに出てくる、思いやりがあって頼りになるおばさん刑事のような中年女性だろう。

そうなるといつもの派手な服装だと、軽薄に思われ、女性は話す気が失せてしまうかもしれない。亜佐子なりに今朝は相当悩んで、クローゼットの奥から地味な服を選んだのだった。

フリーメールに連絡が来たのは、電話があった翌日の朝だった。それは空メールで、電話をかけた女性なのか、それとも別の誰かは判断がつかなかった。

悩んだのは数分で、亜佐子は絶対にあの時の女性だと信じて、返事を書いた。

ただの悪戯《いたずら》かもしれないが、警戒して探りを入れるように書けば、相手は返信を寄越《よこ》そうとは思わなくなる。

自分は厚生労働省の医務指導室の医療監視員、病院の不正や隠蔽などを監視、指導する部署の一員である。さらには元外科医だった経験から普通の職員が分からない手術中の問題でも理解できるなど、詳細に書いた。

さらに一番肝心なこと、自分はこの国では公正な医療が行われていないと感じ、臨床医をやめて医系技官になったとつけ加えた。

医師にできることは目の前の患者を救うこと。それのみと言ってもいいほどだ。それなのに怠慢だったり、自分の出世しか考えていなかったり、医師として不適格者がいる。行政の一員として彼らを正すことができれば、よりよい医療界となって一人でも多く患者を救うことができる……自分が常日頃考えていることを丁寧に書き綴《つづ》った。

送信してから長すぎた、それも内容が少し重たすぎたと反省した。

自分が受け取り手なら、こんな正義感に溢れた文面、逆に怖くなって連絡が取りづらい。

巷間《こうかん》、とくに人権派の弁護士や政治家にありがちだが、自分たちの正義を貫くために、協力者が特定されてしまうような内容まで晒す。協力者が普段通りの生活ができなくなっても、社会が良くなったのだから大義としては正解だった、と告発者のプライバシーを疎《おろそ》かにするケースが増えていると、ネットニュースで読んだのを思い出した。

そう感じたからこそ、亜佐子はさらにもう一本、補足のメールを送った。

《少しでも不安になれば連絡しなくても構わないです。私はいつまでも待っていますので、伝えたいと思った時にお返事をください》

来るか来ないか、確率で言うなら二対八くらいか。それが昨日の深夜、メールが届いたのだ。

今回は空メールではなく、《直接会って話したい》と書いてあった。

亜佐子は感謝の返信メールを送った。そのメールの最後に《あなたとお会いすることは、厚労省の同僚にも話さないので安心してください》と記したのだった。

約束をした時間通りに、若い女性がテーブルの前に立ち止まって「氷見さんですか」と話しかけてきた。

二十代半ばくらいの、服装によっては大学生に間違えられそうな可愛らしい顔に、亜佐子は戸惑って返事をするのに数秒かかった。

「あなたがアンガーさんね、氷見亜佐子です」

彼女のフリーアドレスを言った。「アンガー」、つまり怒り。通報者の気持ちを表しているハンドルネームでもある。

ショートボブで、セーターにパンツ姿の彼女が着席すると、亜佐子はまず彼女に飲み物を訊き、ドリンクバーでアイスコーヒーを取ってきてから、グラスとともに名刺をテーブルの上に置いた。

彼女には名乗らなくていいと言おうとしたが、先に彼女の方から「斉藤七海です、東京フロンティア医大附属病院で看護師をしています」と言ってきた。

「フロンティアの看護師さんだったのですか」

内部の人間とは思わなかったため、今度はあからさまに驚いた反応をしてしまう。

「私の前に電話をした彼が『部外者』と名乗ったので、私も合わせました」

童顔だが、口調はしっかりしている。よく見ると顔全体は優しいのに、目許には強い意志を感じる。

「看護師さんということは……」

「はい、あのオペに外回り看護師として入っていました」

「失礼ですが、斉藤さんの歳はおいくつですか」

外回り看護師は器械出し看護師よりベテランがやることが多い。共生女子医大でも富国大でも、器械出しをある程度経験した看護師が外回りに回った。

医師や器械出しは術野に夢中になっている。それだけに客観的に医師の動きや様子を見られる人間が、オペ室には求められるのだ。

「三十歳です」

それくらいならありえなくもないが、若い方だ。優秀で、冷静な判断ができる看護師だと院内でよほど評価されているのだろう。

斉藤七海からは、術中死が起きたオペの様子を聞いた。

ステージⅢの肝癌切除。執刀したのは東京フロンティア医大の消化器外科では二番目の地位に立つ医師で、これまで大きな失敗は皆無。

今回は、下大静脈近くにある腫瘍栓がなにかの拍子に千切れ、下大静脈に入った。さらに右心室へ流れ、それゆえ心停止に陥った……聞きながら亜佐子はまるで自分の目の前で起きたかのように腕に鳥肌が走った。

確かに下大静脈に近い場合、肝静脈の処理に細心の注意を払う。

それでも実際に腫瘍栓が下大静脈に入ってしまったということは、過去に聞いたことはある。

医師が注意を怠ったのかどうか、すなわち医療過誤に該当するか否かは、実際にその場に立ち会うか、それともビデオや画像を見ない限り、判別がつきにくい。

それが、斉藤が続けた言葉で、これは医療過誤などの問題ではないことに気づかされる。

「ご家族には心筋梗塞を再発して亡くなったと伝えられました」

「えっ、腫瘍が原因という話はしなかったのですか？」

「していません」

「カルテには」

「記載はありませんでした」

これは大ごとだ。同じ心停止であっても、原因はまったく違う。

「ご家族には誰が伝えたのですか」

「執刀した先生です」

とんでもない医師だ。その医師の名前を問い質《ただ》そうとした。だが口にする前に斉藤の顔が急に強張《こわば》った。畏怖を感じさせるほどの表情で亜佐子を見る。

「ど、どうされましたか」

怖い物知らずと言われる亜佐子でさえ、気圧《けお》された。

「彼は正しいことをしようとしました」

「彼って執刀した医師のことですか」

なにか特別な関係があるような気がしたが、余計な口を挿《はさ》まず斉藤が話すのを待つ。

「亡くなられたことで、彼はとてもご家族に説明できないほどダウンしてしまいました。

ですけど上からの命令で、ふらふらになりながらも説明しました」

「説明って、でも嘘を伝えたんですよね」

「彼は正直に自分のミスだと伝えるつもりでした。それができなかったんです」

「どうしてできなかったんですか」

斉藤が初めて沈黙した。そこにこの問題の闇が隠されている気がした。

「カルテも執刀医は虚偽の記述をしたのですか」

ここでも返答はない。斉藤は唇を結んでいる。

「もしや正直に書いたのに、上の人間が改竄したのではないですか」

斉藤は初めてアイスコーヒーを口にしてから、口を開いた。

「説明した通りのことがカルテに書かれていますが、それは教授が改竄したわけではありません」

「教授って、高井敦也教授ですか」

利恵や中央区の保健所職員から出てきた名前を言う。

彼女は小さく頷いた。

利恵も保健所職員もやり手だと評価していたが、自分の技術を磨くことに必死で、他の病院の医師と交流のなかった亜佐子は、高井の顔も知らない。

「彼が書いていたところに教授が現れて、彼を撥ね除《の》け、教授が彼のログイン状態のまま書いたんです」

「執刀医になり代わって、高井教授が書いたってことですか」

だとしたら改竄以上に大問題だ。別の人間の名前で書くということは医師の倫理に反する。しかも内容が嘘だとしたらなおのこと許しがたい。

「高井教授、手術当日は？」

「出張して在院していませんでした」

「いつ戻ってきたんですか」

「午後三時からの回診が始まって一時間余り経過してからだそうです。医局には彼しかおらず、体調が戻った彼がカルテを書こうとしていた時でした」

それまで意図的に聞き流していた「彼」という語句に、亜佐子は初めて質問した。

「彼って、その執刀した先生って斉藤さんの……」

表情を窺《うかが》って亜佐子はそこまでで言い留《とど》めた。答えたくなければ答えなくてもいい。

「はい、お付き合いしています」

彼女ははっきりと言った。

「最初に『私の前に電話をした彼が部外者と名乗ったので、私も合わせた』と言いましたよね。そうなると最初の電話は、執刀した先生だったということですか」

「そうです。でも電話しているうちに怖くなって切ってしまいました」

怖くなったのではない。職員の応答が雑で、証拠を出してほしいなどと言ったからだ。

「これまでの話を聞いた限り、その先生の体調が気になります」

体というよりは心の心配だ。

「自分は大変なミスを犯した。もう医師の仕事はできない、そう言って退職届を出しました」

「そうですか……」

こういうことが起きるから医師は辛《つら》いのだ。人間なのだから誰だってミスをする。だが人の生死と関わっている医師には、小さな過ちすら許されない。

医療訴訟で患者側の勝訴する確率はおよそ二十パーセント、和解を入れても三十パーセント前後と言われている。裏を返せば、患者の取り間違いや麻酔の投与ミスなど明らかな病院側の不手際がなければ病院側が勝訴するよう、日本の司法制度は医師の味方になっている。

ただそれは、そうしないと敗訴が続き、医師不足に陥るからであり、患者を助けられなかった医師は、裁判になろうがなるまいが心を痛めるからだ。それが患者の命を預かっている医師の正しい姿である。死なせたわけではない、ただ乳児に危険なオペを二回したただけにもかかわらずそのことを旧派閥から追及された利恵が、大学に辞表を出したように。

「彼氏さん、本当に医師に戻る気持ちはないのですか」

「決心は固いと思います」

「それは……」

言いかけてまた躊躇した。

「先生の言いなりになって、嘘の報告をご家族にして、カルテに残してしまったからです」

亜佐子が言わんとしたことを、斉藤が口にした。

一人の医師の人生までその教授が奪った。亜佐子は怒りで体が震えた。

「最初にその医師が電話をしてきたということは、彼は上司の不正を暴きたいと思っているのですね」

「正直半分半分です」

それまで強い目で見返していた斉藤が、視線を下げる。

「そうですよね。自分が執刀したことまで知られてしまうんですものね」

刑事事件になって教授が摘発されれば、裁判で手術内容まで公になる。その一方で、教授が虚偽記載は事実だが、カルテには執刀医が自分の意思で書いたと言い張れば、執刀医が警察の捜査を受ける。

執刀医のミスについては会議で伏せたまま、病院に立ち入り検査ができないかを頭を捻って考える。

「彼氏さんに会うことはできないですか。もちろん、立ち入り検査に入った時も彼氏さんの名前は出しません。斉藤さんの名前も同様です。他から噂を聞いたことにして、病院に検査に入ります」

「検査などできるんですか」

「なんとも言えないですけど、できるように努力します」

しばらくの間を置いて、斉藤は声を発する。これまでと違って言葉に覇気がなかった。

「彼は無理だと思います。病院側からも電話での退職を認めてもらうかわりに、カルテに書いてあること以外は口外しないよう約束させられましたから」

「そんなことまで約束させられたんですか」

これは改竄だけの問題ではない。隠蔽もつく。

「私もそんな一方的な約束、守ることはないと言いました。でも彼がいつ……」

そこで言葉が止まった。亜佐子には斉藤が継ごうとした言葉が予測できた。

「医師免許を持っているんですものね。いつ誰から医師として必要とされるか分からない。私も臨床医はやめましたけど、医師免許を返上するつもりはないからその方のお気持ちはお察しします」

実際は医師免許があるから医系技官を続けられるのだが、死ぬまで医師でいたいという思いは変わりない。

その医師も告発によって、自分の執刀ミスが世間に知られることを恐れているのだろう。臨床医に戻ろうと決意したところで、病院側が過去に医療過誤をした医師を雇うことに躊躇する。

「せめてカルテが手に入れば、立ち入り検査の突破口になると思うんだけど」

「えっ」

「いえ、カルテを見られれば、執刀医が書いたものか、それともオペ室にいなかった者が書いたものか、なにかしら違いが分かるかもしれないじゃないですか」

そこで再び間が生じた。夕方のファミレスなので子供たちが多くて騒がしい。亜佐子たちが座るテーブルだけが別次元のように空気がどんよりしている。

「でも無理ですよね。部外者がカルテを見られないことで、患者のプライバシーが守られているわけですから。そのためにもなんとか立ち入り検査に持っていこうと思っています」

その方法が思い当たらないが、ここで弱気な面を見せればせっかく会いにきてくれた彼女を不安にさせると、亜佐子は強気に振舞った。

立ち入り検査に持っていくと強い口調で言ったのが良かったのかもしれない。斉藤の目に再び強い意志が戻った。

「彼は無理でも、私が協力します。その時は名前を出していただいても結構です」

「名前を出すとなると、斉藤さんはフロンティア病院では働きづらくなるかもしれませんが、大丈夫ですか」

「はい。追い出されることになったとしても構いません」

「追い出されたりしませんよ。そのための公益通報者保護法ですから」

「居づらくなれば同じです。仮にそうなったとしても、高井教授がしたことを私は許せないので」

それまで教授としか言わなかった彼女の口から、初めて「高井」と実名が出た。

若い医師と看護師をこれだけ苦しめた男を、絶対に許すまいと亜佐子は心に誓った。

11

高井敦也は院長室のソファーで二人の若い医師と向き合っていた。

二人とも四十前後でそれなりにキャリアはある。

一人は京都の病院に勤務していた男で、理事長の遠縁にあたるらしい。

――このまま京都の病院にいても出世が見込めないと親から頼まれたんだよ。大学人事に私情を挟みたくないが、博士課程を経ているし、ちょうどうちは准教授が二人やめて席が二つも空いてんだろ。採用するかどうかは高井先生に任せるから、一度会ってみてくれないか。

理事長に頼まれたのは三カ月も前だったが、呼んでくださいとは言えなかった。医師は喉から手が出るほど欲しかったが、その時点ではこの医師にどれだけの腕があるかを知りえなかったからだ。

彼の履歴書を見たところ、専門医の資格は多く取り、様々な学会に顔を出しているが、いかんせん、手術実績が乏しく、その病院は生体肝移植すら実施していない。

飯森までいなくなった今となっては、経験させながら見て行くしかないだろう。面接までしておいて、理事長の推薦者を邪険に扱うわけにはいかない。

その点、もう一人のインテリぶった男の実績は申し分なかった。

あまり名の知られていない名古屋の私大ながら、数例の生体肝移植や、肝内胆管癌の切除、膵頭十二指腸切除術など、難易度の高いオペを任されるのだから、腕があるのは間違いない。

問題は人間性だ。

この男は自薦で応募してきたのだが、事前に履歴書と術記録を渡された時、彼がなぜ、しがない私大で出世できなかったのか不思議でならなかった。

その理由が今日分かった。彼は元々、名古屋の国立大、中部大卒なのだが、大学の金で米国留学させてもらいながら、箔《はく》が付いたからといって安い給与の国立大学から、給料の高い私大に移籍したのだ。

　普通は、留学費用を出してもらった義理を感じて数年は母校に勤務する。

　敦也の場合は私費留学扱いとなったため、経費は一切出なかった。

　それでも休職扱いにしてもらい、大学に年金や健康保険など社会保険料を出してもらったため、後輩に先を越されながらも帰国後二年はご奉公した。

「お二人とも立派な経歴なので安心しました」

　一人は技能面で、もう一人は性格面で問題ありと感じたが、敦也は心とは逆のことを言った。

　採用決定を裏付ける言い方に、理事長推薦の医師はお辞儀をした。

　だが中部大卒の方は、自分が採用されるのは当然とばかりに、頭を下げることもなかった。

「うちは都内でも給与面は高いですし、国公立大と比較すれば雲泥の差です。オペ数は多く、残業時間は長い方ですが、稼げる病院です」

　敦也の説明に同席する院長は幾分顔をしかめた。稼げるとは命を預かる医師に適した言葉ではない。

　それでも報酬の対価に難しいオペと術後管理という長時間労働が待っている。それを理解させるためにも事前に伝えておいた方がいい。

「待遇面は私も期待しています」

中部大卒は貰《もら》って当然とばかりに答えた。

「笠木《かさぎ》先生はUCSDに留学されているんでしたね」

中部大卒に敦也は尋ねる。カリフォルニア大学サンディエゴ校、一応、北米医大ランキングでは上位に入る。

「そうです」

よく訊いてくれたと鼻の穴を膨らませる。

「私はピッツバーグ大にいました」

敦也が在籍した大学は米国国立衛生研究所などから研究支援を受け、医学界ではハーバードに並ぶ名門である。ピッツバーグ市じたいが世界中から医師が集まる「病院の街」だ。本気でトップ医師を目指すなら、サンディエゴなど過ごしやすい温暖な地は選ばない。冬は氷点下の極寒の暗い一日が続き、出掛けようにも車のエンジンが一発でかからないペンシルベニア州にあるピッツバーグを選択する。

「笠木先生は臨床をしましたか」

「いいえ、研究費をもらって、癌治療薬の研究をしていました。およそ一千万円の予算で、日本では考えられない数のマウスを与えてもらい、充分すぎる研究成果を得ましたよ」

顎を上げて言う。

「なぜ臨床はやらなかったのですか」

敦也はこの男の鼻をへし折ってやりたいと思い、口にした。

「そりゃ向こうでやるには、アメリカの医師免許が必要ですから」

「私はアメリカの医師免許を取りましたよ」

「そうなんですか」

キザな男が目を丸くする。

「せっかく現地に行くんです。日本代表として、世界のトップドクターに負けない手技を披露したいじゃないですか。最初はアジア人などに任せてなるものかと相手にされませんでしたが、カンファレンスでは積極的に自分の意見を言い、助手として入ったオペでは言われるより先に手を出しました。嫌な顔もされましたが、そのうち認めてくれる医師が出てきて、拡大肝葉切除も任されました」

医師は自分から技術を磨き、道を切り拓《ひら》いていくものだ。それは地位も同じである。だがこの東京フロンティア医大では、サラリーマン化し、プライベートを充実させ、四六時中医療のことを考えている医師は少ない。だから稚拙なミスで術中死を起こしてしまうのだ。

自分の方が経験豊富だと示したことで、中部大卒の高い鼻も少しは折れたかと思ったが、彼は平然とし、違う質問をしてきた。

「ところで我々二人が採用されたとして、ここの准教授は三人になるわけですよね。誰がリーダー役になるのですか」

自分を先任准教授にしろ、敦也にはそう聞こえた。

「まだあなたたちは来たばかりだし」

院長がとりなしたが、彼は話をやめようとしない。

「松川先生とは以前、学会でお会いしたことはありますが、ずっとここにいるとのことで、留学経験もないそうですし」

唯一の准教授である松川のことを調べたようだ。松川にしてもやめた飯森にしても、ここに来てからは日々の仕事に忙しく、留学どころか、出張オペにも出したことはない。

「それに私は名古屋の大学でも准教授でしたし」

おいおい、そんな田舎《いなか》の大学と一緒にするな、敦也は声に出さずに嘲笑する。

「まぁまぁ、笠木先生、あなたもまだうちの病院のことはなにも知らないわけですし、今、そんなことにこだわらなくても」

院長が窘《たしな》める。敦也も同じ内容を言うことにしたが、院長のような甘っちょろい言い方はしなかった。

「誰が一番かは今後の三人の仕事を見て決めますよ。さきほども言ったようにうちはハードワークで知られる病院です。アメリカではクラスAと呼ばれるオペでもどんどん受け入れますし、休む間もなくオペのスケジュールが入ってきます」

しばらく蚊帳《かや》の外だった理事長推薦の医師の顔を見る。クラスAと聞いて腰が引けたか、自分の非力さが分かっているのか、彼は俯いた。自信がなければ採用後、彼の方からやめるだろう。

「では採用決定ということで。お二人にはどんどんオペをやってもらいます。次々とこなしていくのを見た上で、誰をリーダーにするかを決めましょう」

敦也はそう言って手を一つ叩いた。

「高井先生はあまりオペをしないと聞きましたが、それはなぜですか」

少しは敦也の権威を理解したかと思ったが中部大卒は懲りてはいなかった。

「私も執刀しますよ」

「ですが、先生は今おっしゃったクラスAのオペでも部下に任せているとか」

敦也がオペから逃げている、そんな言い方に聞こえた。

「私の役目はどんな困難なオペでも任せられる医師を数多く育てることです。全員をエリートクラスにして、日本中から受け入れ先に困ったペイシェントがここにやってくる、それが私だけでなく、理事長、院長の望みです、ねえ、院長」

「え、ああ、そうです」

そこまで野心が高くなく、定年まで大きな事故なく過ぎてほしいと望む院長は、あやふやに言葉を濁した。

「エリートはいくらでもいます。ですがマグニフィセントとまで呼ばれるドクターは、日本中の病院を見渡してもひと握りです。私の要求は厳しいです。私の指示は世間ではブラックと言われる域に入るかもしれません。もしあなたがたが腰掛けだと思っているなら、今すぐ去っていただきたい」

さすがに堪《こた》えたのか、鼻っ柱が強い中部大卒も「はい」とだけ返事をした。

その後、医局でスタッフに二人を紹介した。

松川はライバルが来て不快さを滲ませているかと思ったが、逆に自分一人にのしかかっていた難しいオペが分散されると思ったのか、お人好《ひとよ》しなほど二人に医局について説明していた。

こんな男だからダメなのだ。どこかでクビにして、野心のある医師を引っ張ってきたい。

そうはいっても中部大卒のような非常識な医師は不要だ。ああいう者は上の者の足を引っ張る。

その日はとくにオペもなく、なにごともなく一日を終えた。

途中、製薬会社の伊藤から電話があった。

宇佐美の誕生日が近づいているので、仕事の話と言って誘い出し、サプライズパーティーをしようと言い出したのだ。

正直くだらないと思った。製薬会社はこんなことまでして大臣の機嫌を取っているのかと呆れ返った。伊藤が言うには清原の発案だと言う。

なるほど、宇佐美のような真面目な人間ほどサプライズを喜んでくれる。そういうところに官僚はそつがない。

とくにこの日は会合もないので、医局員たちを残して、敦也は帰り支度に入った。

理事長推薦の男は最後まで残っていたが、生意気な中部大卒は挨拶だけして帰宅した。採用に安心して一息ついているのか、遊びに出掛けたのだろう。

そうした合理主義者の方が、案外医師としてはうまく立ち回れる。

やめた飯森ではないが、過労で体調不良になるような人間は、健康管理を怠っているに等しい。いくらオペのスケジュールが詰まっていても、体を休める時間はいくらでもある。それも自分で作るものだ。

一つ失敗して落ち込むようでは、医師としてどうかしている。次から次へと患者が待っているのだ。いちいち引きずっていては、数をこなせない。

飯森を思い出したせいで、あの女の顔が脳裏を掠《かす》めた。

斉藤七海、カンファレンスで敦也に盾突いた……。

あの二人が付き合っているとは井崎に言われるまで敦也は考えもしなかった。二人がとりわけ仲良く過ごしている姿は見たことがなかった。

井崎からは二人についてもう少し調べましょうかと言われたが、必要ないと言った。口答えしてくる生意気な女だ。教授が医師と看護師の自由恋愛まで内偵していると知れば、どこに告げ口されるか分からない。とくに看護師の組合はうるさく、騒ぎ出すと手に負えない。

今思えば、本当に結婚を意識した交際なのか、井崎に調べさせても良かった。そこまでの深い交際なら、飯森がやめた時、斉藤も退職しても不思議はない。

どこも人手不足の看護師に、働き口はいくらでもある。東京フロンティア医大の看護師は、医師ほど高い給与をもらっているわけではないので、普通は他所《よそ》に移るだろう。それなのにあの女はまだ在籍している。愛する男が去った病院になぜ残る。あの女に病院への強いロイヤリティーがあるようには思えなかった。

井崎とは今日はなにも話していない。

昇進できると思い込んでいた彼は、二人の新准教授を紹介されたことで臍《へそ》を曲げていた。

敦也はいずれ准教授の松川か、その下の講師を外に出して、井崎を昇格させようと考えている。そのためには今日の二人の腕を確かめなくてはならない。さらに井崎にも難しいオペの経験を積ませる必要がある。

廊下を歩いていると、手術室看護師の集団に遭遇した。いつもはその中にいる斉藤の姿がなかった。

一人がエレベーターのドアを開けたままにしてくれた。敦也は歩を進めて中に入り「ありがとう」と礼を言った。

女性の匂いが充満するエレベーターから一番に出て、「お先に」と言うと、彼女たちは「お疲れさまです」と声を揃えた。

表に出てしばらくして足を止めた。

振り返るとエレベーターのボタンを押してくれた看護師に電話がかかってきたようで、彼女だけが集団から離れた。

敦也は立ち止まってスマホをチェックする振りをして、電話を終えた彼女が近づいてくるのを待った。

「あれ、斉藤さんの姿見えないけど、今日彼女は休み？」

手術室看護師は平日の日勤なので、有給でも取らない限り、出勤しているはずだ。

「斉藤さんならまだ残ってますよ。どうかしましたか」

「いや、別になんでもないよ、お疲れさま」

怪しまれる受け答えをしてしまったが、彼女は「お疲れさまでした」と返して、気にせずに正門から出ていった。


敦也は寿司《すし》屋で夕食を済ませてから、最近は顔を出していないスナックに寄った。

「あら、高井先生、いらっしゃい。どうしたのよ、全然来てくれなかったのに」

茶髪のママがしなを作った。

「オペや学会で忙しくてね」

「フロンティア病院は年々、評判が高くなるから先生が忙しいのも分かるけど」

赴任した頃は顔を出したが、こんなちんけなスナックで飲む機会は減った。自分はもっと高級な店で、高級な女に囲まれ、高級な酒を嗜《たしな》む身分である。

くだらない話で時間を潰して、日を跨《また》ぐ時刻が近づいてから敦也は病院に戻った。

自分が彼女の立場なら、動き出すのは三交代制の看護師が、夜勤から深夜勤に代わる午前零時を過ぎてからだ。それまでは看護師の数が多く、看護師の詰め所の出入りが激しい。

院内から人の気配は消えていた。残業していた医師たちも帰ったようだ。

この病院の医療従事者であれば、パソコンからカルテを見ることができる。医師でなくとも、看護師も同様だ。

ただし一般の看護師は自分の担当患者以外のものは見ないし、とりわけ手術室看護師が術後に患者のカルテを見ることはない。

それが斉藤七海は亡くなった患者のカルテを開いていた――。

看護師の詰め所にも十数台のパソコンが設置されているが、斉藤は詰め所のパソコンは開かない。他の看護師に疑われることも憂慮するだろうが、それ以外に彼女には目的がある。

詰め所の隣にある看護準備室のドアの前まで行った。

ドアに耳を寄せ、物音を探る。聞こえた。プリンターの音だ。

カルテを外部送信すると記録される。だがこの病院の機器では、プリントアウトの履歴は残らないようになっている。

敦也は勢いよくドアを開けた。

プリンターの前に立っていたのは予想していた通り斉藤だった。

いきなりドアが開き、そして入ってきたのが敦也だと知った斉藤は、顔色を変えた。

「斉藤くん、なにをやっているんだね」

大声でも出され、隣の詰め所に聞かれたらまずいと、静かに声をかける。

「いえ、その……」

敦也が一歩ごとに間を詰めるたびに、狼狽《ろうばい》した斉藤が退いていく。

「なにをやっているんだと訊いているんだよ」

小声だが口調を強めた。プリントアウトが終わった。彼女は印刷を終えた紙を数枚摑んで走り出した。

敦也も慌てた。自分の横を全速力ですり抜けようとした斉藤を両手で捕まえて、その場に倒した。

斉藤に逃げられないよう敦也が上になり、右手からカルテのプリントアウトを奪い取った。

彼女の口が動いた。

敦也は、声を出されてなるものかと、右手で彼女の口を塞いだ。

12

目の前にいる男の青白い唇は、震えていた。とても大学病院で腕を振るっていた外科医には見えなかった。

氷見亜佐子は四日前、看護師の斉藤七海と会って、術中死は医療過誤だったこと、それを教授の高井敦也が虚偽のカルテを書いてごまかそうとしたことなどを聞いた。話を聞いたその夜に一本だけメールが届いた。そこにはこう書いてあった。

《私、氷見さんを信用することを決めました。だからよろしくお願いします》

もちろん亜佐子はすぐに返した。

《任せてください。斉藤さんの勇気に必ず報います》

それが一昨日、《その後、大丈夫ですか》と送ったが、返事がないものだから心配していた。

斉藤に会った翌日から、医務指導室で、専門官の古舘が調べた東伏見病院への立ち入り検査があり、亜佐子も仕事に追われた。

古舘の言っていた通り、古いカルテは破棄されていた。

病院側は、新しい電子機器に入れ替えた際、管理担当者が診療録のデータベースごと消してしまったのだと、責任を管理課になすりつけた。

元より東伏見病院は管理上に問題がある。死亡事故、重症化患者の症例はない。亜佐子は押収した書類等を調べたが、カルテの削除以外、問題はなにも出てこなかった。

昨日も斉藤に複数回メールを送ったが、返信はなく、なにか良からぬことでも起きたのかと憂惧した。

亜佐子は仕事終わりにでも思い切って東京フロンティア医大を訪れようかと考えていた。

そう考えていると、昨夜遅く一本の電話がかかってきたのだ。

それが斉藤の話にも出てきた恋人であり、医療過誤を犯した飯森智大だったのだ。

――氷見さんですか。私、東京フロンティア医大附属病院に勤務していた飯森と言います。

――はい、斉藤さんから聞いています。斉藤さん、お会いした日にメールをいただいてから、返信がないんです。

――そのことで氷見さんにお話ししたいことがありまして……。

物憂げな声でそう言ったまま、あとは黙ってしまった飯森に、亜佐子は会って話したいと頼んだ。彼はどうにか了承してくれ、斉藤と会ったファミレスでこうして向き合って話を聞いている。

「彼女、カルテをプリントアウトして持ち出したところを高井先生に見つかったんです」

飯森がそう言った瞬間、態度にこそ出さなかったが、亜佐子の本音は「やってしまった」とおでこを押さえたかった。

――カルテが手に入れば、立ち入り検査の突破口になると思うんだけど。

斉藤の前でそう言ったのは、亜佐子だったからだ。

本当に持ち出そうとしてくれるとは思わなかった。

心配なのは斉藤の身だ。暴力でも受けたのかと思ったが、上から高井にのしかかられ、口を押さえられただけという。

それでも彼女にしてみたら恐怖を感じたに違いない。

その後、斉藤は教授室に連れていかれ、カルテを勝手に印刷したことで、処分を検討する、それまでは自宅謹慎を言い渡され、その間にもし外部に漏らした時には、懲戒処分にする、警察にも訴えるとまで告げられたそうだ。

「ひどい、自分が法を犯しておきながら」

「はい、犯罪者扱いをされ、彼女泣いてました」

「だいたい教授個人に看護師を処分する資格なんてないはずです」

「そうなんですけど、彼女もルール違反をした後ろめたさは持っているので」

「病院にはなんて言ってますか。突然休んだら同僚は怪しむのではないですか」

「私はすでに退職しているので分かりませんが、そのあたりは適当に理由をつけられていると思います。フロンティア医大は高井先生が黒と言えば、白いものでも黒になります。誰も先生に口出しはできません」

斉藤は今も怯えているのではないか。

告発者が組織内部の顧客（この場合は患者）の個人を含むデータ資料を所轄官庁、外部の監督機関、メディアなどに持ち出したことは過去にもある。

だがその勇気は、警察や行政の捜査及び立ち入り検査が入って初めて実るのだ。斉藤のケースで言うなら、医務指導室が検査に入らなければ、彼女は単に病院のルールを破っただけで終わる。

「七海から氷見さんのことを聞いていました。彼女、氷見さんのことを強い女性だと憧れていました」

「強いだなんて、ただ自分の仕事を忠実に実行しようと思っただけです。そうしなければ斉藤さんや飯森先生の勇気は報われません」

「私なんか全然です。電話しても途中で切ってしまいましたし。そのことを後日、七海に話したら、そこまで決心したのにどうして、と叱られました」

「切ってしまったのは仕方がないと思います。どんなケースでも最初の連絡が一番不安になります」

斉藤七海もそうだった。勝浦の対応に誠実性が欠けていたこともあり、途中で黙った。あの時、電話を代わった亜佐子は機転が利いた。話してほしいと懇願するのではなく、メールアドレスを伝えた。

それでも彼女は警戒して、送ってきたのは空メールだった。亜佐子は書き過ぎかと懸念しながらも、自分の意志と意気込みをすべて書き綴った。その結果、彼女は実際に会って、真実を語ってくれた。

その時の態度を心強く思ってくれたのだろう。だがいくら強いと感じてくれても立ち入り検査を成し遂げなければなにも意味はない。その検査を実現するには、まだ大きな障壁がある。

「もし我々が病院に検査に入って、カルテを見た場合、これは自分が書いたものではない、高井教授が書いたものだと飯森先生に証言していただくことは可能ですか」

「それは……」

口を噤《つぐ》む。やはり彼も高井を恐れているのだと思ったが、返ってきた説明は想像していたものとは少し違った。

「高井教授が書いたことが証明できない時、飯森先生が二度と臨床できないことを心配されているのですね」

「私はなにも自分の身を守ろうとしているわけではありません。病院はやめましたし、今は医師を続けるつもりもありません」

「斉藤さんもそうおっしゃっていました」

「私は自分のミスが表沙汰になっても構わない、処分を受け、患者を亡くした責任を追及されても仕方がないと思っています。でも……」

そこでまた言葉が止まった。

「でもなんですか？」

「七海まで道連れにするわけにはいきません」

「私はけっして斉藤さんを巻き込んだりはしません。私に伝えたことが、高井教授に知られるのではと彼女は怯えているでしょうから、私自身、今は斉藤さんに会うのは控えようと考えています」

必死に説得したが、飯森は俯いたままだった。

「七海って、看護師さんをしているお母さんに育てられたんです。父親は七海が小さい頃に別れたので」

シングルマザーの母が看護師をしながら自分を育ててくれた。その母の背中を見て、自分も母と同じ道を歩みたい、そう志す看護師は少なくない。

「お母さんは数年前に子宮癌の手術を受けましたが、その後も体調は思わしくなくて、今は休職し、七海が実家に戻って面倒を見ています。たぶん復帰は無理だと思うので、私も結婚したら、お義母《かあ》さんも一緒に暮らそう。俺が生活の面倒を見るからと七海に伝えました」

「斉藤さんも飯森先生の優しさに喜んだのでは」

「はい、でもお義母さんは、新婚夫婦の邪魔をしたくないと断ってきて。それでも私はお義母さんが心配だから、七海の実家の近くにマンションを借りようと提案しました。それならお義母さんも気兼ねせずに娘と毎日顔を合わせられるし、夕食も一緒に食べられるって」

頼りなさそうに見えた飯森だが、女性には優しく、実直さが滲み出ている。

「飯森先生が医者をやめたら、生活も大変になりますね」

そういうことで今一歩踏み出せないのかと思った。そこでも飯森は否定した。

「臨床医をやめても仕事はあります。氷見さんのような医系技官は私には無理ですが、研究機関や製薬会社など雇ってくれる会社は見つかると思うので」

「たくさんのオペをやってこられたんですものね」

「はい。私が心配しているのは七海のことです。七海は正しいことをしようと電子カルテをプリントアウトして渡そうとしました。でもそれは厳密に言えば病院の規則を破ったことになります。そのことを知られると、お母さんはきっと悲しむ。七海はそう思っているのだと思います。彼女自身、どんなに辛くても看護師の仕事はやめたくない、やめたらお母さんが心配して、ますます体調が悪くなるからと、以前にも話していましたから」

「絶対に斉藤さんにはご迷惑をかけません。病院が懲戒処分を出そうものなら、私が断固として阻止します。そこは私を信じてください」

だから協力してください、そう心の中でメッセージを送った。

執刀医の飯森の証言があればすべて暴くことも可能だ。

ログイン記録は飯森のままであっても、書いた人間が違うのだ。必ずなにかしらの点で、飯森は書いていない、高井が書いたものだという齟齬を炙り出す。そのためには過去に二人の書いたカルテまで辿って徹底的に比較する、それくらいの覚悟はあった。

だがその強い決意が飯森には伝わらない。

「氷見さんは高井先生の力を知らないからそんなことが言えるんです。いくら私がこれは高井先生が書いたと訴えても、病院のスタッフは誰一人、私の味方にはなってくれません」

「でも文面から必ず違いを突き止めますよ」

「無理だと思います。論文など長い文章ならまだしも、カルテなど書く内容は決まってますので」

飯森が言った通りではある。あらかた箇条書きだし、時間に追われている医師は余計なことは書かない。これがせめて手書きの時代であったなら筆跡鑑定できるが、今はどこも電子カルテを使っている。そのおかげで、外来などの診療時間が大幅に短縮された。

「飯森先生は患者が亡くなった後、疲労でダウンされたんですよね。それを不在だった高井教授に伝えたのは誰ですか」

「松川先生という准教授です」

「その松川准教授は事実が高井教授によって捻《ね》じ曲げられたことを知っているわけですよね。松川准教授の協力が得られれば、高井教授の指示で、飯森先生がご家族に嘘の説明をしたことが判明しませんか」

「それは無理だと思います」

「松川准教授も高井派なのですか」

「そうではありません。松川先生は誠実な方です」

「では、どうして」

「とても苦労されて、准教授になられたんです。昇進が決まった時、廊下の隅で奥さまに『やったぞ』と電話していたのを、偶然立ち聞きしました。毎日、夜遅くまで私たちと一緒に残って、患者さんを診ていた努力を知っていましたから、その声を聞いて、自分のことのように嬉《うれ》しく思いました。あそこまで喜んでいた松川先生を、巻き込みたくありません。もとからして私がミスをしなければ、今回のことは起きなかったわけですから」

　飯森の協力は得られそうもなかった。それでもここで亜佐子が弱気になれば、通報したことを二人に後悔させると、亜佐子はあえて気丈に振舞った。

「分かりました。まずはお二人の力を借りずに、やれることから手をつけていきます。ただ厚労省の医療監視員として、独自で調べたことにしますので、安心してください。調査に行き詰まった時、今日聞けなかったことを詳しく教えていただけるとありがたいです」

「それくらいでしたら、いつでも協力します」

飯森は了承してくれた。

口では強気なことを言ったが、医療監視員には強制的な捜査権はない。どうやって、上司に東京フロンティア医大附属病院の立ち入り検査を認めさせるか、その方法すら亜佐子には思いつかなかった。


翌日の午前中、会議が行われた。

医務指導室のツートップの一人、古舘は一つ、検査を片付けたせいか、今日はやる気がなさそうで、意見を言うこともなかった。

他はいつもと同じだ。余計なことに首を突っ込みたくないのか、口を挿まない。

「津舟さんはなにもありませんか」

室長の山口は訊いた。

「まだ発表できる段階のものはありません」

津舟に関しては、やる気がないのではなく、東伏見病院の前に、自分が調べた別の事案をやり遂げたばかりなのだ。

今日の会議はこれで終了。山口がそう言い出すタイミングを見計らって、亜佐子が挙手した。

「氷見さん、なにか」

眉間に皺《しわ》を寄せた山口室長に指される。

「実は東京フロンティア医大附属病院の消化器外科で、医療過誤により患者が亡くなった疑いがありまして」

「それは勝浦くんに通報があった件ですね」

山口室長が電話を受けた事務官の職員を見る。彼は「僕はその後、なにも知りません」と答えた。

「私が独自に情報を集めました。私の調べによると……」

亜佐子はこれまで調べたことを、斉藤七海と飯森智大の名前を出さずに説明した。実名を挙げたのは高井教授だけだ。高井が患者の家族に虚偽の報告をさせた。さらに勝手に他人のログインでカルテを書いた。高井の存在が大きすぎて、そのことを疑問視する声が院内で上がってこないことまで、こと細かく。

説明しながら亜佐子はどんどん体にアドレナリンが出て昂《たかぶ》っていった。

「これは診療報酬点数の不正請求やカルテの管理ミスの問題ではありません。医療法に抵触するだけでなく、刑事事件として罰せられるべき問題です。マスコミだって飛びつきます。私は日本中の医師が、権力争いに注力して、患者を置き去りにしているわけではないと思っています、患者ファーストの医療従事者は数え切れないほどいます。ですが一部では、高井教授のような権力者につかないと、主流から外される。そうした不遇な医師たちを救うためにも、今回の事案、しっかり立ち入り検査して、医療界にも正義が求められていることを世間に知らしめたいと思っています」

自分でも信じられないほどの熱弁に、職員たちも驚くかと思ったが、反応は薄かった。亜佐子が喋り終えた後、しばらく沈黙の時間が訪れる。

「氷見さんはそのことを証明できる証拠を持っているのですか」

山口室長に訊かれる。この中で一番やる気がないのが山口だ。言われるだろうと思っていたことなので用意していたセリフを述べる。

「それを調べるために立ち入り検査に入るのです。カルテを押収して、それは本当に執刀医が書いたのか、それとも高井教授が書いたのか、調べたいと思っています」

「そんなの分かるわけないよ。カルテなんてちゃちゃっと書いて終わりの医師だっているんだから」

古舘が口を出した。ちゃちゃっとまでは言わなかったが、飯森も特徴が出にくいと言っていた。亜佐子は比較的、長めに書いた方だが、長さ以外、他の医師と違いがあるわけではなかった。

「それでもいろいろあるでしょう。私の経験でも忘れたくない箇所にフラグを貼る先生もいましたし、大事なことは色を変える先生もいました」

ほかにも思い出した。箇条書きではなくブログのようにつらつらと書く医師もいた。

「その高井教授って、優秀で忙しい医師なんでしょ？　氷見さんが言うように偽造していたとしたら、普段フラグをつけたり、色を変えたりしていても、わざわざ自分がやりましたとバレるようにはしないでしょう」

古舘の言う通りだ。ブログのように書くなんて言えば、失笑を買うところだった。

「ですからこそ、ここにいる皆さんが知恵を出し合って。実際に臨床医だった方もいらっしゃるわけですし、私はみんなで力を合わせれば、なにか見つけられるような気がしています」

古舘、津舟の専門官二人のほかにも臨床医だった医系技官はいる。研修医の経験のみで公務員試験を受けた医系技官にしても、カルテの書き方を習い、実際に書いている。

「ところで氷見さんは調べたと言いますが、それはどうやって調べたのですか」

山口から冷めた口調で訊かれる。

オペに関わっていた飯森と斉藤の名前を出せばみんな仰天するだろうが、二人の名前は出せない。

「私が個人的に調べたと言ったじゃないですか」

「だからどうやって調べたかを訊いてるんです。氷見さんが東京フロンティア病院にこっそり忍び込んでカルテを覗いたわけじゃないんでしょ？」

山口がそう言うと、山口の隣に座る古舘に半笑いされた。山口もそうだが、この男も本当にムカつく。

「私の知り合いの医師が、フロンティア医大病院の関係者と仲が良くて、情報提供を受けたのです。それで私に知らせてくれました」

「フロンティア病院の関係者とは、そのオペの執刀医ですか」

山口にしては鋭い指摘——と褒めてやりたいところだが、素知らぬ顔で「違います」と否定する。

「じゃあ、オペに入った麻酔医か看護師ですか」

今度は古舘が訊いてきた。

「それも違います」

亜佐子は嘘をつく。

「となれば事務局になりますけど、事務局の言い分をそのまま信じていいんですかね。彼らはそこまで立ち入らないでしょう。噂話だけを集めた告発ほど、危険なものはないんですよ」

「噂話ではありません」

「医師、もしくはオペに参加した看護師、麻酔医でなければ、現場を見てないわけですよね。氷見さんの説明だと心筋梗塞ではないのに、教授は心筋梗塞だと家族に説明させ、カルテにも担当医に代わってそう書いた。心筋梗塞ではないなんて、手術室にいる者以外、誰も証明できないじゃないですか」

「それは……」

能弁な古舘の主張に反論は見つからず、亜佐子は悔しさのあまり歯軋《はぎし》りした。

「ところで勝浦くんが電話に出た時、相手はどんな対応でした？」

山口は勝浦へと視線を移した。

「証明するものを出してほしいと言った途端、急に喋らなくなりました」

「黙ったということはその人は、氷見さんの言っている関係者とは違うということですかね。氷見さんの知り合いの医師は、ペラペラ喋ったわけだから」

ペラペラ？　山口の使う言葉からして亜佐子は悪意を覚える。

「はい、その人は外部だと言ってましたし」

「そうでしたね。外部だから、氷見さんの言う事務局の者とは違いますね。だいいち電話を途中で切ったのだから悪戯かもしれない」

「ちょっと待ってください。私はなにも事務局とは」

これではフロンティア病院の事務局に迷惑がかかると亜佐子は口出しする。「電話を切ったのは勝浦さんが証明する資料を出してくれと言ったからですよ。外部だろうが、内部だろうが証明する資料なんて持ち出せるわけないじゃないですか」と話を替えた。

言いながら、激しい自己嫌悪に陥った。

カルテが手に入れば亜佐子が口を滑らせたために、斉藤七海に危険な任務をさせ、彼女から生き甲斐にしてきた看護師の職を奪おうとしている。それが痛恨だ。

結局、亜佐子を援護してくれる者はおらず、東京フロンティア医大の名前はそれ以降出ぬまま、会議は終了した。


亜佐子はむしゃくしゃしながら、ケンコー食堂でラーメンを啜っていた。

あそこまでの説明を聞いて、やる気を起こさないのであれば、医療監視員など意味はない。この組織は腐っている。医系技官に転職したことからして後悔した。

「品のない食べ方ね。麺を啜る音が外まで聞こえてきたよ」

大袈裟なことを言って、隣に津舟桃子が座ってきた。

「あっ、ゴムなら大丈夫ですよ。今日は髪留めを持ってきましたから」

ポーチからバレッタを出して留める。

「今日の会議、あなた、なかなかカッコ良かったけどね」

津舟はそう言いながら水を飲む。

「そう思ってくれたのなら援護してほしかったですよ。あっ、事前に相談するんでしたね。桃子さんに教わった政治、完全に失念してました」

あの日以来、亜佐子は津舟を下の名前で呼んでいる。

政治を知らないなど愚弄されたが、亜佐子はこの津舟は自分の敵ではない。彼女なりに役人の世界での生き方を伝授してくれたのだと好意的に受け取った。

「さすがに今日のネタは、事前にあたしに相談されても協力できなかったな」

「どうしてですか。この前は二位・三位連合に勝るものはない。私のために矢面に立ってくれるって、桃子さんは言ったじゃないですか」

今日の会議は競合する事案があったわけではないので、順位は関係ない。だが地均しは必要だったかもしれない。昨夜はどう説明すれば崩せるか熟考したのに、結局は猪突猛進で挑んでしまった。

「他のことならいくらでも盾になってあげるけど、今日のことはちょっとね。あたしが蜂の巣にされちゃうわ。ダダダダダンと」

津舟は両手を腰のあたりに置き、マシンガンを撃つ真似をした。

「そんなに高井教授って権力があるんですか」

様々な学会の会員であるが、要職についているわけではない。彼以上に日本の医学界で権威のある教授はたくさんいる。

「権力があるかどうかなら、背後にいる人が権力があるのよ」

「誰ですか、それ。医師会長ですか」

「医師会長とも繋がってなくはないだろうけど、医師会なんて冷酷だから、高井に分が悪いとなったら簡単に見放すんじゃない」

「じゃあ誰が背後にいるんですか」

「あたしたちの上司よ」

「山口室長ですか」

津舟は噴き出した。

「ふざけたこと言わないでよ。あんな雑魚《ざこ》」

「じゃあ、誰ですか」

「頭いいと思ってたけど、案外勘が鈍いのね」

「まさか?」

山口が雑魚と言われて、浮かんだ上司は一人しかいなかった。

「そう、清原局長よ」

医政局のトップ、将来の事務次官と呼ばれているエリートである。

「清原局長と高井教授は札幌の進学校の一つ違いなの。フロンティア病院がこんなに早く特定機能病院の指定を得たのも、当時は次長だった清原局長が関わっていると言われてるわ」

「それ、みんな知ってるんですか」

「同じ高校ってこと? それとも特定機能病院のこと?」

「両方です」

「さぁ、室長や古舘さんら一部の人しか知らないと思ったけど、今日のシーンとした雰囲気だとあらかた知ってんじゃないかな」

「病院を監視する医政局の長が、特定の病院の医師と裏でつるむなんてあってはならないことでは？」

そこで津舟は人差し指を口に当てた。

「興奮しないでよ、ここをどこだと思ってるの。誰がどこで聞いてるか分からないでしょ」

「ということは今日、私が言った話は、山口室長から清原局長に筒抜けになっている可能性もあるってことですか」

「充分ありうるわね。山口は出世のためなら局長の靴でも舐《な》めるから」

亜佐子は頭を抱えたくなった。

もう少し人間関係を調べて発言すべきだった。まさか厚労省の高い地位に立つ人間が、高井と繋がっているとは。

「いずれにせよ、あなたが言ったことをすべて調べて処分しようとすれば、裏の繋がりまで表沙汰になる。そうなると必ず上からストップが入る。つまりいくら証拠を摑もうが、あたしたちでは手に負えないってこと」

上とはもちろん清原のことだろう。

「でも私、なんとしてもやり遂げないといけないんです。勝手なことをして、いろいろ迷惑をかけてしまったので、このままでは」

そこでまずいと思って口を噤んだ。誰にどう迷惑をかけたのか詳しく訊かれてもおかしくなかったが、津舟は事情を察してくれたのか、その追及はなかった。

「あなたの話を聞いた限り、うちの権限だけではとてもじゃないけど追い切れないわね。それこそ文書偽造罪で調べるくらいでないと」

カルテの書き換えではなく、文書偽造罪という法律用語を使った。

亜佐子が思っていたのは医療法二十五条に基づく調査だが、津舟が出したのは刑法である。医療法二十五条のみでは上からの圧力で潰されて終わりだという意味か。

そこに津舟のラーメンが運ばれてきた。

津舟は長い髪を結んで、亜佐子に負けないほど豪快に麺を啜り始めた。

13

十月二度目の有給をもらった翌日、いつもはパンツスタイルの藤瀬祐里は、何年かぶりにスカートを穿いてきた。

以前は仕事でもスカートの日はあった。それが休日でも穿かなくなったので、今年の正月休みに断捨離した。そのせいで膝下ギリギリくらいの紺のタイトスカートしか見つからなかった。

なんだか転職活動をしているみたいなので、鏡の前であれこれ悩んだ末、上は白のニットのアンサンブルにした。

十月末だというのに、今日は二十五度を超える夏日になるらしい。歩いているだけで暑くなり、アンサンブルのカーディガンを脱いだ。半袖姿で記者クラブに入ったのだが、「おはようございます」と挨拶した途端、二人の男性同僚から「うわっ」と人袈裟にびっくりされたのだ。

「な、なによ」

祐里は思い切り眉間に皺を寄せて訊き返す。

「だって藤瀬さんのスカート姿なんて初めて見たので」

後輩男子が言う。

「私だって穿くよ。宮城さんは私のスカート姿、見たことありますよね」

年上の先輩社員に訊いた。

「あるにはあるけど、そういう時は足元まであるロングスカートだったから」

確かにそういう恰好をしていた。だが今日にしたって膝より下なのだ。ミニスカートを穿いてきたわけではない。

「藤瀬さんって、社内でも肌を露出しない主義だって、みんな噂してたくらいなんだよ。急にそんな恰好で来たら、誰だって驚くよ」

「なにその主義って。単に流行《はや》ってなかっただけですよ」

「藤瀬さんは夏でも長袖でしょ」

いやらしい目で見られているわけでないのだが、改めて言われると恥ずかしくなる。

「日焼けしやすいからです」

今は秋だが、真夏に事件が起きれば炎天下でも歩き回る仕事なのだ。記者が日傘を差しているのは見たことがない。日焼けを気にするなんて、むしろ女性らしいではないか。

そこで後輩記者が言った。

「一説によると、藤瀬さんはタトゥーをしてるから、半袖は着られないとか」

「なに！」

「冗談ですよ。っていうか、僕が言ったんじゃなくて、社内の藤瀬さんファンが言ってたのを耳にしてたんです」

「その子、私の前に連れてきなさいよ」

「まぁまぁ、藤瀬さん、噂になるほど社内での藤瀬さん人気は高いということで。普通、異性でも同僚社員の服装なんて話題にあがらないよ」

先輩社員はそう言うと、重要な会見でもない限り記者クラブを出ないのに「ちょっと取材してくるわ」と出た。後輩も「僕も」と出ていった。

半袖とタイトスカートでここまでネタにされるとは思わなかった。いったい、私のこと、同僚たちはどう見ているのか。

急に服装を変えたのは、有給をもらった昨日、家にいても無駄に過ごすだけだと、高《たか》尾山《おさん》に十数年振りにハイキングに出掛けたのがきっかけとしてある。

渋谷《しぶや》や新宿《しんじゅく》はここ十数年で大きく変化したのに、高尾山の景色はあの頃と変わっていなかった。ケーブルカーもリフトも使わず、記者をなめんなよ、そんじょそこらのランナーより月間歩数は多いんだからと、京王《けいおう》線の高尾山口《たかおさんぐち》から山頂まで往復約八キロ、森の中を約三時間歩くコースを選んだ。美しい紅葉の森を抜けると、途中には富士山も見えて、心がほぐされた。

下山中に年上のご夫婦と一緒になり、いろいろ会話しながら歩いた。

親切な人で、夫人は「十数年ぶりにこんなに歩いたのなら、エネルギー補給した方がいいわよ」とチョコバーをくれた。

本当にいい人だった。ただその夫人が言った言葉が耳に刺さった。

――平日はゆっくりできていいわよね。土日はカップルや家族連ればっかりだもの。

次も平日がいいわよ。寂しくなくて。

——えっ、は、はい。

とくに悪気があって言ったわけではないのだろうが、寂しくなくてとは、なんだ？

いつ私が寂しいと言った？

そもそもどうして私にパートナーがいないと決めつけるのだ。もしや私のリュックに「この人独り身です」と貼り紙でもされているのか？

その時、思い出したのが医務指導室の氷見亜佐子に言われた言葉だった。

美容院に行っていないことや服装をからかわれ、まるで祐里が女を捨てているような言い方をされた。

いつ、どんな相手とでも話をしなくてはいけない記者の仕事をしている以上、祐里はファーストインプレッションを大事にしてきた。それは質問だったり、ウイットに富んだ会話だったり……ただ服装に関しては、相手を不快にするものは論外だが、普通であればなにを着ようが自由で、そこに男も女も関係ないと思っていた。

だが氷見からはこれまで貫いてきた基本姿勢を、根底から否定された。

——知り合ったばかりの人間には中身なんて見えないんだから。せめて見かけだけでも綺麗にする。それもまた努力よ。

氷見が言ったように会話だけで、この相手はいい人か悪い人か、大事なことをつい漏らしても記事にされないか……そこまで通じるものではない。

祐里が話した過去の取材経験も、氷見はこう思ったはずだ。警察では通用したかもしれないけど、ここは官庁よ。同じように正義を振りかざして書かれても困るのよ、と。

人間性をはかるのも身なりから少しずつ判断して、篩《ふるい》にかけていく。省庁では浮いた出で立ちをしていると思っていた氷見から、まさか服装のことで注意を受けるとは。社会人経験が十五年目の祐里はハンマーでガツンと後頭部を殴られたような気がした。

それはよく理解したが、氷見のもとにはあれから一度も行っていない。会ってもまた嫌なことを言われるに決まってるし、ああいう口が立つタイプとは、とても仲良くなれそうもない。

二人が取材に出たことで、いつもとは逆に祐里だけが記者席に残された。とくにやることもないので、庁舎回りでもしてこようかと考えた。

医政局、医薬局、保険局といった医療分野だけでなく、厚労省には雇用環境・均等局、老人保健福祉局、社会・援護局など社会部担当の祐里がカバーする部署が他にもある。

そのうちのいくつかには詳しい話を聞ける取材対象者を作ったが、まだまだ足りない。

今日はどの局に行ってみるか。無意識に「よっこいしょ」と声を出したところで、目の前の開けっ放しの扉から、ひょこっと女性が顔を出し、手を振ったのだ。

「チャオ！」

「うわっ、びっくりした」

祐里はついさっき、男性社員がしたのと同じように腰を抜かしそうになった。

記者クラブに現れたのは、憎き女、氷見亜佐子だったからだ。


氷見からはランチでもどうと誘われた。

急に心変わりして近づいてきた氷見に嫌な予感を覚えた祐里は「タバコを吸えない場所でしたら」と彼女が断りそうな理由をつけて返した。

嫌な顔一つせず、氷見は庁舎から離れた個室のある和食店にタクシーで連れていってくれた。

氷見が勝手に二人分頼んだ二千円の定食を食べ終えると、氷見は両手で拝んだのだ。

「ねえ、藤瀬さん、刑事を紹介してくれない」

猫撫《ねこな》で声もそうだが、プライドが高そうな氷見から両手で拝まれたことからして気持ち悪い。

「刑事なんかと知り合ってどうするんですか」

祐里が女を捨てているかのように、好き勝手言い、近寄るなと排除したくせに、頼み事をしてくるなんてちゃっかりしている。

ただ氷見から否定されたとはいえ、医療監視員の仕事は医療Gメンだと思っている祐里は、刑事を紹介しろという頼み事に、記者としての触角が反応した。

理由を訊いたが、簡単に答えるほど、氷見は素直ではなかった。

「知り合ってどうするかは、知り合えてから教えるわ」

「だったら紹介できませんね」

祐里も腕組みして顔を背ける。

「あなた、言ってたじゃない。警察の仕事が長かったって。私に言ってくれればいくらでも紹介できるって」

「長かったのは事実ですよ。普通三年が任期なのに、私は二期にわたって計五年以上やりましたから。でも紹介できるなんてひと言も言ってません」

「そうだっけ？　自分がひと声掛ければ、刑事はすぐに飛んでくるって」

「言ってません」

どこまで調子がいいのだ。ネタ元を第三者に紹介するなんて、できるはずがない。

「なーんだ、私の聞き間違いかぁ」

首を傾げながら、わざとらしく耳たぶを引っ張る。そこには小さなルビーが輝いていた。

「だいたい紹介したら、私にはどんないいことがあるんですか」

「いいことって、なにが必要なの」

「新聞記者はなにも厚労省の下請けじゃないんですよ。監視なのか検査なのか知りませんけど、経緯を教えてもらわないことには」

「それはあなたの仲良しの刑事に訊けばよろしいんじゃなくて？」

「仲良しではありません、記者と取材対象者は仕事上での付き合いなので、五分と五分の関係です。それに刑事側の捜査過程と、氷見さんの見解とでは全然違うだろうし」

「つまり交換条件が必要ってこと？」

「当たり前じゃないですか。私が仲良しの友達になりたくて、氷見さんに話しかけたと思ったんですか」

「そうじゃなかったの？　私、女子大だったけど、後輩に手紙やプレゼントをよくもらったのよ」

「残念ながら私は共学だったんで、女子の先輩に憧れたことはなかったです。でも女子プロレスには夢中になったことがありますから、氷見さんに憧れた後輩の気持ちも分からなくはないですけど」

「女子プロですって？　私の方が全然スリムじゃない」

余裕をみせていた氷見が初めてムキになった。

「そう見えるだけで脱いだら五十歩百歩じゃないですか。ただ私が好きだったのはもっと可愛いレスラーで、氷見さんみたいなヒール役は興味なかったです」

「私のどこがヒール役なのよ」

「近づきすぎたら毒霧噴きそうじゃないですか、この前は煙吐かれたし」

祐里はクックと笑う。氷見の顔がますます紅潮する。

「プロレスは勘弁ですけど、酔っ払いでプロレス状態になってる飲み屋を知っているので今度飲みに行きませんか。口では氷見さんにフォール負けですけど、飲みでなら倒す自信ありますよ」

「誰があなたとなんか。いつか毒霧噴いてやる」

今度は氷見が腕を組んでそっぽを向いた。ちょうど食べ終えた皿を下げにきた給仕の女性に聞こえたのだろう。彼女は困った顔で「お下げしてよろしいですか」と個室に入ってきた。

「ここで冗談を言い合っている暇はないのよ。協力してくれるの？　してくれないの？」

氷見が真顔になった。

正直刑事と言われても管轄があるので誰もが引き受けてくれるわけではない。強行犯の捜査一課なのか、知能犯である二課なのか、それとも窃盗の三課なのか。祐里が担当したのは捜査一課だけなので、他の事件なら警視庁担当記者に頼むしかない。

「分かりましたよ。紹介しますよ。でもその前に概要だけでも教えてくださいよ。警察には部署があるし、その刑事にも説明しないといけないし」

「記事にしたりはしないわよね」

こういう言い方をされるのが記者は一番腹が立つ。

「するわけないじゃないですか、なにも事実関係を確認できてないのに」

怒りは氷見には通じておらず、彼女が事件の概要を説明しだした。

ある病院で医療過誤があり、患者が術中死した。執刀医は正直に家族に説明しようとしたが、教授が口止めした。そのあと他の職員が氷見に相談したが、それも教授にバレ、その職員は自宅謹慎の処分を受けた。

「それって、大問題じゃないですか」

それだけでも許しがたいことだった。衝撃はそれでは収まらなかった。

「恥ずかしいことにその医大の教授は、うちの局のトップと親密みたいなのよ」

「トップって、清原局長ですか」

「そういうこと」

氷見は顔を歪《ゆが》めて、肩をすくめた。

清原とは着任直後に医政局まで行って挨拶し、あとは会見中に質問した程度だ。その質問にも論点をずらした「霞が関文学」と呼ばれる回答で、まともに取り合ってくれなかった。

医療過誤なら、業務上過失致死傷で捜査一課が担当する事案だ。今は誰がやっているのか分からないが、知り合いの刑事を伝っていけば、担当刑事まで辿り着けるかもしれない。

「分かりました。ちょっと時間ください」

それ以上は氷見が話したくないようなので訊かなかった。祐里としても刑事を探せなかった時のことを考えて、聞きすぎない方がいいと考えた。

店を出ると、氷見はタクシーを探す。通りにはいなかった。

祐里はそこで思い出した。

「氷見さん、今日の私を見てなにか変わったことに気づきませんか」

服装を思いついたのは今朝だが、先週には三カ月振りに美容院に行った。いくら探しても白髪などなく、氷見の嘘だったことにムカついたが、ぼさぼさだった髪がまとまって、気分はよくなった。

「変わったって、どこが？」

ちょうど角からタクシーが顔を出したので、氷見は顔の向きを戻して手を高く挙げた。

14

自宅に戻ると氷見亜佐子は、手洗いとうがいをして、仕事で着たワンピース姿のまま、ソファーの前のオットマンに跨ぐように座った。

床には四キロのソフトコーティングされた片手用のダンベルが置いてある。

持ち手を摑むと、ゆっくり持ち上げて、肘の位置を固定し、手首を上に向けて直角に上げていく。

大きく息を吸い、吐きながら腕を動かす。
一、二、三、四……。
心の中でカウントし、上げる時は力強く、逆に戻す時はゆっくり……反動を使うと負荷がかからないため、一回ずつ丁寧に上げ下げしていく。

十回をこなすと、深呼吸しながら、床に置いた。

十回終えただけで右手はパンパンになる。右が終われば次は左だ。

左右十回ずつを三セット、これを月、水、金の週三回やる。

外科医になった頃から続けているが、本当ならジムに通って、インストラクターの指導のもと、全身を鍛えるのが理に適っている。

だが勤務医時代は仕事に追われてジムに通う時間がなかった。今は時間がなくもないが、通うのが面倒くさい。

このトレーニングを続けると、腕は太くなってしまうが、それは外科医の宿命でもある。肝癌の手術では、太った男性なら、一・五キロはある肝臓を片手に持ち、もう片方の手で切除する癌細胞が散った区域に蛍光色素を注入する。鉗子《かんし》で砕くように、蛍光色素で示したラインに沿って切り離していく。

小学生の頃から背の順では後ろの方だった亜佐子だが、手は案外小さく、手首も細い。医大に入った頃の握力は、男子学生の半分もなかった。だから肝癌手術は亜佐子にとっては忍耐との戦いでもあった。

執刀医が重たいなどという辛い感情を出したら、スタッフ全員が不安になる。前立ちが男性であれば、だから女はダメなんだと思う。

長い間、外科は男の仕事だった。口にはしないが、今でも看護師以外の女が同じオペ室にいることが気に入らないと思っている医師はいる。

陰口を叩かせないためにも筋力をつけた。女性の医師は不要だと言われないために。古い壁を打ち破って、女性の外科医が普通にいる開かれた医療界になるように。

亜佐子が医師を目指したきっかけとなったのは、父の急性膵炎を完治させた師匠、錦織利恵の存在があったからだ。

食事中に急に激しい腹痛を訴え、救急車が来た時には父は呼吸困難に陥っていた。搬送された共生女子医大病院で利恵から「とても厳しい症状です。今晩がヤマ場かもしれません」と説明を受けた。直後、母は病院の事務局に行き、医師を替えてほしいと直訴した。

その理由は単純で、女性の医師というのが信頼できなかったからだ。

その上、まだ三十代前半だった利恵は童顔で、町中にいる若い女性に見えた。

病院側から利恵は有能な医師なので任せてほしいと言われ、母は不承不承に納得した。

利恵がヤマ場と言ったからには、父の膵臓は相当ひどい状態だったに違いない。

利恵は冷静に、膵炎を重症化させている酵素の活性化を抑制する蛋白《たんぱく》分解酵素阻害剤と、膵臓の細菌感染を防ぐための抗生物質などの投薬で、危険な夜を乗り越え、その後も適切な管理で合併症に陥らないように注意して父の膵臓を完治させた。

父が退院できたことで、母の女性医師への偏見は消えた。

正直、娘でありながら「女性だから医師を替えてほしい」と言った母に亜佐子は少なからずショックを受けた。

だから当時高校二年生で、三年からは文系コースに進んで、将来は出版社で本作りの仕事をしたいと思っていた亜佐子は、理系に変えて、医師になると両親の前で宣言した。

自宅静養中だった父はびっくりしていた。

母は「女の子が医者なんて」と利恵に対して言ったのと同じ、ジェンダー差別を口にした。

夏休み中だったこともあり、亜佐子は父の通院に付き合い、病院内をうろついては利恵を探し、自分の意志を伝える機会を得た。

忙しそうだったため、端的に医者になりたい、先生のような外科医になりたいと話しただけだが、利恵は笑顔で聞いてくれた。

――亜佐子ちゃんが本気でそう思ってるのなら、今度の日曜日、私とお出掛けしようか。

次の日曜の夕方、表参道の洒落《しやれ》たカフェに連れていってくれたのだった。

今思えば、利恵は毎朝六時半には病院に来て、夜遅くまで残り、自分が手術した患者の容態を観察していた。日曜も病院に顔を出し、学会にも出ていた。そんな忙しい中、亜佐子のために時間を作ってくれたのだ。

それは父親が元気になったことで亜佐子が一時的な感傷で医師になりたいと言い出したのではないか、医師の世界というのはそんな甘いものではないと伝えたかったから。

利恵からは自分がどうして医師になったか、説明を受けた。

子供の頃から算数や理科が好きだった利恵は、高校では当たり前のように理数系コースを選択した。

ところが利恵が学生の頃、厳密に言うならそれより十年後くらいまでは、女性が理系に進学するというのは、医師になるか薬剤師になるか、選択肢は二つしかなかったらしい。

もう一人同じクラスにいた女性から、「女が一生続けられる仕事なんて、そんなにないわよ。あなたは理数系を選んで正解よ」と言われ、彼女とともに医大進学を目指し、現役で合格した。

一生続けられる仕事だと思って医師になった以上、男性に負けたくない、そう思って教えられたことは確実に身につけた。

今でこそ外科は様々な病院で、食道胃外科、呼吸器外科、肝胆膵外科、心臓血管外科、脳外科、大腸肛門外科など専門領域が分かれているが、利恵の時代は外科といえば、どこも一つか二つしかなく、どれだけ勉強しようとも、女性は外科には入局できないという不文律のようなものがあった。

そのため仕方なく内科や他の科を目指す女性がほとんどだったが、利恵は女だから外科ができないと思われるのが理不尽だと感じ、女性の外科医がいた共生女子医大の教授に手紙を書いた。

利恵の本気度が教授に認められ、共生女子医大に入局でき、その後は肝胆膵の専門医になった。

利恵の話を聞き、ますます医師になりたいと強い意志と覚悟が湧いてきた亜佐子は、必死に受験勉強して共生女子医大に合格した。

医師免許を取得してからも、自分がミスをすれば、利恵たちが切り拓いてくれた女性外科医の道が閉ざされる、そう自分に言い聞かせて、患者に接した。

とくに手術に入った時は、利恵の手技を盗み見て、入らなかった時は撮影したビデオを繰り返し見た。

肝臓や膵臓は血管が見えないため、誤って血管を切ってしまうと致命傷となる。注意が必要なのはどの科の手術も同じだ。

麻酔をかけられた患者が確実に目を覚ますよう、そして術後管理に注意を払って無事に退院できるよう、そこまでやり遂げて初めて、一つの医療を完了させたと言える。

インターバルを挟み、その間にミニペットボトルの水を飲んで、左右三セットのトレーニングが終わった。

もう医者ではないのに、どうしてトレーニングを続けるのか、亜佐子にも分からない。臨床医に未練があるのか。戻るつもりなどないのに。

それでもこのトレーニングをやめることはない。

これもまた、いつしか患者の安全のためのルーティンになっていた。

こうしたゲン担ぎを、医師をやめた後も続ける人間が一人くらいいてもいいのではないか。自分とは関係なくとも、どこかの病院で事故が起きているかもしれないのだ。行政に回っても、人の命に関わっている仕事であることに変わりはないのだから。

バーベルを置いてから、跨いだオットマンから立ち上がり、腕を回した。

両腕ともパンパンに張っている。

だが、ひと仕事終えたようで、気分はいい。

亜佐子はその場で着衣をすべて脱ぎ、バスルームに向かって、頭からシャワーを浴びた。

15

藤瀬祐里がインターホンを押すと、祐里とほぼ同年代の男性が出てきて、「おお、久しぶりじゃない、藤瀬さん、中に入るか」と招き入れてくれた。

警視庁の刑事、伴《ばん》である。

名前が奏《かなで》であるため、記者の間では「伴奏《ばんそう》さん」で知られている。音楽好きの両親が「歌い手を引き立てるような、陰で人を支える人になってほしい」と言って名付けたそうだ。

その言葉通り、押し出しが強めな人が多い捜査一課の中では控えめで、嫌な仕事も率先してやる刑事として有名だった。

記者も図々《ずうずう》しい者は相手にされないが、きちんと取材して話を聞きたいと申し出ると、話せる範囲内で教えてくれる。

「夜分にお邪魔します」

そう言ってパンプスを脱いで、伴が出してくれたスリッパを履く。奥から「お姉ちゃん」と小学一年生の娘が走って出てきた。

「蒼空《そら》ちゃん、久しぶりね」

さらに一歳になる男の子を抱いた奥さまも出てきて、家族団欒《だんらん》の時間に連絡なくやってきた非常識な記者を歓迎してくれた。

刑事と親しくなるきっかけは、熱心に事件現場を歩き回っているのを見て認めてもらったり、情報提供をしたりと様々だが、伴の場合は少し特殊だった。

出てきた娘は、伴が再婚した奥さんの連れ子で、その頃は四歳だった。伴のことを「お父さん」ではなく「奏くん」と呼んでいて、伴も蒼空との距離感を摑めずに困っていた。

ある夜討ち取材、捜査一課担当記者では珍しい女性記者だった祐里に、伴は「四歳の子供の誕生日プレゼント、藤瀬さんだったらなにをもらったら喜んだ？」と訊いてきたのだった。

自分が幼児の頃とは時代が違うからと即答は避け、同じ年頃の女児を持つ友人に片っ端から電話をして、伴にリストを渡した。

その上で祐里自身も、自分が子供の頃に集めていた「シルバニアファミリーのセット」を実家から取り寄せ、「お古だけど良かったら使って」と蒼空にプレゼントしたのだった。

伴からも感謝されたし、蒼空も「これ欲しかったんだ」と大はしゃぎだった。

子供にプレゼントをして刑事に近づくのは、正直あざといと思う。中には奥さんの誕生日に、花束を持参する記者もいる。

自宅取材するということは、家族にも迷惑をかけているのだ。露骨な贈呈品は刑事も迷惑だが、少しばかりの心配りはしてもいい。

「蒼空ちゃん、可愛くなったね」

廊下で祐里の横を歩いてくる蒼空に言うと「お姉さんも美人になったよ」とませたことを言ってくる。

伴を見ると苦笑いを浮かべていた。

「蒼空、お父さんは祐里お姉ちゃんとお話があるから、あとでいいかな」

伴が言う。聞き分けがいい蒼空はうんと言って「遊園地シリーズ、お誕生日にお父さんに買ってもらったんだよ。帰りに見せるね」と言って出ていった。

「藤瀬さん、椅子に座ってよ」

そう言われたが、伴の部屋には椅子は一つしかないので祐里も床に座った。パンツに戻したので床も平気だ。

部屋にはレコードや音楽雑誌が並べられ、ギターも壁にかけられている。伴は警察官になる前、バンドを組んでいた異色の経歴の持ち主で、最初は好きなロックミュージシャンネタから伴に接近した。

こういうのもあざといが、事前に調べたにわか知識の数倍にわたるバンドにまつわるエピソードを伴は語ってくれた。仕事を忘れるくらい聞き入った祐里は、帰り道ではそのミュージシャンの曲を相当数ダウンロードするほど、一夜でファンになった。

「蒼空ちゃん、お父さんって呼んでくれるようになったんですね」

奥さんは再婚した時、そう呼ばせようとしたが、伴が「俺は一生、蒼空から奏くんと呼ばれてもいいよ」と話したと聞いた。

「うん、実の父親はパパ、俺はお父さん、小さい子供ながらに考えたらしい」

他に女を作って離婚した妻の前夫だが、娘は可愛いらしく今も月に一度、面会しているそうだ。

「それよりどしたのよ、急に俺のところに夜回りに来るなんて。藤瀬さん、警視庁担当じゃないんでしょ？」

「伴さんも異動になったそうですね」

「相変わらずの情報収集力だね。どうせ大矢《おおや》係長から聞いたんだろ」

「まっ、そんなところです」

殺人係のやり手の係長である。祐里は特殊事件捜査係で、業務上過失事件などを担当する業務過失班は誰かと尋ねたのだが、親交のある伴の名前が出てくるとは思わなかった。

「大矢係長、なんて言ってた？」

「伴さんは納得していないと言っていました。上が決めた人事だからどうしようもないって。やっぱり納得してないんですか」

「そりゃ一課のメインは殺人係だからね。俺はあまり自分を売り込むことはしないけど、これでもバンドをやっていたくらいだから、裏方仕事が好きなわけではない」

そう言って視線を壁にかけてあるアコースティックギターに向けた。一度、祐里が好きなフジファブリックの「若者のすべて」を弾いてもらった。ギターだけでなく、しっとりした歌声に聴き惚《ほ》れた。

「ちょうど私、ある人から、闇に隠されようとしている事件を聞いたんです。ですけど捜査権がないから、刑事を紹介してもらえないかって」

「ある人って、なに分野の人よ」

「厚労省のキャリアです」

名前を出すのはまだ早い。だがキャリアと言っておかないことには、伴だってその気にならない。

「ということは病院ってこと？」

「その通りです。医療過誤です」

「うーん、どうかなぁ、交通事故や建設現場の事故などと違って、医療は警察が一番苦手としている分野なんだよね」

「どうしてですか」

「俺たちの知識では調べ切れないからだよ。その手術が失敗かどうかなんて、いくらカルテを見たって、判断はつかない。やれるとしたら、意図的に酸素マスクを外したとか、毒を混入させたとか、入院患者を虐待したとか、通常の殺傷事件と似た事案のみだよ」

「被害届が出ないと動けないということですか」

「届けが出るとは限らないよ。出ない場合は、よほど詳しい専門家が告発してくれるか」

「それなら大丈夫です。私がさっき言ったキャリアって、元外科医ですから」

「外科医が医系技官をやってるの」

伴は、医師免許を持つ上級公務員を知っていた。

「どうして外科医で驚くんですか」

「外科医というのは職人だからね。どちらかと言えば内科医の方が医系技官は多いと俺は聞いたことがあるけど」

外科医と内科医の違いもよく分かっていないと、祐里の顔に書いてあったのだろう。伴は「俺が職人と言ったのは、単刀直入に言うなら外科医は切って治す、内科は投薬で治すって区分けがあるんだよ」と答える。

「なるほど、その説明、明解ですね」

「それでも最近の内科は、内視鏡を使ってるからね。俺もポリープを取ってもらったのは家の近くの消化器内科だったし。内科と外科の境界線がつかなくなってるみたいだけど」

これが伴なのだ。音楽に限らず、なにごとにも興味を持ち、気になることは調べるから博識である。それでいて頭でっかちではなく、良く動き回る。

業務過失班に欠員ができて、上がランダムに伴を移したらしいが、祐里が訊いた大矢係長も「伴のようなオールラウンダーな刑事が、殺人係には必要なんだけどなぁ」と惜しんでいた。

「その元外科医の医系技官、紹介したら伴さんは会ってくれますか」

「会うのはいいけど、さっきも言ったけどどこまで協力できるかは分からないよ」

「でもカルテに問題があるみたいですよ」

「カルテを改竄しているのか」

身を乗り出した伴に、改竄ではなく、執刀医が正直にミスを書こうとしたところ、教授が執刀医のログインで虚偽を記述したと話す。

「それはひどいな。まさに俺たち業務過失班の出番だよ。しょっぴける。上も検挙数にこだわってるから、許可が出るだろう」

「本当ですか」

「ただし捜査に入るには条件がある。執刀医の告発が必要だ」

「それが難しいみたいなんです」

今日、再び氷見に会った。高井教授に脅された看護師は家庭の事情もあって、すっかり告発する意欲をなくしている。恋人の執刀医も自分が動くことで彼女に迷惑がかかると、腰が引けているらしい。

そのことを説明すると、伴は「そうなるとガサ入れは厳しいな」とため息をついた。

やはり難しいか。氷見から相談を受けた時の祐里の感想も同じだった。

麻薬だけでなく、医療関係のGメンにも逮捕権を与えるべきではないか。そうしないと悪い医者や病院は好き放題できる。

「とりあえず会ってみるよ」

伴の言葉に、祐里はびっくりして顔をあげた。

「どうしたんだよ、藤瀬さん、自分から頼んでおいて。無理って断られると思ってたの」

「そんなことないです。伴さんなら聞いてくれると期待していました」

心の中が一気に晴れた。

「その人にスケジュール訊いといてくれない。殺人係と比較すれば今の俺は自由に時間が取れるから」

「分かりました。確認して、明日にでもお伝えします」

「あんまり期待はしないでくれよ。うちも組織だから。起訴できないと判断すると、上は捜査を許してくれない」

「警察の組織事情は理解しています。ありがとうございます」

立ち上がってお礼を言おうとした。たいして長く座っていたわけでもないのに、足が痺れて転びそうになった。

なんとか壁に手を添えて体を立て直し、頭を下げて部屋を出る。

ドアの外には、蒼空がシルバニアファミリーを持って立っていた。

「蒼空ちゃん、ずっと待っててくれたんだ」

まだ九時前だが、小学一年生には遅い時間だ。

「すみません、藤瀬さん、お仕事の話は聞こえてませんから」

伴の妻が恐縮して言った。伴の部屋は夜中に音楽を聴いてもいいように防音になっていると聞いた。

「全然、聞かれても問題ない話なので、ねえ、伴さん」

顔を後ろに向ける。

「そうだよ、蒼空、声をかけてくれても良かったのに」

伴はけなげな娘を気遣う。

蒼空が「祐里お姉ちゃん見て」と両手を前に出したので、祐里は膝を折って蒼空と同じ目線になった。遊園地のセットで遊んでいるのは祐里があげたうさぎの家族たちだ。

「うわっ、みんな元気にしてるんだね」

「遊園地に行けて嬉しいって」

自分も両親からプレゼントされるたびに、こうやって親戚や友達に見せたな。

祐里も昔が懐かしくなった。

16

高井敦也のもとに登録していない電話番号から着信があったのは、午前中に行われた理事長から推薦された准教授のオペの前立ちを終え、この腕ならうちのオペは任せられると、ひと息ついた直後だった。

知らない番号だったため、最初は出ようか出まいか迷った。

病院の急速な発展に、敦也がおおいに尽力していることを知ったテレビ、雑誌等から取材を受けることは珍しくない。そのほとんどは病院の事務局に連絡を入れてくるし、他の医師と横並びで扱われるような取材は断る。

敦也に直接かけてくるとしたら、過去に敦也を密着取材したテレビ番組のチーフディレクター、それと数ページにわたり特集してくれた男性ライフスタイル誌の記者くらいだ。

本来なら無視するが、なぜか気になって電話に出た。「もしもし」とも言わなかった。

相手も声を発しない。悪戯電話か。

切ろうとすると、くぐもった声がした。

〈高井先生ですか〉

誰だか分からなかったが、〈先日は先生にあやうく撃たれるところでしたよ〉と言ったことで分かった。

「清原さん、これはどうも」

厚労省の医政局長の清原裕司である。

同じ高校の剣道部の一年先輩。一応先生と呼んで立ててくれるが、べろんべろんに酔った席では肩を摑まれ、「おまえは高校の頃から生意気だった」と本音が出た。

「どうしていつもと違う番号なんですか」

〈携帯を家に忘れてきてしまってね〉

「それなら」

局長室は個室なのだから、省の電話を使えばいいだけの話ではないか。070から始まる番号だったから、携帯二台持ちでもしているのか。

「あれからも山に行かれているんですか。私の方はお誘いを受けていませんが」

清原の提案で、製薬会社の伊藤が宇佐美の秘書にサプライズ誕生会を秘めた食事会を持ち出したが、天然な一面もある宇佐美からは「それならまたハンティングに行こう」と誘われたそうだ。万が一、清原が呼ばれていないとまずいのでそう濁した。

〈そのことなんですけどね〉

「狩猟がどうかされましたか」

〈あの日、群馬に行ったこと、先生は誰かに言いましたか〉

「出張とは伝えていますが、病院関係者と群馬で会食があったと総務に伝えただけです」

〈そうなると交通費の精算はされたということですか〉

「業務での出張なのでもちろんしましたが」

〈タクシー代は精算しましたか〉

「当然じゃないですか」

新幹線の高崎駅から往復で約四万円かかった。

〈なぜタクシーなんか使ったんですか〉

いったいなにを言っているのかと思った。向かったのは赤城山《あかぎやま》の麓の村だ。タクシー以外、どうやって行けというのだ。

「私にマイカーで行けと清原さんは言いたいのですか」

〈伊藤さんは自分の車で来たんです。迎えに来させれば良かったんじゃないですか〉

「彼は自宅が埼玉県の本庄《ほんじょう》です。群馬は目と鼻の先なのに、わざわざ横浜の私の家まで迎えに来いとは言えませんよ」

呼べば伊藤は来ただろう。製薬会社である彼の営業の一番のターゲットは宇佐美でも清原でもない、現役の医師である敦也である。

新薬の承認や、副作用の報告の遅延などで、大臣や厚労省ともパイプを繋げておくことが必要だが、それは伊藤より上の役員、本部長クラスの役目だ。

あの日の伊藤は、敦也が財布代わりに呼んだに過ぎない。

どうして交通費の精算などたわいのないことを問うのか、敦也にはさっぱり分からない。尋ねようとすると、先に清原の声が届く。

〈私はそこにいなかったことにしてください〉

「どういうことですか」

〈私だけではありません。宇佐美大臣もです〉

「宇佐美大臣に誘われたから行ったんですよ」

誘われなければ狩猟などやっていない。免許を取った直後で、初めての猟だったのだ。

「そうなると私は、なにをしにあんな僻地《へきち》に出掛けたことになるんですか、先輩」

どうにも話が見えてこないため、先輩と馴《な》れ馴《な》れしく言うことで、聞き出そうとした。

〈それは伊藤さんと相談すればいい〉

清原からの返答は、同郷、同じ高校の先輩後輩という親近感も感じられない、冷たいものだった。

「製薬会社の社員と平日にハンティングなんて、私の立場が危うくなりますよ」

別に製薬会社に接待を受けてもいいが、あの日は術中死という予期せぬ事態が起きたのだ。

院長は内心、どうしてすぐに敦也が帰院しなかったのか、訝《いぶか》しんでいた。不満を言いかけたが、敦也は「宇佐美大臣と……」と名前を出すことで、剣道で言う「後《ご》の先《せん》」で院長の言葉を封じていた。

院長からは当然、理事長にも伝わっている。

そうやって裏で汗をかいていることを話しておかないことには、今後東京フロンティア医大が名を揚げても、敦也の功績にはならない。敦也は一つでも他の教授に手柄を与えるつもりはなかった。

〈それでもあなたなら、なんとでも細工ができるでしょう。くれぐれも私や先生の名前は出さないように〉

清原が神経質な時に見せる、ノーフレーム眼鏡のブリッジを押す仕草が目に浮かんだ。

「それって宇佐美大臣からのお願いですか」

〈いいえ、大臣はなにも知りません。私がお願いしているだけです〉

電話を切られる——そう予感した敦也は「待ってください、事情だけでも教えてください」と言った。

〈調べている人間がいるんですよ〉

「誰ですか」

〈高井先生は知らない方がいいです〉

言葉遣いは普通でも、敦也には命令調に聞こえた。

「調べるというなら厚労省ではないですか。それなら先輩が」

医政局の医務指導室にしても、あるいは診療報酬点数の不正を調べる保険局の医療指導監査室にしても、清原の力をもってすれば抑えられる。なにせ次期事務次官候補の筆頭と呼ばれる男だ。

〈高井先生は私や宇佐美大臣に不正の片棒を担げと言うのですか〉

「不正とはどういうことですか」

〈不正と言えば不正です。不正に巻き込まないでほしい〉

術中死のことを言っているのか。露天風呂で清原には伝えた。だが医師のミスであることまでは話していない。

患者が亡くなったことじたいは事故であり、不正ではない。

浮かんだのはカルテだ。起こったままを電子カルテに打ち込もうとした飯森を止めて、敦也が書き込んだことを言っているのか。なぜ清原がそのことを知っている。やめた飯森が喋った？　それとも謹慎させている斉藤が喋った？　いずれにしても気味が悪い。

〈それではお願いしますね。あの日、私と大臣はあの場所にいなかったということで。では〉

「待ってください、まだ話が……」

そう言った時には電話は切れていた。

自分だけが生贄《いけにえ》にされたような気がした。

あの術中死が起きた日に、東京フロンティア医大の教授と、自分たちはハンティングなどしていなかった、と。

いや、まだなにも調査など進んでいないはずだ。そっちで処理しろ、そう伝えられたのだと、敦也は理解した。

誰が、どうやって情報を摑み、どこまで調べているのか。

立ち入り検査という名目で、地検特捜部の検事のように厚労省職員たちがズカズカと病院に乗り込んでくるのが想像できた。

医療監視は通常、一週間から二週間前に通告がある。事前通告なくやってきたことは、長いこと医師を務めているが経験はない。

今からでもいい。医療過誤の可能性もあると敦也が言い出し、院内に第三者委員会を立ち上げ、調べさせるか。

第三者といっても敦也が水面下でメンバー構成をすれば、調査結果はなんとでもなる。

ダメだ。第三者機関のようなものが発足すると、急に正義感を振りかざして、パワハラだの残業強要だの言い出す者が出てくる。一人二人と離反者が増え、それこそ収拾がつかなくなる。

大丈夫だ、半年前にも明らかな医師のミスによる術中死があったが、なにごともなく過ごしたのだ。

この東京フロンティア医大は、どの部署にも敦也の息がかかったスタッフがいる。誰が来ようが堂々と正当性を主張する。飯森や斉藤がどんなことを言おうが、敦也が書いたという証拠はなに一つないのだ。

いったい清原はなにを心配しているのか。そんなに敦也との関係が公になることが嫌なら、最初から宇佐美の集いに来なければよかったのだ。

今の電話にしたって、連絡したのがバレるのを恐れて、レンタルのスマホでかけてきたのだろう。

びくびくしながら眼鏡のブリッジを弄っているエリート官僚の姿を思い浮かべて嘲笑し、敦也はスマホの着信履歴から番号を消去した。

17

雲一つない秋空の下に紅葉が広がっている。

風で樹木が葉擦《はず》れする音と鳥が飛び立つ音が時折聞こえるくらい、文字通り森閑としていた。

さっきも隣の男が「ヤマガラが飛んでる」と言ったので、氷見亜佐子が「あれはシロハラよ。お腹《なか》が白いでしょ。刑事さんは鳥も知らないんですか」と言うと、男は「あいにく俺は都会育ちなもんで鳥に詳しくないんだよ」と言い返してくる。

「私だって東京生まれの東京育ちです。刑事さんが鳥に関心がないだけですよ」

そう言うと、警視庁の捜査一課の刑事、伴奏は口をすぼめた。

彼には三日前に中央新聞の藤瀬祐里に紹介されて会った。

背はそこそこ高いが、細身の体型で、とても捜査一課の刑事には見えなかった。顔が優しく言葉遣いが丁寧だ。

丸刈りで柔道でもしていそうな鬼刑事がやってくるものだと想像していた亜佐子は、「本当に捜査一課の刑事さんですか」と訊いてしまった。

――らしくないとはカイシャでも言われるけど、初対面で口にするとは失礼な人だな。

温和な表情が一変するほど伴は気を悪くした。

紹介してくれた藤瀬によると、伴は捜査一課でも優秀な刑事で知られていて、お蔵入りになっていた有名バンドのギタリストの殺人事件を解決したことがあるらしい。

なによりも藤瀬の頼みを受けると、翌日には上司に連絡して、捜査の許可を得てくれたのだ。

そして今日十一月三日の文化の日、亜佐子は休みを利用してこの群馬県にやってきたが、伴は公務として来ることが許されたそうだ。

「本当に高井という教授はこんな場所に来たの？　まさか氷見さんは厚労省の局長と高井教授がバードウォッチングでもしにきたとでも言うんじゃないだろうね」

山を囲むように走る道路沿いを一時間以上歩いたため、伴も少しお疲れ気味だ。

亜佐子もてっきりゴルフだと思っていた。

そのゴルフ場とはずいぶん距離が離れている。ナビの記録から降ろした住所を出してもらったのだから、このあたりで間違いない。

「もう疲れたんですか。刑事さんは普段から靴底に穴が開くほど歩きまわっていると聞きますけど」

「そりゃ、いくらでも歩くよ。でも無駄な情報での捜査はしない。今は捜査も合理的になってきてるから」

「地図アプリでは合っているので、もう少し歩いて、会った人に訊いて回りましょう」

亜佐子は東京フロンティア医大附属病院で術中死が起きた日に高井が病院にいなかったことを思い出し、その日、もしや清原も一緒だったのではないかと怪しんだ。

清原がその日、出勤していたかの記憶はなかったが、調べてみると清原は朝から出張に出ていた。

問題は行き先だった。ヒラの亜佐子が局長の出張先を訊くことはできないが、清原が外出の際に利用しているハイヤー会社に出向いて、そこにいた運転手に尋ねた。

——その日だったら彼が厚労省から群馬まで送迎したと聞いたよ。

一人のベテラン運転手が、違う運転手を指差した。

送迎したドライバーは、最初の人のように軽々しく喋ってくれなかったが、亜佐子が厚労省の職員証を見せた上で、一万円札を入れた封筒を渡すと、その日清原を送っていったこの山の中まで、ナビを出して教えてくれたのだった。亜佐子は出てきた住所を写メで撮った。

しかし二日後、同乗者を聞いておくべきだったと、ハイヤー会社を再訪した亜佐子に、運転手は狼狽し、「あれはまったくの別人で、厚労省とは関係なかった」と明らかな嘘をついた。その上で「ナビを見せたことは誰にも言わないでください。おたくが厚労省の職員だというから出しただけで、そんなことが知られたら私はクビになってしまう」と声を震わせて懇願された。

これは清原から口止めが入ったのだ。そう直感した亜佐子は、これ以上、ハイヤー会社に迷惑をかけるわけにはいかないと引き下がった。

しばらく草むらを歩いていると、鼓膜が破れるような音がした。

「いやだ、熊でも出るのかしら」

亜佐子が耳を両手で押さえてから伴を見る。

「ちょうど狩猟の時期か」

そう言った伴が、「あっ」と声を出した。

「ハンティングに来たんじゃないか」

「そうなの？」

清原は帝都大の法学部の出身で、体も小さくてひ弱で、ライフルを持って歩くイメージすらない。

それでも念のためと思ってスマホを出す。

さっき見た時はスマホのアンテナは立っていなかったが、今は一本だけ表示されている。

電話の相手は即出た。

「あっ、桃子さん、氷見です」

〈なによ、休みの日の真っ昼間から。これから息子のサッカーの試合なのよ。私も付き添いで忙しいの〉

津舟桃子には小学生の息子が二人いる。メーカー勤めの夫は子育てに協力してくれず、ワンオペも同然だと嘆いていた。

「じゃあ手短に訊きます。清原局長って、狩猟が趣味だったりします？」

〈しゅりょう、なにそれ？〉

意味が通じなかったようなので「ハンティングです。銃で熊やイノシシをバーンと一発で倒すヤツです」と付け足す。

〈一発で倒せやしないだろうけど、やってるみたいよ〉

「本当ですか」

嬉しくて声が弾んでしまう。伴までが「マジかよ」と近づいてきた。

〈詳しくは知らないわよ。前に免許を取ったって、古舘さんが言ってたから〉

「ありがとうございます」

〈なによ、それ。例の東京フロンティア医大の件でなにか分かったの〉

「桃子さんが忙しいみたいなので今度じっくり話します。息子さんたち、今日のゲームで活躍するといいですね」

〈うちの子は二人とも補欠だから試合には出ないわよ〉

近くで〈お母さん、早く〉と子供がせっつく声が聞こえた。

〈じゃあ、明日ゆっくり教えて〉

「ありがとうございます」

電話を切る。さっきは喜んでいた伴が神妙な顔をした。

「その人、大丈夫なの？」

「大丈夫ってなにがですか、伴さん」

「だって今、氷見さんは清原って上司について内緒で調べているんでしょ。その人が上司に告げ口したりはしないの」

「心配は無用です。官僚というと、上から言われたことしかやらない腐った人間を想像するかもしれないけど、中には上の言うことを聞かず、唯我独尊で仕事をしてる人もいるので」

津舟とそこまで親しく喋ったわけではない。むしろ茶化したことばかりを言われる。だが医務指導室で亜佐子に関心を持ってくれているのは津舟だけだ。今だって清原が狩猟免許を取ったことを教えてくれた。正義感の強い医系技官だと信じている。

「それより清原局長はここにハンティングに来たのよ。山に入って、今狩猟をしている人に訊いてみましょうよ」

「おいおい、死ぬ気かよ。俺たちが動いたら、鹿かイノシシだと思って撃たれるぞ」

「そうね」

散弾銃の弾丸が飛んでくるのを想像した。達三の診療所で臨床医としての基礎を学んでいた頃、熊狩りで、仲間のハンターから誤って撃たれた人が搬送されてきたことがあった。達三と二人で体中から散弾を一つずつ取り除いたが、すべてを取り終えるのに相当な時間を要した。

「猟友会があるだろうから、そっちに行きましょう」

尋ねた男はなにを馬鹿なことを訊いてくるのかという対応だった。

「東京からやってきた人間が、猟なんてできるわけないじゃないか。そんなことをしたら危なっかしくて住民が山菜取りにも出られないよ」

この地区の猟友会の会長を務める温泉宿の主人はそう答えた。

「免許は持ってます。当然、練習もしてるだろうし」

清原がここで高井教授と猟をしたことを疑っている亜佐子は食い下がる。

「免許があってもダメさ。うちの山なんだから、勝手は許さない」

「猟友会のメンバーが一緒だったら許されるということですか」

「そうだけど、十月十六日に誰か猟に出たかね、カネやん」

猟友会の会長は、灯油を運んできた男に尋ねる。この男も猟友会のメンバーのようだ。

「いないでしょう。前の日が解禁日で一頭も仕留められなかったんだから」

「そうそう、今年はイノシシは少ねえなって話したものな」

「他のメンバーに訊いてもらえませんか」

亜佐子は引かなかった。

「訊くもなにも、山に入る時は俺のところに連絡が入るよ。誰も入っていない」

そこで伴が割って入ってくる。

「さきほど解禁日と言いましたけど、狩猟解禁日って本州は十一月十五日ですよね」

「それは一般的な期日だろ。猟区では十月十五日だよ」

猟区とはおそらく特別に許されている区域なのだろう。それとも自分の山だと話したから私有地という意味で言ったのか。

「そのことは理解しました。ですがさっき会長は、そちらのカネやんって方に、誰か猟に出たか尋ねましたよね。十月十六日は猟区での解禁日の翌日なんですよね。解禁日は一頭も見なかった。それなのに翌日に誰が猟に入ったかを忘れますかね」

さすが刑事だ。確かにただの一日ではない。解禁日の翌日。普通は覚えている。

「そ、それは、最近、物忘れが激しいから、訊いただけだよ」

まだ六十歳くらいの会長は、しどろもどろになる。

「でしたら猟に出た人が分かるノート等を見せてくれませんか」

「そんなもんないさ」

「それだといつ誰が入ったか、把握できなくなるじゃないですか」

伴も引き下がらない。

「そんなん必要ないって。メンバーたって若いもんはいなくて十人程度の少数さ。行動は、全部この頭の中に入ってる」

「でも最近、物忘れが激しいんですよね」

また伴から鋭い指摘が入った。

「あなたもしつこいな。いったい我々がなにやったと言うのさ」

会長が逆ギレした。その一方でカネやんと呼ばれた男性は「俺は次の配達があるから」とそそくさと出ていった。あの男もなにか知っている。行動に後ろめたさが出ている。

「なにをやったのではなく、誰が来たかを訊いているだけです」

伴が続ける。

「だから誰も来てねえって言ってんだろ。これ以上しつこいと警察に連絡するぞ」

「していただいても結構ですよ」

伴は言い返すが、騒動が大きくなるのはまずいと思った亜佐子は、「伴さん、今日のところは帰りましょう」と伴のジャケットの裾を引っ張った。

「ありがとうございました。また来させてください」

そう言って頭を下げたが、主人はプイと顔を逸らして旅館の奥へと去った。

「明らかに怪しかったな。清原局長は間違いなく来てるよ。そして口止めしている。ということは高井教授も一緒に猟をしてたで当たっているんじゃないか」

伴が落ち着いた口調で話した。猟友会の会長の前で、警察に連絡していただいて結構ですと、行くところまで行くような強気な態度を見せたが、あれも相手にボロを出させるためのブラフだったようだ。

「私も二人は来てると思いました。伴さんの聞き出し方は見事でしたね。刑事らしくないと言ったのは取り消させてください」

亜佐子は両手を合わせて謝った。

「当たり前のことをしただけだから。だけどどうして氷見さんは術中死があった日に高井教授がここにいたことにこだわるわけ？　それも自分のところの局長と」

それは亜佐子も群馬の山中に来るまで悩んでいたことだった。来た理由をあげるとしたら、場所まで提示してくれた運転手が態度を豹変《ひょうへん》させたことだ。清原はここに来たことを知られたくない、そこに謎が隠されている。

もう一つはカルテのことだ。

執刀した飯森医師に再度メールで確認したが、患者が亡くなったのは午前十時、だが飯森が電子カルテを打とうとしたのは午後四時以降である。ちなみにここから東京フロンティア医大附属病院までタクシーと新幹線を使えば、およそ二時間。

教授が出張中にオペがあり、そこで患者が亡くなることだってある。しかし術中死が起きたと聞けば、すっ飛んで帰り、状況を確認する。それくらい患者が命を落とすことは、病院にとって重大事項である。

それが高井は松川准教授から報告を受けながらも、すぐに帰ることなく、松川に点滴を受けていた飯森を起こさせ、嘘の説明をするように命じた。

命令通りに虚偽の説明をした飯森にも問題があるし、医師が手術後に倒れてしまったのも残念だ。カルテは診療後に遅滞なく記載しなくてはならないと、医療法で定められている。

ただ看護師の斉藤七海によると、飯森は週にいくつもの長時間手術を請け負っており、体力は消耗し、精神状態は極限まで追い込まれていた。

高井が隠したいのはそうした医師管理も含まれるのではないか——亜佐子はいろいろと想像を巡らせている。


愛車の運転席に座ると、伴は助手席のドアを開けて乗った。偶然にも同じ荻窪《おぎくぼ》住まいなので、来る時は駅で待ち合わせた。

「しかしすごい車乗ってるよな。さすが官僚さんは違うよ」

革のシートを触りながら伴が言う。迎えに行った時も「すげっ、メルセデス」と驚かれた。

「私は国家公務員なので、警察官と同じ給料よ」

「同じって、それは警察官僚だろ。俺たち一般警察官と比較したら雲泥の差だよ」

医系技官は国家公務員の総合職と同じ待遇なので、キャリア相当になる。

「医師時代はもっとよかったんでしょ。何千万貰ってたのよ？」

「私がいた大学は給与が安いことで有名だったから今と同じよ」

それでも一般企業に入るよりは多くもらっていた。医師が給与が高いのはひと様の命を預かっていることより、開業するのに莫大《ばくだい》な資金を要したり、医大に入って卒業するまでに何千万もかかるからだ。奨学金制度を利用した亜佐子は、今も結構な額を返済している。

返済があるのに、師匠の利恵が土日も出勤し、自分が関わった患者を診ていたため、亜佐子は他病院でのアルバイトもほとんどやらなかった。

それに亜佐子の場合、オペ前はいろいろシミュレーションして、なかなか寝付けず、休日はしっかり休まないことには体力がついていかなかった。

「だいたい、行きもメルセデス、メルセデスって三回くらい伴さんから言われたけど、これはAクラスよ」

「AクラスでもAMGじゃない。音が違うもの」

「さすが元バンドマン、耳が違うのね」

「きみは、人の傷口に塩を塗るようなことを言うのが得意だね。俺は挫折して警察官になったと言ったろ」

　自己紹介された時、藤瀬記者から説明を受けた。プロのミュージシャンを目指していたが解散して、警察官を志した異色の経歴だと。

「CDを一枚出したことがあるんでしょ。それだけでもすごいじゃない」

「うわっ、こんなところにまでカーボンを使ってんのか。俺も人生で一度でいいから、AMGに乗りたいよ」

　ミュージシャンの話に触れられたくないのか、フロントパネルを触りながら伴はまだ言っている。それが矢庭に「あっ、停《と》めて、氷見さん」と声を出したのだ。

　亜佐子は動物でも轢《ひ》いたのかと思い急ブレーキを踏む。体が前につんのめった。

　シートベルトを外して降りようとしたが、伴は窓から外を眺めていた。

「ねえ、氷見さん、宇佐美厚労大臣って、群馬県選出だったよね」

「ごめん、私、政治に疎いから選挙区まで知らないのよ。もちろん宇佐美大臣の名前くらいは知ってるけど」

「群馬選出なんだよ。だけどここが選挙区とは知らなかった。ほら」

　そう言って指を差した。選挙掲示板に県会議員と一緒に宇佐美が写っていた。宇佐美は人気があるため、一緒に撮ってもらった可能性も考えられたが、語句を見て考えを改めた。《大臣と一緒に地元を住みよい街に》。一緒にということは、宇佐美大臣もここが地元なのだ。

サイドミラーに目を向けた伴はドアを開けて外に出る。

亜佐子もドアを開け、車の後方に進む。ちょうど背後から犬を連れた老人が歩いてくるところだった。

「すみません、つかぬ事をお訊きしますが、宇佐美大臣の後援会に、白水館のご主人って関わっていますか」

伴が出したのは、旅館を経営する猟友会の会長だ。

「関わっているどころか、後援会の役員だよ」

老人は当たり前のように言い、去っていく。

しばらく呆然とした。伴も身動きが取れなかったのではないか。亜佐子は伴に顔を向けた。

「伴さんはどうして、旅館の主人が宇佐美大臣の後援者だと分かったの」

「旅館の駐車場の外に選挙ポスターを貼るような掲示板があったじゃない。なにも貼ってなかったけど、下の方に民自党と印刷されてたから、俺たちが来ることを想定して剝がしたんじゃないかな」

「私、そんな掲示板気づかなかった」

「気づかなくて当然だよ、俺だってたまたま目に入っただけだから」

そう言って謙遜する。こういう細かなところに目が行き届く点が、刑事と自分たちの違いだ。

「となると大臣も一緒だったってこと？」

「その可能性はあるだろうね。大臣と所轄官庁の局長が現役の医師とハンティングをしていた。それだけでも週刊誌等が知れば、不適切な関係だと記事にするんじゃないかな」

亜佐子は話が大きくなりすぎて頭の整理がつかない。

「伴さんは宇佐美大臣が、清原局長や高井教授とハンティングに来ていたことを言わないよう、さっきの会長に命じたって言いたいの」

「宇佐美大臣はクリーンな政治家で有名だから、関係ないんじゃないかな。パーティー券のキックバックが問題になった時もまったく名前が挙がらなかったし」

「じゃあうちの局長だ」

「そう、清原局長が直接か、もしくは宇佐美大臣の秘書に頼んだ公算が大きいだろうね。とくに東京フロンティア医大病院の特定機能病院の指定が、氷見さんのいる医政局の管轄であるとしたら、そこのトップである局長が、大学教授と個人的な関係にあるのは、問題視されるし」

仮に宇佐美と清原と高井が一緒に狩猟をしたとしても、亜佐子の仕事には関係ない。

現時点で亜佐子の調べたい調査対象は高井であり、清原からして無関係だ。立ち入り検査に清原が介入してくるとしたらなぜか、その理由を確かめにハイヤー会社に行き、ここに来ただけだ。

「ごめん、氷見さん、この捜査、これ以上、関われないかもしれない」

「えっ、どうしてそんなこと言うのよ」

亜佐子は顔を向ける。

「今日、俺たちが来たことは、主人から秘書、ひいては清原局長にも伝わるだろう。清原局長が高井教授の改竄に絡んでいるわけではないけど、特定の医師とずぶずぶの関係なのをマスコミに知られたら自分は出世ラインから外れると思っているはずだから、土下座しても宇佐美大臣に頼むんじゃないかな」

「頼んだらどうなるの？」

「頼まれたら宇佐美大臣は……」

そこで会話を止めた。伴の歯痒さが分かった亜佐子は後を継いだ。

「大臣が警察の上層部に言ってくるってことね」

「もちろん高井教授の不正まで知っていれば、宇佐美大臣は言ってこないと思うよ。スキャンダルに巻き込まれて、マスコミの餌食になりたくないだろうから。氷見さんはどう思う、高井教授のこと、大臣は知ってると思う？」

「うぅん、知らないと思う」

亜佐子が会議で高井の不正を話したことが腰巾着の山口室長から清原局長に伝わった。

だからハイヤーの運転手が態度を豹変させた、そこまでは伴に話した。だがどう考えても特定機能病院として指定した病院の教授の不正を、清原が大臣に話すとは思えなかった。

「なにか証拠でもあれば、大臣の介入を止めることはできるんだけどな」

伴が悩ましげに言う。

証拠はないが、証言はある。だがその証言にしたって、飯森や斉藤を表に出せないのだから、ないに等しい。

「明日にもうちの係長からも、余計なことはするなと言われる気がするよ。所詮、警察は、政治家先生には頭が上がらないから」

伴は申し訳なさそうに呟くと、唇を噛んだ。

「いいのよ、伴さん、今日来てくれたことだけでも感謝してるから。ありがとう」

亜佐子は礼を言った。

警察の捜査協力を得られないだけではない。

清原が猟友会の会長にまで手を回したということは、亜佐子も医療監視とは無関係の部署に飛ばされるかもしれない。

18

高井敦也は腹心の井崎を教授室に呼んでいた。

「沢井さんですが、術後管理も順調です」

さらに「吉岡さんの方ですが」と言いかけた時、敦也は話を遮った。

「おい、きみは何度言ったら分かるんだね。名前を言われても私には講義を持つ学生だっているんだ、誰のことだか分からん。誰だか分かるよう説明しろと言ってるだろ」

「すみませんでした」

敦也もカンファレンスに出ているのだから、名前を覚えていないわけではない。だが自分は特別なのだという意味で、「それって誰のことだ」と空惚《そらとぼ》けて訊き返す。医師たちは病状で言うが、この井崎だけは何度言っても、改めない。

「すみません、沢井さんとはHCC（肝細胞癌）の五十代の患者で、吉岡さんは左葉切除した老人です」

井崎は説明したが、すべて分かっていた。二つのオペとも敦也がオペ室にいたのだ。

「まぁ、きみのオペも成長しているのが見られて良かったよ」

一番の犬である井崎に八つ当たりしても仕方がないと心にもないフォローをした。

実は数日前、井崎から抗議を受けた。新しい准教授が二人も赴任して、自分はいつになったら役職につけるのかということだった。

――講師たちは、うちの病院はハードすぎると他に移りたいらしい。今度来た准教授にしても、一人は待遇がいいだけでうちを選んだくらいだから、オペの数が多すぎて釣り合いが取れないと、他所に行ってしまうよ。

――教授はそれまで私に待てということですか。

井崎は納得していなかった。彼が敦也に反抗的な態度を見せたのは初めてだった。大切な院内の情報屋でもあるが、今後のことも考えて、あえて厳しいことを言った。

――井崎先生のオペは雑だ。もう少ししっかり術野を見て、HCCなら取り残しがないか念入りに確認する必要がある。

そしていつも敦也が言っている「できるだけ短時間でオペを済ませること」「出血は最小限に抑えるよう細心の注意を配れ」を繰り返した。

言っただけでは医師は成長しない。他の医師に任せる予定だったオペを井崎に変更し、敦也が指導医として前立ちに入った。

オペでは予想していた通り、甘さがあり、敦也が指摘しようとした寸前、ようやく隠れていた癌組織を見つけた。

ただの胃カメラ検査にしたって、彼の未熟さが随所に出ていた。とくに難しい頭部食道のあたりをきちんとシワを伸ばして撮らないから、光が反射して映りが悪い。松川が数枚の画像を合わせて確認し、癌とは指摘できなかったから良かったものの、技術的には医局に入り立ての医師と変わらないレベルだった。

このクラスの医者は都内中を探せばいくらでもいる。

だが東京フロンティア医大附属病院は引き続き多くの患者を受け入れ、次から次へとオペをこなしていかなくてはならないのだ。天才は要らない。欲しいのは確実にオペを成功させる量産マシーンである。井崎にはまだまだ経験を積ませることが必要だ。

「ところで飯森先生に会ってきましたよ」

急に井崎に言われて、敦也ははっとして顔をあげた。

「会ったって、どうしてだね」

「自分は飯森先生の、同じ高校の後輩ですからね」

高校の先輩後輩、敦也と清原医政局長との関係と同じだ。

「そうだったな」

とりわけ二人が親しくしていたわけではなかったので初めて知ったのだが、知ったかぶりをして話を先に進める。

「なんのために行ったんだ。きみのことだから、ただの見舞いじゃないだろ」

「もちろん、飯森先生が厚労省に密告したのか、そのことを確かめに行ったんです」

「厚労省ってきみ、どうして、それを」

清原から意味不明な電話があった。そのことは誰にも話していない。

「教授が事務局に厚労省から医療監視の通達がないか、確認していたのがたまたま聞こえたんです」

たまたま？　それを聞いたのは教授室ではない。事務局まで出向いて確認したのだ。この男、事務局員にもスパイを潜ませているのか。

「あれは定期的な検査のことだよ。いろいろ準備があるからね」

自分でも平仄《ひょうそく》が合わないことを言っているのは分かっていた。

一般的な医療監視は医療法第二十五条第一項の規定に基づき、原則一年に一度行われる。やってくるのは地元の保健所である。

東京フロンティア医大附属病院では今年の四月に実施された。あの時は術中死の直後であったため、なにかまずいものが出て保健所職員に疑問を持たれないか、バタバタしたことは、医局にいる全員が覚えている。

他方、井崎が匂わせているのは、同じ医療監視でも厚労省の立ち入り検査である。厚労省職員にその場で医師を処分する権限はなく、あっても医道審議会に諮《はか》られてからになるが、病院は別だ。とくに特定機能病院になったため、その指定取り消しに動く可能性は無きにしも非《あら》ずである。

「私は飯森より病院のことを心配しています。飯森なんて、一回、オペに失敗したくらいでやめてしまったような男ですから」

先輩である飯森を呼び捨てにした。

「あれは失敗ではない。ペイシェントの心筋梗塞を原因とする心原性ショックだ」

「そうでしたね」

同意しながらも井崎の頬は緩んでいた。

「で、飯森先生はなんて言っていたんだ」

「厚労省に密告したかどうかですか」

「密告とはあまりいい表現ではないな。そんなことをしたのか」

速くなった鼓動を落ち着かせ、できる限り平然と言い返す。

「していないと言ってました」

「そうか」

心拍数が落ち着き、締め付けられそうになった胸の痛みも治まった。飯森が原因ではないようだ。そうなると余計に清原からの電話が気になる。

「でも私はしようと試みたと見ています」

また胸が苦しくなった。

「どうしてそう思うんだ？」

「もう諦めたと言ってましたから」

「諦めたってなにをだ」

答えは分かっていたがあえて訊き返す。井崎は訊かれたことに答えなかった。

「教授が採った方法が正解だったと思いますよ」

井崎は問いとは異なる回答をした。

「私が採った方法とは？」

「もう教授、私は味方なんですから、惚けないでくださいよ」

顔が脂下《やにさ》がる。

「分からないから訊いてるんだよ」

「斉藤七海のことですよ。あの女を謹慎処分にしたじゃないですか」

「してないよ。彼女の方から休ませてほしいと言ってきたんだから」

「もう、私を信用してくださいって言ってるじゃないですか。飯森先生が言ってたんですよ。彼女のために諦めたと。斉藤七海は母一人子一人で、母親も看護師です。懲戒処分を受けさせたくない。自分は医師をやめても、恋人にはどこかの病院で看護師の仕事を続けさせたい、そう思ったんじゃないですかね」

飯森は告発を試みた。それればかりか斉藤七海までが通報しようと動いた？　カルテを印刷して持ち出そうとした斉藤七海を敦也が寸前で止めたのだ。これから内部通報する気なのだと思い込んでいたが、すでにどこかに話していてあの行動を取ったのなら厄介だ。もしやあの行動が、清原の「調べている人間がいる」に直結するのか。清原は確かに不正と言った。

だが今はそれより、手下と見ていた井崎に、斉藤を謹慎させたことを蒸し返されたことに悍《おぞ》ましさが先立つ。この男、まるで敦也を脅してるようにも感じる。

「おい、いい加減にしろ」

敦也の口調が急に変わったことに、井崎はびくついた。

「私がいつ、そんなことを調べろと命じた？　きみに飯森先生の様子を見に行けと言った？」

「すみません。ただ飯森先生はなにも行動を起こさないと言っていたので、教授も安心されるかと思って」

「それが余計だと言ってんだ！」

さすがに声を荒らげた。

そんなことがバレたら、自分が口封じを命じたように受け取られるではないか。すでに斉藤七海を独断で謹慎させているのだ。これだけでも院内外に知られたら問題視されるというのに。

「そういうことに気を取られているから、ミスばかりするんだ」

「さっきは、成長しているのが見られて良かったよ、と」

「きみはそう言われて満足するのかね。もっと上達しようと思わないのか。そんなことではレジデント（研修医）にも抜かれるぞ」

「はい」

「くだらないことを私に伝えるより、他人の検査やオペをよく見てもっと勉強しろ」

怒鳴り散らすと、井崎は逃げるように教授室を出ていく。敦也はしばらく怒りが収まらなかった。

まったくどいつもこいつも、俺の気分を悪くしやがって。頭に浮かぶのは気に入らない人間ばかりだ。


教授室のハーマンミラーの背にもたれかかって、しばらく目を瞑っていると、ようやく気持ちが落ち着いてきた。

敦也は体を起こし、猟銃を持つ構えをして、目をすがめた。

標的がある場所に次々と浮かんだどうでもいい連中の顔を並べては、引鉄を引いていく。

銃を放つと顔は泡がはじけるように消滅していき、最後に一人だけ残った。

宇佐美大臣。

出世ばかり考えている清原は、大臣が代われば次に行こうと先のことばかり考えているに違いないが、敦也は違う。宇佐美と心中してもいい、宇佐美の在任中に特定機能病院の指定を取る覚悟で、この数年間付き合ってきた。

潤沢な資金力で選挙に強い宇佐美は、ほかの政治家のような大規模パーティーを年に何度も開催することはない。

だが勉強会と称したパーティーが開かれた際は、敦也は理事長と相談して政治資金収支報告書に名前が載らない額を複数の名義に分けて、パーティー券を購入している。宇佐美の秘書からは毎回感謝されている。

今はそこまで資金を必要としていなくとも今後総裁選に打って出るようになれば、自分についてくる議員に配る金が必要になってくるはずだ。

そうだ、伊藤にも言って、製薬会社からの企業献金の額も増やしてもらおう。

大丈夫だ。俺には宇佐美大臣がいる。いざという時は大臣が守ってくれる。

そう考えると、井崎のせいで鬱屈した心までが、宇佐美に連れられたハンティングで見た、高く澄み切った秋空のように晴れていった。

19

普段は子供の夕食の準備などで定時に帰宅する津舟だが、その日は氷見亜佐子がランチに利用したことがある個室のある和食屋まで付いてきた。

「えー、清原局長だけでなく、宇佐美大臣まで入ってくるの？　そりゃ、お手上げだわ」

亜佐子は、高井と清原がハンティングに行った場所が宇佐美の選挙区で、しかもその後に伴と調べた結果、宇佐美にハンティングの趣味があったことまで話した。

「宇佐美大臣はただハンティングに二人を誘っただけで、今回のカルテの偽造に関わっているわけではないですよ」

「それは分かるけど、あんた、その大臣に邪魔されることを恐れてるんでしょ」

「私がというよりは、刑事さんが、ですけど」

「どっちでも同じよ。で、どこまで征伐したいわけ？」

「征伐って桃太郎じゃあるまいし、あっ、桃子さんだから、桃太郎も親戚みたいなものか」

亜佐子は冗談で返したが、津舟はくすりともしない。

「高井教授だけでいいの？　それとも清原局長まで行くの？」

「局長までは考えていませんでした。家族に嘘の報告をさせてカルテを偽造したのは高井教授だし」

「そんなんでいいわけ？」

「そりゃ、できれば局長まで処分対象に行き着きたいですよ。平気で不正をやる教授がいる大学病院に特定機能病院の承認をしたのはうちの局であり、高井教授の高校の先輩である清原局長が便宜を図ったのは間違いないですから」

「できればって、全然あんたらしくないじゃん」

確かに自分らしくないと思う。だが伴から捜査は難しいかもしれないと言われ、その日はなにもやる気がなくなるほど気が沈んだ。

今のままでは高井教授の不正すら暴くことはできず、病院に立ち入り検査する術《すべ》がない。

「桃子さんならこうした場合、どうします？」

「あたしなら？」彼女はしばらく側頭部に拳を置いて考えてから、「さすがに大臣は無理だと諦めるかな」と言う。

「大臣は関係ないでしょう。ただ空いてる時間に趣味の狩猟を楽しんだだけですし」

「でも大臣が警察に圧力をかけるんでしょ」

「まぁ、順序で言うならそうなりますけど……」

そんなことをされれば、利恵から言われて以来、評価が高かった宇佐美に対してもがっかりくる。ただ政治家なんてそんなものだ。いくらクリーンと謳《うた》われていても、罪が明らかになっていない以上、官僚や後援者の頼み事は聞く。

「あたしだって、宇佐美大臣はどうでもいいと思ってるよ。大臣にペコペコ、病院側とベッタリの人間が自分たちの上司だなんて恥ずかしいじゃない。あたしはそんな人の下で仕事をするのはまっぴらごめんだな」

やはり亜佐子が予感していた通り、津舟の正義感は本物だ。

「そうなると高井教授ではなく、ターゲットを清原局長に変えろってことですか。難儀なことを言わないでくださいよ」

「高井教授の処分ができれば、清原局長も引きずり降ろせるんじゃない。そういうの芋づる式って言うのよ、知ってる？」

そう言って筒を突っつく恰好をした。

「桃子さん、その仕草、トコロテンですよ。トコロテン方式と間違っています」

「冗談でやったのよ」

ここで冗談を挟んでくるとは、まったく津舟の頭はどうなっているのか。

「芋づる式って言われて、あんたピンと来ない？」

「全然」

亜佐子は首を左右に振った。

「もうあんたの頭、フリーズしちゃってんじゃないの？　芋は根に繋がってるでしょう。その根はどこに繋がってるのよ」

「土じゃないですか。厳密に言うなら繋がってませんけど」

「あっ、そうか、種かと思ったけど、芋から芽が出るんだから、違ったわね」

いったいなにを言っているのか、余計に意味不明になる。

「じゃあ、言い方を変えよう。根っこが固いコンクリートの鉄芯に絡まっていて、いくら引っ張っても取れないサツマイモを取るにはどうする？」

「そんな手狭なサツマイモ畑なんてあるんですか」

「あるわよ、あんた芋掘りやったことないの。あたしなんか、上の子と下の子の課外授業で二年続けてやらされたんだから。世田谷《せたがや》の農家さんの畑を借りて」

「未婚の私にも分かるように教えてくださいよ。もしかしてまた政治ですか」

訊いても埒《らち》が明かないので、津舟に言われたもっとも印象的な言葉を適当に言った。

「あら、急にあんたらしい頭の回転の良さが戻ったじゃない」

「えっ、どういうこと？」

顔を近づけるが、津舟はわざと視線を逸らして答えてくれない。

政治がどう関係するのだ。自分で言っておきながらさっぱりだ。

津舟は芋の根がコンクリートの鉄芯に絡まっていると言った。それをどう収穫するかを想像してみた。

「あっ！」


亜佐子は三日後、赤坂《あかさか》の喫茶店にいた。

目の前には中央新聞の藤瀬祐里がいる。

頼んだコーヒーに亜佐子は口をつけていないが、藤瀬はとっくに飲み終えている。

「藤瀬さん、よく堂々としているわね。心臓に毛が生えているって言われない？」

亜佐子が言うと、「氷見さんに言われたかないですよ」と返された。

そこで藤瀬はテーブルの下、ヒールを履いている亜佐子の足元を見た。

「今、足が震えましたけど、もしかして氷見さん、ビビッてます？」

「当たり前じゃない。あなただって自分の会社の社長にこれから突撃するとしたら、震えるでしょ」

「震えませんよ、エレベーターでたまに一緒になるけど、最低限の常識として頭を下げるだけで、同じフロアで降りるとしても私が前に立っていれば、先にエレベーターを降ります」

「そういうのを非常識と言うのよ」

大学病院で教授とエレベーターで一緒になった場合は、必ず教授の降りる階を訊いて、同じ階なら「開」のボタンを押して、教授が降りるまで待った。

「だいたい氷見さんのカイシャの社長ではないじゃないですか」

「同じよ、というか事務次官より権限があるんだから」

津舟のアドバイスのおかげで、亜佐子はせっかく告発しようとしてくれた飯森や斉藤の行動を無駄にしない方法を思いついた。

——なるほど、そこで政治なのね。

自宅で筋トレしながらそう呟いた亜佐子は、ダンベルを置いて藤瀬に電話を入れ、協力をもちかけたのだった。

亜佐子たちが今、待っているのは宇佐美繁厚生労働大臣である。この喫茶店の近くの料亭で、同じ派閥議員と会食中だ。このことも藤瀬が調べてくれた。

料亭はこのコーヒー店からは見えない。一応、赤坂に三本ある通りの一つに面しているが、大臣となるとSPがいるので、料亭の前で張り込むのは難しい。

亜佐子は持っている服の中ではもっとも派手なオレンジのワンピースを着ていた。オレンジといってもくすんだブラッドオレンジのような色だが、背中が開いているため、夜の赤坂ではホステスに見間違えられそうだ。

「ところで今日の貸しはちゃんと返してくれるんでしょうね」

地味なパンツスーツの藤瀬に念を押される。ここに来る前にも同じことを言われた。

「分かってるわよ。あなたを特別扱いしろってことでしょ」

「違いますよ。訊いたことにはちゃんと答えてくださいってことです。分からないことがあったら、専門家として、分かるようにレクしてください。氷見さんから仮にネタを教えてもらったとしても、まだ記事にしないでほしいと言われたら、私だって考えますから」

「私がやめてと言ってもあなたたちは書くんでしょ？」

「内容によりけりです。書くか書かないかは我々が決めます」

「じゃあ止めても意味ないいじゃない」

「書かないでほしい時は、今書けば誰々に迷惑がかかるからとか、メディアに出したくない理由を説明してくれたら、事情も考慮します」

「分かりましたよ。藤瀬さんへの借りはちゃんと返すから」

「こんな無茶な頼み事をしといて、態度悪いなぁ……自分こそ非常識極まりなくないですか」

藤瀬は頬を膨らませた。藤瀬にしても今日の頼み事のせいで今後の取材に支障をきたすかもしれない。だが彼女を頼るしか方法はなかった。

そろそろいいだろうと亜佐子はスマホを取った。

「もしもし、そちらの具合はいかがですか？」

電話を入れたのは料亭が見える通りで、愛車のシエンタを停めている津舟だった。

〈どうしようもなくなったら協力するとは言ったけど、まさかたった三日で頼んでくるとは思わなかったわ〉

呆れた津舟だが、息子の塾もサッカーの練習もない日だったため協力してくれた。

車内には二人の息子もいて、夕食の真っ最中である。亜佐子は「フレッシュネスバーガーで好きなだけ買っていいから」と言ったのだが、すでに津舟から〈八千八百円なり〉とレシートが写メで送られてきていた。マックより高価なフレッシュネスバーガーとはいえ、三人で八千八百円分も注文するなんて……「いきなり！ステーキ」の値段だろう。息子たちはどれだけ食い意地が張っているのか。

〈あんたも気が早いわね。まだ入って一時間半でしょ。料亭自慢の黒毛和牛のフィレでも出てきたくらいじゃないの〉

電話からは〈ひかる、ロングポテトは俺のだろ〉という息子の声が聞こえてきた。

「桃子さんは安全ですか」

〈SPが一度だけ不審な顔で近づいてきたけど、子供連れだと分かって引き返したわよ〉

津舟が子供を連れてきてくれて良かった。八千八百円も安いものだ。

そこで〈あっ、出てくる〉と声がした。

「えっ、本当ですか」

〈ほら、早く。迎えの車が来たから〉

「藤瀬さん、急いで」

そう言った時には藤瀬が床のかごに入れたバッグを引っ張り上げ、店を出た。

亜佐子も二千円を出して、「お釣りはいりません」と喫茶店を飛び出る。なにからなにまで他人任せで申し訳ないが、ここから先、藤瀬にひと芝居を打ってもらわなくてはならない。

小路にある喫茶店を出て、みすじ通りに出ると、宇佐美が黒いミニバンに乗るところだった。

「宇佐美大臣」

藤瀬が声を出した。片足をステップに載せた宇佐美が振り向いて、足を下ろした。

「中央新聞の藤瀬です。先日、全国在宅医療会議のワーキンググループから、終身医療の在り方について報告が出ましたが、それについて大臣はどう思われていますか」

なんでもいいから質問してほしい、と頼んだのだが、藤瀬はしっかりと下調べをして、もっともらしい質問をした。しかも藤瀬が言ったワーキンググループの会議は、亜佐子が在籍する医政局の管轄である。

「それは参加された有識者のご意見をしっかり検討して、今後、所轄官庁がまとめてくれると思っていますよ」

ロマンスグレーの髪が街灯で輝き、イケオヤジぶりに拍車がかかる宇佐美は、穏やかな表情を作ってそう言った。ここで余計な口出しをされない方が、官僚は仕事がしやすい。

「大臣から提案されることはないですか」

「提案するもなにも、まだ報告を聞いたばかりですからね」

宇佐美の視線が藤瀬から亜佐子に移った。派手な色のワンピースを着ていたものだから、気になったのだろう。

「後ろの方は？」

「友人です」

藤瀬が即答した。「たまたま友人とお茶していたら、大臣が店に入っていくのが見えたので、この話を聞こうと付き合ってもらったんです」

「そうですか」

大臣もこんな服装をしたメディアはいないと思ったのだろう。また車に顔を向けようとした。ここから先が亜佐子の出番だ。足を踏み出し前へと出た。

「厚生労働省医政局・医務指導室の氷見亜佐子と言います」

そう言って頭を下げた。新聞記者と知り合いで、一緒にお茶を飲んでいたことを管轄する大臣に知られるのは、情報漏洩を疑われ、亜佐子にはリスキーである。

だがこれが亜佐子の考えた政治である。

「おや、厚労省の職員でしたか。それはご苦労様」

口調は普通だが、一瞬、不審な表情を見せたのを亜佐子は見逃さなかった。

「実は私は以前は医者だったのですが、宇佐美大臣が、あるシンポジウムで、『臨床で助ける命は目の前の患者だけ、一生かかっても千人くらい。だけど政策で助けられる命は何十万、何百万もあります』とおっしゃったのを聞いて、医系技官を志したんです」

実際に聞いたのは師匠の利恵だが、その利恵が宇佐美の言葉を拝借したと言ったのだから、自分が聞いたと答えても同じだろう。

「そんなことを言ったかな」

宇佐美は首を傾《かし》げた。

その仕草に亜佐子は次になにを言おうとしていたかを忘れてしまいそうだった。

「冗談です。昔、自分よりベテランの議員がいる前で、そんな偉そうなことを言った記憶があります。忘れていませんよ」

良かった、覚えていてくれたのだ。それならと次に進もうとしたが、先に宇佐美から訊いてくれた。

「でも、あなたは今、医政局の医務指導室にいるっておっしゃっていましたよね、どうしてですか」

「はい、医療従事者が働きやすい、患者が安心して体の不調を任せられる現場にしたいと考えて、今の部署を希望しました」

「それはご立派な考えですね。あなたのおっしゃる通り、医療機関は患者のために存在しなくてはなりません。これからも期待していますよ」

そう言って車に乗り込もうとした。

「今、一つの病院が、医療法に反する不正、証拠隠滅を図っています。大臣が就任されてから特定機能病院に指定された病院です」

ステップに足を載せた宇佐美の動きが止まった。亜佐子を見る。顔色は変わらなかった。なぜだか分からないが、上唇をめくるように口をすぼめた。

それ以上は言わなかった。ここから先は宇佐美の判断であり、政治家としての適性が問われる。

「どこの病院なのかピンと来ませんが、それが事実だとしたら、けっして許してはなりませんね。とくに特定機能病院の場合、私の責任でもありますし」

宇佐美が大臣になって指定したのは東京フロンティア医大附属病院だけなので分かっ

ているはずだ。だが記者の前なのだ。宇佐美が惚けるしかなかったのは理解したつもりだ。

「あなたがたが熱心に調べてくれるのはとてもありがたいです。引き続き頑張ってください」

最後は渋い大臣の顔に戻って、車の中へと消えた。

どこで根っこが切れたかは分からない。

少なくとも津舟が言っていた絡まった不動のコンクリートの鉄芯からは、解《ほど》けたかもしれない。

20

氷見亜佐子は執刀医だった飯森智大のマンションに来ていた。

看護師の斉藤七海も来ていた。亜佐子が最初に会った時より頬がこけ、やつれているように見えた。

「大丈夫ですか、斉藤さん、病院に行った？」

そう言いながらも病院に行っても、気が利くところなら血液検査やレントゲン、ＣＴを撮るくらい、気が利かない病院では、しばらく様子を見ましょうで済まされる。医師としても、熱があるとか、胃が痛いなど具体的な体調不良の訴えがない限り、その程度しか対応できない。点滴をすれば少しは回復するが、原因不明での点滴は自費診療になる。

「行ってません」

「眠れてないでしょ。せめて心療内科に行ってみたら。でも行けないわよね」

斉藤は小さく頷《うなず》いた。

原因はメンタルのダメージであるが、心療内科にも行きづらい。体調悪化に至った説明を求められるからだ。

「彼女は一時、恐怖で外にも出られなくなっていて、私でさえ、近づくと怖がる時がありました」

「全部、あの男のせいね」

カルテを印刷していたのが見つかり、斉藤は密室で高井に捕まった。その後に飯森から電話で聞いた話では、斉藤は「殺される」「レイプされる」と感じたそうだ。

実際は口を塞がれただけだが、その手で鼻まで押さえられ、しばらく呼吸ができなかった。そうでなくとも密室で男に上からのしかかられ、怖い顔で脅されれば、ＰＴＳＤ（心的外傷後ストレス障害）になっても不思議はない。

「私としても普通の生活を取り戻して、明日からは新しい職場を探そうと考えるのです

てしまうから」

「焦らない方がいいわ。こういうのは無理して治そうとすると、余計に心が悲鳴をあげてしまうから」

研修医時代、心療内科で教わったことを思い出して言った。研修医は広い知識を身に付けるため、ほぼすべての科を回る。亜佐子が一番苦手だったのが心療内科である。

心療内科といえば患者の話を聞くのが仕事だが、彼らは途中で患者の話を遮って、自分の話をしだす。

おかしいと思ったが、亜佐子自身もやってみて理解できた。心に闇を抱えている患者の話を聞くうちに、自分も引き込まれていきそうになるのだ。そうなると客観的に診られなくなる。なにも患者の力になってあげられない、亜佐子にとっては、あらゆる科の中で、もっともモヤモヤした思いが残る研修だった。

だが今はそうも言っていられない、斉藤に寄り添って話を聞こうと、いろいろ質問した。

斉藤は高井が言った懲戒処分もそうだが、せっかく次の病院を見つけても、カルテを持ち出そうとしたことが知られたらクビになるのではないか、それを恐れながら仕事をするのが苦しいと話した。

どの病院にしても過去に情報漏洩した、それが組織のためを思った正しい行動であっても、内部告発するような人間は、怖くて雇えないと、採用を避ける傾向にある。

いくら公益通報者保護法を制定しても、実際は違反者の特定は難しく、組織は通報されたことじたいを不利益だと考える。

国が本気で通報者を守る気持ちで、どの企業、組織も過去に通報したことがある者を一定数雇う義務を与える、それくらい大胆な制度を設けないことには、今後ますます不正を訴える勇敢な人が出てこなくなる。

「ごめんなさい、斉藤さん、私が余計なことを言ったせいで……」

亜佐子が「カルテが手に入れば、立ち入り検査の突破口になると思うんだけど」と口走ったのが、斉藤が大胆な行動に出た原因である。

「私の意志でやったことなので氷見さんは気にしないでください。あの時は智大さんがもう医師ができないと落ち込んでいたので、私はあの男を絶対に許さない、そう思って行動を起こしたのですから」

「それなら問題なのは私です。執刀医である私が毅然《きぜん》とした態度を取り、高井先生が来た時も、自分でカルテを作成すると言えば良かったんです。それを全部、高井先生の言いなりになって……」

「そこまで二人が悩んでいるのに、今日こうして、また話を聞かせてほしいとやってきたんだから、私も相当図々しいですね。すみません」

亜佐子は飯森に電話をして、会ってほしいと頼んだ。

彼は、一度は二人のことは表に出さないと約束しながら、やはり証言してほしいと頼んでくるのだろうと思ったのだろう。二人とも体調が優れないので、と断った。

それでも話だけでも聞いてほしい、嫌なことは受けなくていいからと頼んで飯森宅にやってきたのだった。

「もし第三者委員会などが立ち上がった場合でも、お二人に証言してほしいとは言いません。ただもう一度、あの日に起きたこと、飯森先生のログインで高井教授がカルテを書いたこと、そして斉藤さんがなんて言って脅されたのか、改めて聞いておきたいんです。私としてはなんとしてでも東京フロンティア医大病院の立ち入り検査まで持ち込みたいので」

警察も動いていると言えば二人は安心するだろうが、話してもあとで落胆させる可能性も残っているので言わずにおく。

宇佐美大臣の地元まで出掛けて以来、伴と話したのは一度だけ。

伴は上司に迷惑をかけたくないと、自分から事故当日に医師が宇佐美大臣と一緒にいたことを話した。

上司も大臣と聞いてさすがに尻込みし、「そういう事情なら厚労省が動いてからでいいんじゃないか」と言ったそうだ。伴からは「今のところ圧力はかかってないみたいだけど、かかったとしてもなんとか説得してみるからもう少し時間をくれ」と力強い言葉をもらった。

警察に圧力がかけられていないのは、亜佐子が清原より早く、宇佐美への行動に移したからだろう。高井のカルテ改竄に、宇佐美は関係ないが、宇佐美にしても術中死が起きた日に医師と娯楽に興じていたというのは、後ろめたいはずだ。

だが大臣に直訴したなどと大胆なことを言えば、さすがの伴もやりすぎだと気が引けるかもしれない。

いずれにせよ、厚労省が動くだけでは高井の悪事は暴けない。警察が動く、もしくは共同で病院に入って、初めて高井は逃げも隠れもできなくなる。そのために少しでも情報がほしい。

「斉藤さんは嫌な記憶を思い出させるので、話さなくてもいいですけど」

「大丈夫です、お話しします」

斉藤は少しだけだが、ファミレスで会った時の強い口調に近づいた。やはり彼女は勇気がある。

それから飯森、斉藤の順で聞いた。内容はすでに知っていることが大半だったが、手術の時刻や、高井から連絡が入って、亡くなった患者の家族に嘘の報告をするように命じられた時刻、他にも出張に出ていた高井が病院に戻ってきた時刻も飯森は正確に覚えていた。

最初に家族に患者が亡くなったことを伝えたのは外回り看護師の斉藤だった。

斉藤は「あとで医師から詳しい報告があります」と伝えた。その時は松川准教授が高井に連絡をしていたため、高井が戻ってきて報告するものだと思っていた。もちろんオペ室で起きたことを正直に。

「よくよく考えてみると、飯森先生のオペはミスとは言えないんじゃないですか。下大静脈に腫瘍が近い場合、なにかの拍子で腫瘍栓が切れて、入ってしまうことはあると思うんです」

下大静脈付近の切離じたい、亜佐子は助手でしか経験のない難易度の高い手術だ。自分でも同じことが起きていたかもしれない。

「いいえ、私がベストの体調であれば、千切れる前に気づいていました」

飯森はそう言って自分を責めた。

「飯森先生が誠実なのは分かりますが、私が納得しないのは、どうして高井教授は、先生に嘘をつかせたのかということです。医師だって完璧ではありません。医師のすべきことは密室であるオペ室で起きたことを正直に家族に伝えること。私自身、師と仰ぐ医師から『どんな不都合な内容でも、患者やご家族には包み隠さず正直に話すこと』と教えられました」

利恵からも言われたし、田舎の小さな診療所を営む達三からも同じことを指導された。

「私も研修医の頃から指導医に何度も言われました」

「私も看護学校の初期段階にそう教わっています」

二人は相次いで答える。

「こういう言い方は不謹慎ですけど、仮に裁判を起こされたとしても負けることはなかったと思います。それなのに教授は事実を伝えなかった。私はあの日、高井教授が在院していなかったことが、後ろめたさになっているのではないかと考えていますが、違っていますか」

二人からの反応はなかった。

「あの日、高井教授がどこに行っていたか、飯森先生はご存知ですか」

「いいえ、出張と聞いた以外、私は」

「誰か知っている人は院内にいますか」

「松川先生も聞いていないと思います。病院では高井先生がすることには口出ししないことが流儀になっていますので」

「暴君ですね」

そうした病院が事故を起こす。その暴君医師が、周りの反対を押し切って独断で手術をして失敗するというケースが目立つが、高井の場合、部下に押し付けているところが問題だ。自分は陰でロビー活動をしている。そのロビー活動に支障をきたすから、医療記録として残さなくてはならないことまで隠す。

飯森の反応から判断すると、高井はいくらでも適当なことを言って事実関係を隠せた。そうなると高井が恐れていたことは宇佐美たちとの交流が発覚することではなかったのか。嘆息した瞬間、亜佐子の記憶のダイヤルがカチッと音を立てるかのように、過去に戻った。

「フロンティア医大病院の消化器外科って、半年前にも術中死が起きてますよね」

「ええ、まぁ」

飯森は濁したが、隣で斉藤が「はい」と返事をした。

「いまさらその医師を咎《とが》めようとしているわけではありません。私も噂話として聞いただけです。その先生も飯森先生のように大学をやめたと聞いています。今回の飯森先生と同じで、高井教授に嘘のカルテを書かされて、それに耐えきれなかったんじゃないですか」

しばらく飯森は奥歯を噛み締めて悩んでいた。他人のことだ、話すべきではないと考えているのかもしれない。

「その医師のことも表にはしません。話してくれませんか」

飯森の目を見て懇願する。

「公表しないのであれば」飯森が呟き、「私のケースとは状況が異なりますが」と言葉を継ぐ。

「どのように違うのですか」

「ミスじたい、その先生ではなく、高井先生なんです」

「そうなんですか」

「はい、亡くなる一年ほど前、その患者さんは右上腹部に痛みを訴えて、外来に来ました。酒もタバコも相当量の不摂生極まりない患者さんでしたが、半年前にうらで健康診断を受けていて、胃カメラ、大腸カメラ、血液検査を含めて問題ないと診断されました。改めて画像やデータを見た高井先生は、しばらく様子を見てくださいと痛み止めを与えただけで、経過観察にしました」

　冷酷に感じるかもしれないが、現実はそんなものだ。まして半年前に検査しているのなら、医師はそう見る。いちいち再検査をしていては、待合室で長時間待つ患者を捌《さば》ききれなくなる。だが問題はそこではなかった。

「痛み止めを与えても効果がなく、その患者さんは一週間後にまた病院に来たんです。その時はそのやめた准教授が診察しました。一週間も痛みがあるのはおかしいと思ったのに准教授はエコー検査をしませんでした」

「どうしてしなかったのですか」

そうなるとミスは一回目に診た高井ではなく、准教授の責任である。

「最初の診察をしたのが高井先生だからです。高井先生が『俺が診たんだ。ペイシェントに異常は指摘できない』と言い張ったのです」

またとんでもない話が出てきた。

「それでどうなったんですか」

「一週間後に再診にいらして、その時には痛みは治まったと言ったそうです」

沈黙の臓器と呼ばれる肝臓や膵臓は初期段階でも痛みが出にくく、出ても治まったりする。そのため、発見された時はすでに手遅れだったというケースも多々ある。

「高井教授の診断で正しかったということですか」

「それが一年後、その患者さんは急性腹症でうちに搬送されました。高井先生は出張中だったので、やめた准教授が検査をしました。そうしたら恐れていた結果が出たのです」

恐れていた結果、それだけで外科医だった亜佐子には分かった。

「肝癌が見つかったんですね。それも広い範囲で？」

「はい、顔に黄疸《おうだん》が出ていて、むくみもあって、間違いなく肝癌の症状でした」

「高井教授はなんと？」

「オペをすることが決まりました」

「そこは認めたわけですね」

「私は直接関わっていないので、高井先生がどういうふうに指示したのかは分かりません。でもオペをしたのは事実です」

高井教授もそこまで冷血な医師ではなかったようだ。だが検査で肝癌が分かったのなら、オペは当然だ。

ただ気になることがあった。亜佐子が「広い範囲で」と訊いたことを飯森は否定しなかった。

「検査で、リンパ節や他の臓器まで転移した進行癌だと認められたんじゃないですか」

「そうです。リンパ節まで転移していました」

「それなら切除ではなく、他の方法を採るのでは」

切除が難しい場合、医師は化学療法に変える。たとえば高濃度の抗癌剤である肝動注化学療法だったり、分子標的薬を投与したりして、肝癌の予後の延長に努める。

「その先生はそうした方法も進言したみたいですが、高井先生は切除がベストだと言い張ったそうです」

その判断もカルテを見ていないのでなんとも言えない。肝癌じたい、抗癌剤が効きにくい。

「しかも高井先生は、きみが診たんだから、きみがオペをすべきだと。手術当日も会合があると、在院しておられませんでした」

「とんでもない無責任な人ですね」

「その先生は当時、一番術数が多かったですから、高井先生も任せたのだと思います。でもリンパ節の転移だけでなく、脈管侵襲《みゃっかんしんしゅう》もあり手の施しようがない状態だったそうです。先生はその頃、心身ともに限界状態だったと思いますが、それでも切除を続けました。ただ残念ながら心臓が耐えきれなくなり、心停止に陥りました」

「そのこと、ご家族にはその先生が伝えたのですか」

「出先から急遽《きゅうきょ》、戻った高井先生が伝えました。ですが患者さんに家族はいませんでした」

「誰に伝えたのですか」

「会社の社長さんがすごく心配されていて、手術の日もいらしていました。非正規雇用の方だったので、高井先生は楽観視していたようですけど、社長さんは一年前にも同じ症状が出てたのに、あんたらはなにもしてくれなかった、その時からすでに癌だったのではないかと、高井先生に抗議したと聞いています」

一年前の時点で検査すれば発見できたかもしれない。ただそれを認めると、有能な弁護士がつけば「蓋然性はあった」「適切な治療を受ける機会を奪われ延命の可能性を奪われた」と訴訟を起こされる可能性はある。裁判を起こされるだけでも病院は痛手である。

「高井先生は一年前の腹痛が癌に関係しているとは認めなかったわけですね」

「認めていません。それも一年前に痛みを訴えた時のカルテには右上腹部とは書かれていません」

「それはおかしくないですか、右上腹部の痛みを訴えて、来院したんですよね」

「その患者さん、ユニークといったら失礼ですが、一年前に病院に来た時は、二回とも病院に来たら痛みは治まったと言って、このあたりが痛かったんですけどと、腹部全体を指したそうです」

「それを理由に高井教授は、一年前の痛みが肝癌だったことを一切、認めなかったわけですね」

「私はカルテを見たわけではないので分かりませんが、おそらく一年前の診断は無関係のように、肝癌が発症したという記載になっているはずです」

「その准教授は、患者さんが亡くなった後、高井教授を庇って隠したのでしょうか、それとも高井教授がそう書けと命じたのでしょうか」

本当は飯森のようにその医師のログインで高井が書いたのではと訊きたかった。だが飯森を傷つけそうで、そう言うのは避けた。

「その先生は実直な方なので、普通なら一年前から同様の右上腹部に痛みがあったと正直に書いていると思います」

そうなると高井に命じられたか、高井が書いたか。だがカルテを見ていないので、なんとも言えない。

「執刀された先生は今どこに？」

「臨床医をやめて、静岡の研究所に勤めています」

「その方のお名前を教えていただけませんか」

飯森は顔を硬直させた。正しい行いをしようとしてきた医師は仲間を売ることにも躊躇があるようだ。

「その先生にご迷惑をかけることはしません。今日、聞いた話だけでも、いざ立ち入り検査に入った時に、高井教授が行った不正解明のヒントになると思うんです。その先生にも話を聞ければ私たちの引き出しは増えます」

検査の許可さえ取れないでいる自分がもどかしいが、安心して任せてもらうためにも力強く言い切った。今は情報収集しかない。特定機能病院等の業務が法令若《も》しくは法令に基づく処分に違反している疑いがある時は、診療録や帳簿書類の提出を命ずることができるという医療法二十五条四項に基づく立ち入り検査をするには、より多くの者から話を聞く必要がある。

「コジマ・タクミ先生です」

飯森が名前を出した。亜佐子はペンとメモを渡して、字を書いてもらう。小島拓爾——力のこもった文字だった。

小島医師も高井から過密な手術スケジュールを組まれても、不満一つ言わずへとへとになるまで働いたそうだ。

飯森曰《いわ》く、正直、小島先生の体は壊れかけていた。だから術中死のあと、糸が切れたようになり、臨床医をやめてしまったと。

それは目の前の飯森も同じだ。

斉藤の話だと、手術直前に体調が悪いのが目に見えて分かるほど疲れていた。それなのに「私がしっかりしていれば」などと、過労を一切言い訳にしない。

——医師は患者を選べるが、患者は医師を選ぶことができない、医師が体調が良いのか、悪いのかなど患者は知らないんだ。

耳奥で、亜佐子がお師匠さんと呼ぶ、利恵の夫、錦織達三の声が反響した。

世の中には、自分が自制するだけでは、体調を維持できない厳しい環境に立たされている者もいる。そうした者ほど不平不満を言わず、黙々と仕事に励む。

「私がこう言うのもさしでがましいですが、少し休まれたとしても飯森先生は必ず医師に復帰してください」

「私は不正に手を貸したのですよ」

「飯森先生は手など貸していません、高井教授が勝手に飯森さんになり代わっただけです」

「ですがご家族に報告したのは私ですし」

やはり自分を責める。それでも亜佐子は飯森に医師をやめてほしくなかった。

「飯森先生のような誠実な医師を患者さんは求めているんです。そうでなければ患者さんは誰を信用すればいいのですか。病院の名声と自分の出世ばかり考えている高井教授のような医師だけになってしまえば、患者さんはどこの病院に自分の大切な命を預けていいか困ってしまいます。飯森先生が患者さんに寄り添って診察、治療して、それを後進の医師に態度で示し、教えてあげてください。先生のような医師の姿が、ファミリーツリーのように増えることが、わが国の医学界の将来にはとても大切なことです」

脳裏に浮かんだのは利恵だ。

利恵も誠実に医師の職務をこなしていたのに、院内抗争に巻き込まれて、病院を去った。

今はロボットの研究開発に夢中になっている利恵には、共立女子医大で臨床医に戻る可能性は残されている。だが、少なくともこの間、多くの患者が利恵の治療を受けられなくなった。

長々と話したため、喉がカラカラに渇き、飯森が出してくれたすっかり温《ぬる》くなったお茶を口に含んだ。

「ありがとうございます」

飯森の返事が聞こえた。

「智大さん」

斉藤七海にも明るさが戻り、彼の手を取り、揺すっていた。「病院に戻って」そう伝えているのだろう。

亜佐子は斉藤にも視線を向けた。

「斉藤さんも看護師を続けてください。お母さまがそうだったように、斉藤さんがいることで安心して過ごせる患者さんはたくさんいます。斉藤さんが医療現場に戻ることをみなさんが待っています」

「でも私にはカルテの件が」

「持ち出そうとしたことは絶対に表に出ないようにします。それは私が頼んだことなので」

「氷見さんはなにも」

「私が頼んだからです。高井教授にそのことを公にさせることは絶対にしませんから」

それだけは絶対に死守しなくてはならない。亜佐子の責任なのだから。

亜佐子はもう一度、二人に「時間を置いてでもいいですから、必ず医療現場に戻ってください」と懇願し、頭を下げた。

彼らを臨床に戻すことも、医療現場を正しい姿に戻すために医系技官になった自分の使命である。

二人が困惑している顔を想像しながら、おそるおそる頭を上げる。二人して亜佐子を見ていた。

「約束します。必ず医師として、もう一度患者さんの力になります」

飯森ははっきり言った。

「私も看護師の仕事を続けます。このままでは病気の母も悲しみますから」

斉藤の言葉にも心がこもっていた。

「ありがとうございます」

亜佐子はもう一度頭を下げた。今度はしばらく頭を上げなかった。

そうでもしないと浮かんだ涙を、二人に見られてしまいそうだった。

21

氷見亜佐子は静岡に向かった。

飯森に紹介を受けた東京フロンティア医大の元准教授で、半年前の術中死で附属病院を離れた小島拓爾に会うためだ。

高井が宇佐美大臣とハンティングをしていたと思われる場所に行ったのは祝日、宇佐美大臣に会ったのは終業後の夜、そして今日は有給を使った。

業務に支障をきたしているわけではないが、こんな勝手なことを続けていれば、やがて異動させられる。

高井の不正を伝えたことで、宇佐美の介入は抑えられたかもしれない。だが清原は違う。彼は高井のことを調べられることで、自分がフロンティア病院の特定機能病院の指定に、私情を挟んで審査したと疑われることを恐れている。

ここから先は時間との勝負だ。まだ医務指導室に来て一カ月、通常は考えられないが、医政局内の医療指導とはまったく別の部署に回される局内異動は考えられる。そうなれば情報を摑んでも、立ち入り検査には持っていけない。

案内された会議室で待っていると、五分ほどして白衣姿の男性が入ってきた。小柄で顔がふっくらした男性は「小島です」と名乗った。

「氷見です」

名刺を出し、そして電話で頼んだ面会に応じてくれたことに感謝した。

飯森からは自分の名前を出しても構わないと言われたので、アポを取る電話で「飯森先生から小島先生の名前を聞きました」と伝えた。

電話で厚労省の医務指導室と名乗った瞬間、おそらく小島はなにを調査されるのか、怯えたはずだ。亜佐子から先に「今回は小島先生がフロンティア医大にいた時のこととは関係ありません」と話し、さらに飯森が病院をやめることになった、自分は臨床医にはなれないと言って、今は仕事をしていない、その上でこうなった経緯を明かした。「高井教授がカルテを……」と言うと、小島は〈えっ〉と声をあげたきり、その後は相槌も打たなくなった。

こうして対面しても、口数が少なかった電話での印象は変わらない。

「私も飯森先生も病院の未来を心配しています。そんな身勝手な権力者に支配されている病院は、患者も安心して治療を受けられません」

そう言ってから、それ以上に大きな問題があることに気づき、「いえ、医師の心配をしています。聞けば飯森先生は週に何度も長時間に亘《わた》るオペをさせられ、見るからに疲れているのが分かる状態だったそうです。小島先生も当時、一番術数が多く、体は限界に達していたと飯森先生はおっしゃっていました」と言い直した。

小島は過去を振り返るように視線を上げた。嫌な記憶がよみがえったのか、一度目を瞑ってから、返答した。

「私も次から次へとオペが入るので、正直体は消耗していました。でも患者さんが待っている、早く治してほしいと思ってうちの病院に来ている、そう自分に言い聞かせて、毎朝出勤していました」

「高井教授はキャパ以上の重症患者を受け入れていたようですね」

高度医療の診療能力を有する特定機能病院の指定条件には、医師の人員や専門医に関する規定がある。

東京フロンティア医大附属病院は、技術のある医師の数が足りておらず、一部の医師の負担増になっていた。それを見抜けなかった医政局が情けない。見抜いていたのかもしれないが、宇佐美や清原の力で看過されていたとしたら由々しき事態である。

「患者数は他所より圧倒的に多かったですが、我々でできないことはなかったです。それに私が疲れているとか、それは患者さんには関係がないことなので」

小島も飯森と同じことを言った。こんな真面目な医師を臨床から追い出したのだ。高井に対する怒りがますます湧き上がる。

「先生の場合、最初に診たのは高井教授であり、その後も腹痛を訴えた患者に、先生は肝癌を疑い教授に検査するように訴えた。でも教授は自分が診たのだから異常は指摘できないと、検査も許さなかったそうじゃないですか」

「高井先生に反対されたとしても、私が強く自分の意志を貫くべきだったんです。私自身、肝癌が認められると確固たる自信がなかったから、経過観察という方法を採ってしまいました」

その痛みが一旦治まったことも患者には不運だった。初期症状が分かりにくいのが、肝癌が厄介な点でもある。

「触診だけで癌だと分かったら、神様です。キャリアのある小島先生が検査したいと言えば、それを認めるのが上司の務めです」

高井は自分が診たことを理由に、検査を認めなかった。慢心としか言いようがない。

「私が一年前に強く主張していれば、手遅れにならずに済んだわけですし。それこそ私の弱いところです」

「いえ、問題は癌の進行ではありません。付き添いの会社の社長が、抗議した時、高井教授は経時的ではないと言ったんですよね」

「はい」一度返事してから、小島は当時の状況を説明する。

「その頃のフロンティア医大は今の松川先生と、飯森先生が頑張られていましたが、三人の准教授の中でもチーフ格である私が、『オペの時間が長すぎる』『手際が悪い』などと高井先生から叱責されていました」

「集中攻撃を受けていたのですか」

「仕方がないんです。私はいろいろ高井先生の意見に口を挿んで、そのたびに論破されていたので」

論破ではない。優位的地位を利用して部下の意見を取り下げさせるのだから、パワハラに等しい。

「それでカルテもその通りに」

「それまで意見を言っておきながら、言いなりになってカルテを書いたのだから、情けなくて嫌になります」

表情を曇らせた。法律違反を犯したことを認めたことが気になったのだろう。

「大丈夫です。これはあくまでも個人的な興味で、先生のお話を表に出すことはしませんから」

亜佐子が目を細めて言うと、小島が息をついたのが分かった。

「高井教授が命じた通りのカルテを小島先生に書かせたのは、教授は誤診が気になったからですか」

「そのこともなくはないですが、一度や二度、医師が様子を診て、問題ないと判断してから、癌だと分かるケースも過去にはあります。医師の見落としが問われる医療裁判で、病院側に敗訴判決が出たのは極端なケースを除けば私は知りません」

亜佐子もそのことは調べていた。極端なケースとは検査で癌だと判定されたのにカルテへの打ち込みミスが生じたもの、もっともひどい例だと四年間で合計七百回以上の既往歴がありながら、医師から有効な検査を受けず、患者が死亡したケースがある。

そこまで行くと医師の怠慢だと裁判官に捉えられても仕方がないが、高井と小島の場合、たった二回診ただけ。その一年後に急性腹症で搬送された際に肝癌と診断された。

開腹手術をしたものの手遅れだったが、最初の二回の受診から時間が経過していることから、訴えたところで、癌がその一年に発生したのか、それとも一年前からあったのか、証明する術はない。

「ではなぜ、高井教授は亡くなった患者のカルテに一年前の診断内容を正確に書かせなかったのですか」

亜佐子が問うと、小島は少し悩ましげな表情で口を開いた。

「特定機能病院の指定が間近に迫っていたので、成績を気にされていたのだと思います」

また亜佐子たち、厚労省の責任が出た。

「指定されたのは七月ですよね。先生のオペは四月初めです。特定機能病院に指定されることは先生も聞いていたのですか」

「もちろんです、そのためにたくさんのオペをやる、他で断られた患者でもうちは引き受ける、高度医療ができることを証明してみせるんだと、いつも発破をかけられていましたから」

そこに院内の方々で無茶が生じたのだとしたら、その頃は医政局にいなかったとはいえ、亜佐子自身、ますます自戒の念に苛まれる。

「高井教授がフロンティア医大に呼ばれたことじたい、指定を受けるためだったんです。それは高井教授が我々の前で宣言していました。うちはまだ創立して十年ちょっとです。そんな新しい病院が何十年も続く名門医大と同じラインに立つんだ、素晴らしいことだろう。これからはいい人材がどんどん集まってくるぞ、と」

「そう言われて小島先生はどう思いましたか」

「恥ずかしながら当時は嬉しかったです。私は有名な医大出身でありませんし、マッチングに失敗して、研修医もいい病院でやれませんでした」

マッチングとは亜佐子が医大に入る少し前から始まった制度で、それまで研修も出身の大学病院でやっていたが、より広い病院で学ぶべきだと、医師免許を取ると他所の病院で研修を受けるように仕組みが変わった。

そこで厚労省は研修医の希望と受け入れ先の病院とをコンピューターで組み合わせるシステムを導入した。しかし希望が都会の病院に集まり、研修医の中には志望先は全滅なんてこともある。

「小さな病院でしたが、必死に技術を磨き、専門医の資格を得てからは大学院にも通い、いくつかの病院を渡り歩いて、初めて講師として呼ばれたのがフロンティア医大だったんです。それは飯森先生も松川先生も同じです。みんな医局で頑張って、少しでも大学の名が世の中に轟《とどろ》くように努力しました。そんなところに高井先生がやってきたんです。

強引なやり方に准教授は次々とやめ、私、飯森先生、松川先生の順番で准教授になれました。地方の寂れた病院で一生、勤務医で過ごしてもおかしくなかった私が、大学の准教授になれたのですから、それだけでも夢が叶ったようなものです。そのうえ高井先生は私たちをエリートドクターにする、特定機能病院になれば、学会に出ても肩身の狭い思いをせず、むしろ尊敬の眼差《まなざ》しで見られるんだ、と。医大の友達に会った時は、自慢してしまったくらいですから」

富国大は早くから特定機能病院に指定されていた。母校である共生女子医大は、亜佐子が在学時はそうではなかった。その後、指定を受けた時は、母校に残った同級生は誇らしげだった。

「特定機能病院の指定に、術中死はマイナスになると高井教授は考えたのですかね」

「はい。そのため患者さんの会社の社長には、心臓が弱っていて、癌を取り除くには心臓への負担が大きすぎた、その結果、亡くなったと説明していますから。その段階で虚偽の報告をしています」

「違うのですか」

「患者さんは不摂生だったので、あらゆる数値が悪かったのは事実ですが、高井先生が伝えた『ペイシェントは心臓が弱っていた』は言いすぎです。弱っていたらオペはしませんし、亡くなったのは癌の浸食が他の臓器に広がって、それを取り除くのに相当な負担を要したからです」

「その日も高井教授は在院していなかったんですよね。それが戻ってきて会社の社長に教授が説明した。どうして教授がしたんですか」

飯森の時は戻ってこずに、飯森に命じた。だが小島の時は高井がしている。

「私が先生への報告で、心臓は関係ないと言い張ったからです。高井先生は自分の言う通りに私が説明しないと思ったんだと思います。先生からは、ペイシェントはCPAしたのだから、同じことだと言い張られましたが」

「カルテにも心臓が悪かったことを書かれているんですね」

「書きたくなかったのですが、高井先生の前で言う通りに書かされたので……」

飯森のケースとは違った。小島が書いたといってもその内容は高井の言ったままで、執刀医であった小島の見解ではない。

「高井教授が命じるままに書かされたこと、それを証明する手段ってありませんか」

「ないです。私のログインで履歴が残っていますし」

「他の医師が目撃していたとか」

「全員が回診の中で書かされました」

「そうですか」

亜佐子はため息をついた。他の医師がいない時間を狙って書かせた、それも高井の計算だろう。

　こうなると虚偽記載が高井の指令だったと証明することはできない。患者に嘘の説明をした事実関係にしても、それは遺族が民事裁判を起こして判明する、身内がいないのだから、裁判になる確率は極めて少ない。

「本当に患者さんには申し訳ないことをしました。心臓疾患の原因は喫煙もあったんです。ですので、私が一年前に診た時、タバコをやめてくださいとお願いしました。一年後に来院された時は、患者さんは『先生の言う通り、禁煙したんだけど、酒だけはやめられなかった。社長にも叱られたよ』と無理やり笑顔を作られていました」

「そうだったんですか」

「自分が悪性腫瘍だともおそらく分かっていたのか、『寝たきりになってまで生きたくないから、一度心臓が止まったら、マッサージとかで無理して生かさなくていいから』とも言ってました」

「ＤＮＡＲ（蘇生処置拒否）でオペに入ったということですか」

「その同意書を取ったことも、高井先生が言う『ペイシェントは心臓が弱っていた』の根拠になっています」

　心臓が弱っていたことと、蘇生処置拒否はまったくの別問題だ。だが読みようによれば、心臓が弱っていたから、蘇生処置を拒否したとも受け取れる。

「すべて医師である私に勇気がなかったせいです。なんとかもう一度目を覚まして、仲のいい社長と再会させてあげたかったのに……」

そこで小島は涙ぐんだ。飯森にしても斉藤看護師にしても、みんな命の尊さを大切にしている。今の涙は本気で医療に向き合った者にしか流せない涙だ。

こんな患者思いの医師だけになればいい、亜佐子がいつも思っていることだ。

そこでふと振り返った。

ペイシェントは心臓が弱っていた？

会話の間に、幾度となく覚えた違和感に亜佐子は気づいた。

22

高井敦也は胡坐《あぐら》を組んだまま苛立っていた。

もう前菜が出されたのに、いつまで経っても宇佐美が割烹に現れないのだ。

「伊藤さん、大臣はここ最近、変化があったかね」

敦也が財布用に呼んだ製薬会社の社員に尋ねる。彼の横にもプレゼント用のエルメスのネクタイがある。

スーツは紺より鼠色《ねずみいろ》が多く、ネクタイも地味だった宇佐美だが、直近の補選で応援して当選した女性議員から、明るい色のネクタイがお似合いだとプレゼントされたそうだ。宇佐美が照れ臭そうに話すのを前回の狩猟中に聞いた敦也は、伊藤に言ってエルメスのネクタイを二本用意させた。自分からはエルメスらしいオレンジ、伊藤からはスカイブルーだ。

「変化と言われても、私が大臣とお会いするのは、狩りに行って以来なので」

「この前、きみが秘書に訊いた時、大臣はハンティングに行こうと言ったんだろ。それがどうして食事会に戻ったんだ」

「そう言われましても。秘書さんが連絡を入れたのは清原局長だったので」

もう一人のメンバーである清原はすでに到着している。今、宇佐美の秘書に言われた通り先に食事を始めてしまっているけど、本当によろしいのですかと、廊下で確認の電話をしている。

宇佐美が遅れるのは珍しいことではないが、やってきた清原を見て、敦也は不審に思った。

清原が苦々しい顔で戻ってきた。敦也には表情を作っているように思えた。

「大臣は今日は来られないみたいだよ」

「忙しいのなら仕方がないですよ」

能天気な伊藤が言う。

「理由はなんですか」

「は？」

スマホをポケットにしまおうとした清原が、眉間に皺を寄せて敦也を見た。

「いえ、なにか起きているのかなと思ったんです」

そう言っても、清原は答えないだろうと思った。自分に隠し事をしている、そうした疑念が拭えないでいる。

「よく分からないけど、入院している富川《とみかわ》先生が危ないみたいだよ」

宇佐美がいないせいか、今日の清原は厚労省の官僚と大学病院の教授ではなく、高校剣道部の先輩に戻っている。富川とは宇佐美が所属している派閥の領袖《りょうしゅう》である。

「富川先生って入院されていたんですか」

また伊藤が能天気ぶりを発揮する。

「きみはそんなことも知らんのか。新聞にも出てたじゃないか。癌だと」

敦也が叱った。

「すみません、新聞はもう取ってないので」

「情報集めもきみらの大事な仕事だろ」

よくよく考えてみれば入院は事実だが、癌だと敦也が知ったのは新聞ではなく、誰が書いたかよく分からないネットの記事だった。

膵癌と書いてあったから、読んだ瞬間、先はないなと思った。ただ派閥のナンバー2に宇佐美がいながら、敦也の病院ではなく、名門の慶和大に入院したことを敦也は心なしか寂しく思った。

「富川先生が亡くなるとあれば、富川派が宇佐美派になる可能性は高いですね」

「伊藤さん、こんな時に不謹慎ですよ」

「いいや、高井先生、それくらいはいいんじゃないか、大臣もいないことだし。どうやら富川先生は、大臣の人気に嫉妬して、次の総裁選では大臣ではなく、女性の佐野あきこ代議士を推そうとしたみたいだ。日本も女性宰相が誕生してもいいと。これまでそんなことひと言も言わなかったのに」

「そうなると、次回の総裁選は宇佐美大臣が出馬できる確率が上がったわけですね」と伊藤。

「元々、富川派は看板だけで、実際は宇佐美大臣が仕切っていたようなものだから」

無口な清原にしては珍しく饒舌《じょうぜつ》だ。

「その話、この前のハンティングの帰りに聞いたのですか」

「どうして、そんなことを訊くんだね、高井先生」

「やけに詳しいなと思って」

これまでは清原が知っていることは、敦也も知っていた。だが富川が女性議員を出馬させる気だったなど初めて聞いたし、ネットや新聞、雑誌でも読んだことはなかった。

「さぁ、どこで聞いたんだっけな。あの時は運転してたのがハイヤー会社の運転手だったから、車内ではしなかったと思うけど」

清原は首を傾げた。普段の宇佐美は私設秘書が運転する車で移動する。前回のハンティングは、私設秘書が体調を壊したとかで、清原がハイヤーで送迎した。

敦也は清原からの電話で、交通費を請求したことを注意されたが、あれは清原の方に問題があるのではないかと考えている。

厚労省の幹部が、省御用達のハイヤーを使って、大臣の趣味に付き合ったのがマスコミに知られたら叩かれる。自分の立場がまずくなると恐れた清原が、当てこすりのように高井を咎めてきたのだと。

「こういう大事な状況なので、この会もしばらく控えた方がいいんじゃないかな」

「こういう時だからこそ、大臣を支援すべきではないですか」

清原が唐突に言ったことに引っかかった敦也は、即座に言い返した。

「なに言ってるんだ。今まで以上にマスコミがウジョウジョ湧くんだよ。誰が見てるか分からなくなる」

「見られていても問題ないんじゃないですか。我々は大臣の後援者です、ねぇ、伊藤さん」

「いえ、まぁ、そうですね」

敦也と清原の狭間《はざま》に立たされ、伊藤は曖昧に言葉を濁した。

自分たちは公務員の清原とは異なり私人である、なにもやましいことはしていない、そう言ってやりたい気分だった。だが清原は薄笑いを浮かべて敦也を見た。

「いやね、大臣の秘書の話だとここ最近、いやな動きが見られるそうなんだよ」

「そういえばこの前の電話でも、調べている人間がいるって言ってましたよね。秘書が言ってたんですか。秘書は誰だと言ってるんですか」

電話ではぐらかされた。

「それが私にも教えてくれなくてね」

嘘だ、秘書が言ったのなら、清原が訊けないはずがない。

「まるでうちの病院に問題があるみたいな言い方ですね」

「ん？　私は先生の病院のことなど言いましたか」

「電話で言ってたじゃないですか。不正に巻き込まないでほしいと」

つい熱くなって、この場に伊藤がいるのを忘れた。

清原の方が先に気を回した。

「伊藤さん、悪いけど、大事な話があるので、呼ぶまで席を外してもらえますか」

「は、はい」

場の雰囲気が急に悪くなったことに慌てて伊藤は電子タバコを手に取り、部屋を出ていった。

伊藤の足音が消えてから、敦也が会話を再開する。

「だいたいなにを調べるんですか。別に私はやましいことはなにもないですよ」

あなたと違ってね、最後の部分は心の中にしまって、敦也は視線を清原にぶつける。

「そうですか。高井先生はないのか」

含みのある言い方をされた。

「なにもないですよ。いったいなんだと言うんですか」

「それなら問題ない。失礼しました」

惚けているのか、それとも本当に知らないのか、他人の癖を見抜くことに長《た》けていると自負する敦也でも見当がつかなかった。剣道部で補欠だった清原だが、普段から感情が表情に出ないため、部員たちは「面を被った時の方がビビってるのが分かりやすい」と陰口を叩いていたくらいだ。

惚けるならそうと、敦也も知らぬ存ぜぬで徹することにした。

だが同時にあることが頭を過《よぎ》った。斉藤七海が電子カルテを持ち出そうとしたことだ。あの時点ですでに厚生労働省に公益通報をしていて、その証拠としてカルテの提出を求められたのではないか。

そうなると腑《ふ》に落ちないのが清原だ。医政局のトップなのだ。東京フロンティア医大の内情を知ったとしても、清原の力で部下に圧力をかけて握り潰せるのではないか。官僚の世界は、医学界以上に上意下達である。

「もしや清原さんのところの医療監視員でも動いているのではないでしょうね」

訊かれたことに、清原はなにも答えずに、ビールを手酌で飲んでいる。

宇佐美が派閥の領袖になって、党内基盤を固めれば、総理総裁もありうる。自分もいよいよ事務次官の椅子が見えてきたと悦に浸っているのか。

そこで清原が薄い唇を開いた。

「大臣が心配されているのは、どうやら新聞記者みたいだよ」

「新聞記者？　それなら別に普通でしょ」

宇佐美レベルになるとひっきりなしに記者がくっつく。派閥を率いるなら、なおのこと番記者が張り付く。

「それがよく分からないんだけどね」

「分からないとは、なぜ記者が来るのか分からないって意味ですか。それともどこの部署か分からないって意味ですか」

政治部ならなんら問題はない。だが社会部となると、敦也も他人事《ひとごと》ではない。宇佐美につく社会部記者と言えば、当然厚生労働省担当記者になる。

「その点も私にはなにも」

やはり惚けている。特定機能病院の指定には宇佐美同様、この男の力を借りたのは言うまでもないが、この日の清原には納得がいかなかった。

なにをもったいぶった言い方をしている。俺を宇佐美のもとから離そうとしているのか。これまで散々、敦也が連れてきた製薬会社の金で飲み食いしてきたというのに。

「清原さんは、私にだけ大臣と距離を置けと、回りくどく忠告されているのですか」

言葉遣いは丁寧だったが、怒気を込めた。高校の先輩にこんな言い方をしたのは初めてだ。

「大臣が大事な時だと話したじゃないか」

「それなら清原さんや伊藤さんも同じですよね」

「私も当然、気を付けますよ」

謙虚なことを言ったが、本気とは受け取れない。

「ところで清原さんは今日大臣が来ないことをあらかじめ知っておられたんじゃないですか」

「なにを言ってるんだね。私が到着してから、秘書からの連絡があったのを、高井先生も近くにいて聞いてたでしょ」

その電話は聞こえた。その後の確認の電話も廊下から清原の話し声は届いた。怪しい点はない。だがどこか解せない。

「それではどうしてプレゼントがないのですか。サプライズ誕生会を発案したのは、清原さんでしょ」

このことが、宇佐美と清原によって自分が除け者にされていると感じた一番の不審だった。清原は手ぶらでやってきた。

「言い出したのは私だが、自分も渡すとは言ってないでしょう。私がプレゼントすると、周りから邪推されて、大臣にも迷惑がかかる。だいたい、これまで私が大臣に贈り物をしたこと、高井先生は見たことありますか」

「それは……」

「あの日だって、秘書が急に体調が悪くなったので送り迎えをしただけです」

前回の送迎が珍しかったくらいだ。それくらい清原は慎重で、石橋を叩いて渡るような男だ。

「確かに見たことないですね。これは大変失礼しました」

「なんだか、今日の高井先生はおかしいよ。私に突っかかってくるし」

それまで緊張感を走らせていた清原の傲慢にも思える態度が、そこで変わった。

「確かに私が自分の立場を憂慮してるのは事実だよ。大臣と監督官庁の官僚、それと最近、大臣、及びその官僚から特定機能病院の指定を受けた教授とでこうして酒を飲んだり、ハンティングに行ったりしている。しかも我々は勤務中だ」

勤務中で問題になるのは公務員である清原だけだ。だがそこで先に一本を食らう。

「しかも先生の病院ではあの日、術中死が起きている」

自分の立場が清原と同じであることを思い知らされ、敦也は唇を嚙んだ。

「あの日のことを知られないためにも、清原さんが大臣にお越しにならない方がいいと伝えたのですか」

だとしたらなにも富川が危篤だの別の理由をつけなくてもいい。

「私からはなにも言ってない。大臣から来られないと言ってきたんだ」

「それ、信じていいんですか」

とても本当とは思えない。だが清原は疑ったことに気を悪くすることなく、先を続けた。

「私は大臣が今日来ないことにした理由が、富川先生の危篤ではなく、今は我々と会うのは控えておきたいという考えだったとしても、それは我々のことを考えてくれたからだと思っている」

「いざという時に我々を助けてくれるということですか」

「当然じゃないか。大臣には失礼だけれど、あの日大臣も我々と一緒にいたんだ。いくら大臣は休日だったといっても、我々といたことで痛くもない腹を探られることになる」

清原が何度も「我々」と言ったことに敦也は安堵感を覚えた。

そうなのだ。自分も清原も、そして宇佐美も一蓮托生《いちれんたくしょう》なのだ。その中でももっとも権力のある宇佐美が、そして医政局を率いる清原が自分を守ってくれる。

「安心されたのなら、伊藤さんを戻してあげたらどうかね。寒い中、待っているんじゃないですか」

タバコを吸いに行っているとしたら外だろう。敦也はスマホを取り「伊藤さん、話が終わったから、戻ってきていいよ」と伝えた。

その間も清原はビールを手酌して飲んでいた。

清原が神経質な時に見せる仕草を見せなかったことが気にかかったが、むしろその仕草を見せなかったことが清原の言葉の真意だろうと、敦也は気にしないことにした。

23

昼食に氷見亜佐子が出掛けた和食店の個室で電話がかかってきた。警視庁捜査一課の伴奏だ。

「氷見さん、その後どう？　なにか進展あった？」

「静岡にいる元准教授に会ってきたの。彼の場合、その医師本人が書いたものだけど、医師は正直に書こうとしたけど、高井教授は患者が蘇生処置拒否を申し出たことで、心臓に疾患があったと書かせた。これも明らかな偽造カルテよ」

亜佐子はあえてスピーカーにして応答している。この個室に、厚労省では唯一の味方である津舟桃子がいて、彼女は出てきた重箱の御膳に箸をつけている。

〈そうなるとその線でも高井を警察に呼ぶことはできるな。厳密にいうと文書偽造は一課の管轄ではなくなってしまうのだけど、患者は亡くなっているんだし、調べさせてくれるだろう〉

「そちらの状況はどうなの？　上からストップはかかった？」

〈それが不思議なんだけど、まったくだよ。係長からもなにもないなら、動いていいぞとお墨付きをもらった〉

係長が勝手に許可してくれたのではなく、伴が何度も上司に懇願したから許しを得られたのだ。たった一日、山の中を歩き回っただけだが、伴の情熱は充分に受け取った。

〈どうして大臣は連絡してこないんだと氷見さんは思う？　清原が藪蛇《やぶへび》になると考えて頼まなかったのかな〉

「どうだろう。頼んだとしても、宇佐美大臣は受け付けなかったんじゃない？　警察に圧力なんかかけたくないと」

〈まぁ、あの大臣なら断る方が、らしいけどね〉

亜佐子は小島拓爾からの聞き取り内容を伴に話した。

このことは津舟には話しているので聞かれても構わない。飯森医師、斉藤看護師に会った話はすでに津舟にも伴にも伝えた。二人ともよくそこまで聞けたと感心してくれた。だが津舟からは立ち入り検査に、伴からは強制捜査について、この証言だけでは持っていけないと言われた。

メモを取りながら聞き取りにくかった部分は訊き返して確認していた伴だが、最後に言った語句については興味を示した。

〈その言葉が意外と事件解明の鍵になるかもしれないな〉

「私はそう思ってるんだけどね。伴さんがそう言ってくれるなら、勘が当たったと心強くなるけど」

〈ただし、カルテだけで高井を業務上過失で捕まえるのは難しいけどね〉

「そんなことを書くのは俺だけじゃないと否定されたらおしまいだものね。今、病院にいる誰かが証言してくれたらいいんだけど、暴君だから院内で味方を集めるのは厳しいかな」

すっかりフレンドリーな会話になっている。

もとから敬語が苦手な亜佐子にはありがたい。オペ室で危機に襲われた時は、敬語など使っている余裕はなくなる。それでもオペが終わったら先輩を敬う、そうしてチーム一丸となって難局を乗り切ってきた。

〈ねえ、氷見さん。俺も今回の執刀医の医師、看護師に話を聞くことはできないかな。それとできれば前の術中死の医師も〉

「その人、静岡の研究所に勤務してるのよ。そこまで行けるの？」

〈捜査に乗り出せるなら、静岡なんて近いものだよ。新幹線で一時間だろ〉

「どうしてそんなにやる気になってるの。警視庁にもノルマがあるの」

言ってからしまったと悔やんだ。伴からも〈また悪いところが出てるよ、氷見さん〉と注意された。亜佐子は「ごめんなさい」と今度は言葉にして謝った。

〈ノルマはないけど、刑事なんて解決してなんぼだから、係長は日々、なにかないかと焦っている。業務上過失致死での検挙って、交通事故や工場や建設現場での事故死が多くて、世の中をあっと言わせるような事件って少ないんだよ。こう話すのも恥ずかしいけど、俺たちの評価って、メディアにどれだけ露出するかにかかってる。だから上は大袈裟に発表するし、全紙に伝えるより一紙にスクープさせた方が扱いは大きくなると思えば、新聞でもテレビでもそうする。俺みたいな下っ端は、そんな目的で藤瀬さんら記者と話したりしないけど〉

こうやって自分たちの正当性のみを主張しないところも伴のいいところだ。伴が記事を大きくしてほしいために、藤瀬と交流しているわけでないことは、亜佐子には分かっている。藤瀬は自力で取材するタイプだ。おそらく伴も藤瀬の情報を知りたくて、彼女の取材は受け入れているのだろう。

〈警察だと言うと、三人とも恐怖感を感じてしまうかな〉

「難しいところね。伴さんが聞いてみたいと言うなら頼んでみるけど」

〈そうしてくれるとありがたい。氷見さんは信用してるけど、第三者を介して聞いた情報と自分が直接聞いた情報とでは、上に伝えた時の説得力も違ってくる〉

「あまり期待しないでね。私が会うのも最初は断られたくらいなので」

〈期待しないで待ってるよ。告発するだけでも勇気がいるのに、相手が警察となると尚更だから〉

勇気、そう聞いて飯森と斉藤の顔が浮かんだ。二人は亜佐子の調査に協力してくれた。亜佐子を信頼して、小島の名前も教えてくれた。なによりもいつか現場に戻ってほしいと懇願した亜佐子に、二人とも必ず戻ると力強く誓ってくれた。

飯森と同じように患者の死を自分がふがいなかったせいだと思い、高井の言うままにカルテを書いた責任を痛感して臨床医をやめた小島も同様だ。その目は医師らしい責任感に溢れていた。

「では三人と連絡がつき次第、伴さんに連絡します」

切ったスマホをバッグにしまった時には、津舟は重に入った懐石料理を食べ終えていた。

「桃子さん、もう食べ終わったんですか。私は一口も食べてないのに」

「長話してるからよ。せっかくのお刺身、乾いちゃってるよ」

亜佐子が頼んだのは二千五百円の刺身定食だが、津舟は「あたし、これがいい」と金を出す亜佐子の許可も得ず、この店のランチでは一番高価な五千円の特選御膳を頼んだ。

前回、宇佐美大臣の突撃取材を頼んだ貸しが残っているというのが津舟の考えのようだ。あの日、フレッシュネスバーガーを、母子三人、おそらく店員もびっくりするほど注文したというのに。

「ねえ、デザート頼んでいい？」

品書きを手にして言う。

「桃子さんの御膳、フルーツがついてきてたでしょ」

重とは別に桃が二キレあったのを亜佐子は見逃さなかった。

「だって、あんたが食べてる間、暇だもの」

「まったく、子供も子供なら、親も親だわ」

「なんか言った？」

「空耳じゃないですか。どうぞ、お好きなものを頼んでください」

最初の相談も入れたら津舟にご馳走《ちそう》するのは三回目だ。危険な任務なのに、ここまで協力してくれる津舟には頭が下がる。

「それより刑事が、どうして大臣は連絡してこないんだと訊いてきた時、なぜ本当のことを言わなかったの？　あんたが探偵ごっこをして、大臣を直撃したから、清原に頼まれても、宇佐美大臣はなにもできないというのが正解なんじゃない？」

「探偵は張り込みをした桃子さんでしょ。私がしたのは新聞記者の真似事と言ってください」

「あんなキャバ嬢みたいな服装の記者はいないわよ。会った時、あまりに夜の赤坂に馴染んでいて、転職する気かと思ったもの」

「あの服は大臣の目に付かせるための作戦です。狙い通り、大臣は関心を示してくれたんですから」

伴には言わないのは、やはり事を大きくしたくないからだ。伴が尻込みすることはないだろうが、大臣まで巻き込んだと警視庁の上司が知れば、再びストップがかかる。

それでも言うべきだったと今は反省している。こうしたチームでの行動には隠し事は禁物だ。一つ信頼が壊れると、うまくいっていたものも進まなくなる。

「それに宇佐美大臣なら私が言わなくても圧力をかけなかったかもしれないし」

「そうかな、政治家になる人にそんな善人はいない気がするけど」

津舟が呼び鈴を押し、給仕がくるまでずいぶん時間がかかった。来るまでに食べ終えてやろうと亜佐子は早食いしたのだが、間に合わなかった。津舟は千五百円もするメロンを頼んだ。メロンはすぐに届いた。

「このままだと、高井教授だけのトカゲの尻尾切りで終わりそうよね。あんたのやり方らしくない気がするけど」

前にも津舟からは似たことを言われた。

「立ち入り検査に入る事案を私が持って来たのは初めてですよ。桃子さん、私のやり方なんて知らないじゃないですか」

「これだけ話せば、あんたがどんな人間か分かるわよ」

熟したメロンをすくい取りながら、津舟は顎をもたげる。今のは褒められたような気がした。

「トカゲの尻尾切りで終わらせるなんて言いましたっけ？」

「違うの？　だって清原はカルテ偽造には関与してないって、あんたも言ってたじゃない」

「もしかして偽造を知ってたりして」

「えっ、知ってたの？」

調子よく動いていた津舟のスプーンの動きは止まった。

「私はなんも分かりませんよ。ハンティング現場にもいなかったし、その後、高井教授と清原局長がどんな会話をしていたかも知らないし」

「そうよね、清原が知ったのは、あんたが会議で言った内容を、雑魚山口が伝えたからよね」

亜佐子もそう思っている。山口を通じてだろうが、その清原からのアクションがないのも、どこか不気味だ。

「今回は無理だとしても、いずれはなんとかしないといけないと思ってますよ。清原局長みたいな人間がトップにいるから、病院で不正が起き、医学界が腐敗していくと思ってますから」

「つまりいつか、清原は失脚させるってことね。これはこれは力強いお言葉、楽しみにしてるわ」

「意気込みだけですよ、高井教授でさえ、手が付けられるかどうか分からないんだから」

順番で言うなら、立ち入り検査に入ってカルテを押収する。そこに至るまでにも表向きの理由が必要だが、その日処《めど》がわずかだが、伴が賛同してくれたことで見えてきた。先に入るのは亜佐子たち厚労省になるかもしれない。立ち入り検査して押収した資料を警視庁に渡す。

警視庁が本格捜査に入れば、高井を逮捕することはできる。

午後の始業時間ギリギリで庁舎ビルに戻ったため、今日の喫煙は諦めた。

いっそ、禁煙するか。

師匠の利恵からも叱られているし、亜佐子の父はせっかく利恵に急性膵炎を治してもらいながら、喫煙をやめずに肺癌で亡くなったのだ。年一の健康診断で肺検診を受け、今のところ無事だが、これで肺癌になったら大馬鹿ものだ。

厚労省の医務指導室に入った時には、一時を八分過ぎていた。

「氷見さん、どこ行ってたんですか。探してたんですよ」

勝浦が駆け寄ってきた。

「なにかあったの？」

飯森たちからの電話があったのかと思った。ただ三人とも亜佐子の携帯番号を伝えているから、なにかあれば直接かけてくる。

「山口室長が探していました。氷見さんが戻ったら、会議室に来るようにって」

「ほら、来た」

津舟が後ろから突っついてきた。山口の耳に入り、余計な調査はしないよう命じてくるという意味だ。

「分かりました、ありがとう」

伝言役を無事務め終えたことに安心したようで、勝浦はトイレにでも行くのか部屋を出ていった。

「いよいよ、厳重注意かな」と津舟。

「やっぱりバレちゃいましたか」

「当たり前じゃない、遅すぎなくらいよ」

聞いた亜佐子の頭にもサッカーのパスのように宇佐美から清原、そして山口へとボールが渡っていくシーンが思い浮かんだ。宇佐美への直訴は裏目に出たようだ。

「島流しに遭ったら、桃子さん、この任務を引き継いでくださいね」

「そんなことさせないわよ。その時は氷見亜佐子の更迭《こうてつ》を撤回せよ、ってプラカード掲げてデモ行進してあげる」

「心強い。ちなみに厚労省の一番の島流しってどこですか」

「さぁ、前みたいに人類滅亡を危ぶむ新型ウイルスが出現した時に、治験を受ける人じゃない。完成したワクチンの一発目を受けるのは厚労省の職員だって都市伝説で聞いたことがあるけど」

「だったら私は抵抗力が強いから大丈夫ですね」

津舟が元気づけようとしてくれているのは分かったので、亜佐子も付き合った。

「あたしも一緒に行こうか？」

急に津舟の顔が優しくなった。

「いいんですか」

そこまで津舟に協力してもらえるとは思わず、亜佐子は戸惑ってしまう。

「だって、このままじゃ、あんただけがヒーローじゃない。あたしはなにも美味《おい》しくないもん」

臍曲がりなことを言う。優しい顔をしながらも、露悪的に振舞うところが心憎い。

「いいえ、桃子さんにはもっと大事なところで活躍してもらいますから」

「デモ行進？」

「違いますよ、私を勝手に飛ばさないでください」

「あんたが島流しって言ったんじゃない。まぁいいわ、それなら呼ばれる出番を待ってるわ」

津舟は軽く手を挙げて自席に座った。

亜佐子は大きく深呼吸をした。オペの前に、未熟でおどおどしていた頃、利恵から「氷見、深呼吸しなさい」と言われたのを思い出したのだ。あの時と同じで、不安まで息と一緒に吐き出され、空っぽになった心の中に、勇気が湧き上がってきた。

部屋を出て、勝浦に言われた会議室に行く。

その部屋は医政局だけでなく、他の局も使っている部屋だ。山口もよほど他の職員に聞かれたくないのだろう。

ドアの前に立ち、亜佐子はノックをした。おそらくヒールの音で、山口は亜佐子が近づいてきたことを知っている。

「はい」

籠った声がした。

「氷見です。よろしいでしょうか」

返事はなかった。山口のことだから、亜佐子にどうして調査を中止するのか、反論されることにおそれをなしている気がした。

それなら想像通り突破してやる。そう意気込んで「失礼します」と扉を力強く開けた。

ドアが開き、シングルソファーの手すりに両手を置いて、堂々と座る男が目に入り、亜佐子の意気込みは一瞬で萎んだ。

山口の姿はなかった。室内にいたのは清原局長一人だった。

「あっ、部屋を間違えましたか。私、山口室長に呼ばれまして」

動揺を抑えて、胸裏を隠す。清原と会話をしたのは過去に数回、それも挨拶と返事をした程度だ。

「間違いじゃないよ、私が山口室長に頼んだんだから」

「山口室長の姿が見えませんが」

亜佐子がわざとらしく部屋を見回す。

「彼は来ないよ」

「えっ」

清原直々に異動を言い渡すのかと思った。だが戸惑う亜佐子に、清原は「私も時間がないんだ。席についてくれ」と促した。

24

高井敦也は朝から雷を落とした。

中部大卒のエリート意識が強い准教授が、雑な回診をして入院患者から事務局にクレームが入ったのだ。

「ペイシェントが痛いと言っているのに、きみはなんで検査しましょうと言わなかったんだ。それくらい常識だろ！」

相当な剣幕で言ったというのに、准教授は笑みを浮かべて余裕に構えていた。

「触診したところ、それほどでもないと本人が言ったからです。血液検査は三日前にしていますし、数値を見たところ問題なかったですから」

「血液検査のデータを貸しなさい」

准教授の手から奪い取った。肝炎の患者であるが、むしろ数値はよくなっている。良化するための薬を決めたのは敦也であって、この准教授はなにもやっていない。

「一度は痛いと言ったのだろ」

触った時は痛みを感じなかった。それでも雑に扱われたと思ったから、クレームをつけたのだ。退院患者や外来患者から不満を言われることがあるが、入院患者からは少ない。彼らだって余計なことを言って、医師に嫌われたくないと思っている。それでも言ったということは、よほど対応が酷《ひど》かったのだ。

「強い薬を与えていますから、他の臓器に負担がかかってるかもしれません」

「かもしれませんって、それを調べるのが医師だろう」

「そうですけど、異常があれば血液検査に出るでしょうし」

言っていることは正論だ。だが確率的にはそうであっても、血液検査に出ない症状もある。ただ患者は脇腹から背中と言ったらしい。背中なら膵臓に異常が出ている可能性がある。

「すぐにエコーをしろ」

敦也は命令した。

「分かりました、やりますよ。でもなにも出ないと思いますよ」

「余計なことを言わずにやればいいんだよ」

彼は膨れ面で敦也の横を通り過ぎていく。

「自分だって問題ないと言って、やらなかったくせに」

もごもごした小さな声だったが、敦也にははっきり聞こえた。

「なんだって！」

そう言って背後を振り返る。

「いえ、独り言です」

彼は逃げるように去った。

あの男がなにを言いたいのか分かった。四月に前年の肝癌が見抜けず、手遅れとなった患者について言っているのだ。

誰が喋ったのだ。あの時、敦也に盾突いた小島はとうにやめているし、飯森もやめた。松川だけが准教授として残っているが、反旗を翻すほどの度胸はない。

浮かんだのはヒラ医師の井崎だ。余計な詮索をして敦也に叱られたことで、根に持っているのか。

だからといって触れ回って、井崎になんの得がある。

敦也から贔屓《ひいき》されているこの病院でさえ、講師になれないレベルなのだ。漏らしたことが敦也にバレてクビになれば、井崎を雇ってくれるのは、よほど僻地にあるか、待遇の低さで次々と医師がやめていく病院くらいだ。

井崎の線も消えた。

こうなったらあのエリート風を吹かせた准教授を呼んで、誰から聞いたか訊くべきか。

そうだ、あの男は最初の挨拶で、三人の准教授のうち、誰がリーダー格かを問い、自分を先任准教授にするべきだと暗にアピールしてきた。

昇進をちらつかせれば喋るのではないか。

それよりも敦也が絶対的支配をしているこの東京フロンティア医大で、敦也を貶める陰口を言う人間がいることが信じられなかった。


腹部エコー検査の結果、クレームをつけた患者の体に異常は指摘できなかった。

「問題はありませんでしたよ」

准教授はしたり顔で言った。

「超音波造影剤は使っただろうな」

他の臓器と重ならず、比較的観察しやすい場所にある膵臓だが、頭部は十二指腸に囲まれ、尾部は胃の裏にもぐりこんでいるため、発見が遅れるのは、そうした見えにくい場所に癌や腫瘍が発症したケースである。

だから医師はそこを狙って徹底的に調べる。ただし胃や十二指腸の中には空気が入る。エコーは空気に触れると減衰が大きくなり、画像を出しにくくなる。そのため通常のエコー検査では使わない超音波造影剤を膵癌検査には使用し、エコーが伝わりやすいようにする。

「やりましたよ。私がやったんだから、間違いありません」

「ん？」

目を剝いて睨んだつもりだった。それこそ敦也がかつて、検査を訴えた小島に言ったセリフだったからだ。

彼は薄笑いを浮かべたまま、視線を逸らした。敦也の反応を見ていない振りをしているつもりらしい。

「今後も気を付けるように」

「問題はなかったんですよ」

「事務局から言われたんだ。医師の対応が悪いと、クレームが入ったと」

「私の前ではおとなしく従っていましたよ。きっと反省してるんじゃないですかね。余計なことを言って医師を怒らせたと」

「そんなことはどうでもいいんだよ。きみは与えられた職務を全うすればいいんだ」

この時には、彼を先任准教授にしてやろうという思いなど消えた。

この男といるだけで自分は冷静さを失っていく。どうしてこんな男を雇ったのか。理事長の推薦でもなかったのだから、不採用でよかった。これでは不満分子を増殖させるだけではないか。

自分の目が節穴だったのか。事務局長から、東京フロンティア医大で働きたい医師が少ない、好条件でオファーを出してもブラックだと断られる、そんなことを事前に吹き込まれたものだから、目が狂っていたのだ。

違う、いい医師を見つけるジャッジに自信はある。それはテクニカルな医師である。自分に忠誠を尽くす医師かまでは、面談では見抜けない。

なぜならば医師には心までは治療できないからだ。心療内科にしたってどこまで分かっているか怪しい。

嘘などいくらでもつける。どこも痛くもないのに来院する者もいる。構ってほしいだけの中二病のような患者にこれまで何人も接した。まともに相手にしていた時期もあったが、そんなことでは病院は回らなくなると、ある時からそうした患者には、冷たく対応することにした。そうすれば連中は他の病院に行く。

そう方針を変えたのはいつだったか。

札幌の医大にいた時は相手にしていた。米国でも丁寧に診察した。後輩に寝首を掻かれ、北海道を追われてからだ。

だがそこで医療への接し方を変えた結果、今の自分がいる。

どんどんと重症患者を受け入れ、自分のみならず医局全体の実績をあげた。さらにはロビー活動に精を出した。

清原に接触、さらに清原が宇佐美と親しかったおかげで、特定機能病院の指定を受けた。

歴史のある大病院と比較すれば人材も設備も、査読のある雑誌の英語による論文もぎりぎり規定数に達しただけで、内容は甘々だったというのに……それこそ清原の指示の言うままに動く厚労省の職員のおかげで、無事指定を受けられたようなものだ。

まだ敦也は満足していなかった。人に頼み事をし、頭を下げるのは金輪際おしまいだ。これからは頭を下げられる立場に立つ。

すでに外来は終わっていた。この後、オペを控えている患者の病室を訪れる予定があったが、まだ頭が熱いままだった。

今日はもういいだろう。午後の回診予定があったが、松川にやらせて、銀座《ぎんざ》の女でも呼び出そうかと思った。

そう思った矢先、松川が入ってきた。

「ちょうどよかった、松川先生、きみに頼みがあったんだ」

そう言ったのだが、彼の様子が変だ。息が切れている。

「どうしたんだね。松川先生」

「大変です。厚労省がやってきました。医療監視だと言っています」

「なんだと」

気づいた時には走り出していた。

ますます頭が沸騰する。医療監視は半月から一カ月前に事前通告がある。それに医師の前で彼らは監視という言葉は使わず、立ち入り検査と言う。

それはあくまでも保健所による定期的な検査だが、松川は厚労省と言った。

尚更、ありえない。敦也はこれまで厚労省に入られたことがないので詳しくは知らないが、入られた大学病院の医師によると、まずは個別指導があるのが一般的だ。

一階のエントランスは騒然としていた。

事務局長ら事務スタッフが立っていた。騒ぎを聞いて内科部長も降りて来ていたが、彼もなにが起きたのか分からないのか挙動不審だった。

白衣を着ているのはその内科部長と敦也と松川の三人だった。

十人ほどの厚生労働省職員の中から、真ん中に立つワインレッドのワンピースに、ネイビーのトレンチコートを羽織った女性が、敦也に向かって真っ直ぐ歩いてきた。

「消化器外科の高井敦也教授ですね」

その女性は敦也を名指しした。

「そうですけど、なにか」

「医療法二十五条に基づき、医療監視をさせていただきます」

「我が病院が違反しているというのですか。それよりあなたの名前を教えてくださいよ。

ここまで大掛かりなことをするなら、それなりの地位のある人なのでしょう」

「医政局医務指導室、医療監視員の氷見と申します」

そう言って名刺を出した。医政局だと。清原の部署ではないか。医系技官とは書いてあるが、役職のないヒラだ。清原はなぜ連絡を寄越さない、なぜこいつらの動きを止めない。

「法律に基づいて適正な病院管理をしているか調べるのが我々の任務です」

女は堂々と言う。

「だからなにが適正でないか、対象にしている事案を訊いてるんですよ」

理由を言わない以上、通すつもりはなかった。こんな抜き打ち検査、聞いたことがない。それにしても清原はなにをやっているのだ。宇佐美大臣に連絡しなかったのか。我々を助けてくれると言ったではないか。

「私たちが調べるのは病院のすべてです。ですが、こちらの方は教授の科のある件を調べたいそうです」

そう言って背後を見た。そこにはいつしか背広姿の男が出てきていた。

「私の科って、あなた誰ですか」

「警視庁、捜査一課の件です」

警察手帳を示された。

捜査一課という言葉に体がおののく。

「警察がなんですか」

「我々は十月十六日の手術中になくなった中田秀夫さんの件について業務上過失致死の疑いがあると見て調べています」

心の中でくすぶっていた不吉な件を出された。

「心筋梗塞を発症して亡くなられた患者さんの件でしたら、丁寧に説明をし、ご家族も納得されています」

家族が告発したのか。それなら先に病院に抗議が届いている。いきなり刑事事件での捜査などありえない。告訴されてもまずは民事であり、その前に家族、もしくは弁護士が病院に抗議するなり行動に出る。

「今日はカルテの件を調べさせてもらいます」

「カルテのなにをですか？　カルテにもご家族に説明した通りのことが記載されています」

まだ敦也は落ち着いていた。あやうく「説明した通りのことを書いています」と自分が打ったことを仄めかすところだった。

「そのカルテに虚偽の疑いがあるから捜査協力を願っているのです」

刑事はまだ言ってくる。

「だとしたら令状がほしいですね。厚生労働省の事前通告のない検査でも充分、不本意なのに、警察が入ったとなれば病院の悪評に繋がります。教授の一人として勝手な捜査は認められません」

強く言えば引き下がる。これは任意なのだ。裁判所が許可したわけではない。

伴という刑事も黙った。氷見という医療監視員を見る。この際、二人とも追い返してやろうと思った。その時、伴が病院の正面ドアに目をやり、「入ってきていただけますか」と言った。

ガラス越しに数人の人影が近づいた。自動ドアが開くとともに姿を現す。

「あっ」

想像していなかった人物に、敦也は声を失った。

飯森智大、小島拓爾、斉藤七海が立っていた。

彼らは強い目で敦也を見る。

なぜ彼らが、なぜ三人がここに来る。それも警察と一緒に……。

頭が真っ白になり、敦也の足は震えが止まらなくなった。

25

病院には、山口室長を除く医務指導室全員が入った。

立ち入り検査、異例の医療監視が決まったのは三日前である。山口室長が招集し、亜佐子が説明した。

当初、職員たちは唐突に医療監視に入ることに驚き、前向きではなかった。

エース格の古舘専門官などは「もし調べてその教授が書いたと実証できなかった時は、どうする気ですか。教授が書いたという物的証拠はなにもないいんですよね」と異議を唱えていた。

山口が「氷見さんの指示に従うように」と言い、会議は短時間で終了した。山口も不服だったはず。だが清原の命令には従うしかない。

氷見亜佐子を別室に呼んだ清原は、亜佐子が着席すると同時に「東京フロンティア医大附属病院について調べているそうだね」と尋ねた。

清原が山口から聞いて知っていることを察知していた亜佐子は「その通りです」と答えた。

——あなたが検査したいのは、病院についてですか。それともそれ以外に考えがあるのですか。

――それ以外とはどういうことですか。

――私が答えることではないでしょう。医療監視したいと言ったのは、あなただそうですから。

清原の言う通りではある。許可をもらう唯一のチャンスだと思った亜佐子は腹を決めた。

――他にはありません。私は自分たちの職務である医療法二十五条について、東京フロンティア医大が適切な病院運営をしていないと考え、医療監視したいと思っています。

――それなら認めましょう。それが我々の仕事なのだから。

ありがとうございます、そう言って頭を下げて去れば済むことだったが、亜佐子はどうにも納得できなかった。

――そのカルテに関わる術中死が起きた十月十六日、高井教授は群馬県で、とある政治家とハンティングしていたことが分かっていますが、もしかして局長もその場にいらっしゃいましたか。

答えは出ている。清原も参加していた。ハイヤー会社に確認したのだ。

――それは医療法に関わることですか。

顔をひきつらせて眼鏡を押さえた清原だが、すぐに表情を戻した。

――いいえ、関係ありません。私の個人的興味です。失礼しました。

――そういう点です。

清原に指摘された。

――どういう意味でしょうか。

――私は心配しているのです。あなたがどういう志で、入省一年で医務指導室に異動願いを出したかは分かりませんが、あなたは警官でも記者でもありません。

記者？　自分と高井との関係性について、詮索するなと言いたいのか。

ただ清原の言う通り、ある意味、それは今の亜佐子の仕事ではない。

――局長のおっしゃる通りですね。余計なことに首を突っ込むのは私の欠点です。大変失礼いたしました。

そう言って部屋を出たのだった。


今、医局内では医務指導室員総出で、資料の確保などをしている。

「みんな、特定機能病院の規定に沿って調べるようにな」

後ろ向きだった古舘もやる気を見せている。

意外だった。医療監視に入ってもやる気を見せないと思っていた仲間たちが、目の色を変えて次々と資料をめくり、そこに書かれている設備と実際にあるものとを比較、医師や看護師の人数や資格を確認している。

「入院患者の症状と比較して、専門医、指導医の数が絶対的に不足してるんじゃないか」

古舘が資料を見ながら呟く。

そこにスマホを耳にした高井教授が、顔を真っ赤にして入ってきた。電話の相手が出ないのか、「くそっ」とむしゃくしゃしている。

「清原局長にかけているのですか」

亜佐子が高井に言う。

高井には無視された。

「今回の監視は局長の了承を得ていますよ」

高井はさすがに固まった。

飯森たち三人は、自分たちが日々仕事をしてきた医局だというのに、部屋の隅に遠慮がちに立っている。

「カルテのログインをお願いします」

伴刑事が、松川という准教授に依頼した。津舟も一緒に移動する。

「おい、松川、カルテは患者の個人情報だろ。令状もない連中に勝手に開くな」

高井が声を荒らげて近づいていく。

亜佐子が前に入って、高井の行方を遮った。

「高井教授、これ以上、我々の調査を邪魔すると、特定機能病院の指定の取り消しも検討せざるをえないですよ」

「あなたらにそんな権限はないはずだ」

「そうですね。承認するのも取り消すのも厚生労働大臣ですものね。でもいずれのケースも我々の調査に基づきます」

はっきり言うと、それ以上、高井は前に出てこなかった。

「これです。これが中田さんのカルテです」

松川が開いた。

「あんた、なにやってるのよ、早く」

津舟に手招きされて、亜佐子はパソコンに近づく。

伴も横から覗いている。

中田秀夫、六十五歳の男性と名前が書かれている。

《9月19日　肝癌切除のオペを行うことになっていたが、心筋梗塞の症状が現れたため、オペのスケジュールを延期》

《10月9日　薬物投与による経過観察により心機能は改善、数値が安定したため、一週間後にオペの実施を決定》

《10月16日　ペイシェント、その家族に心筋梗塞再発可能性がある旨の同意を得た上で、オペの実施。術中に心筋梗塞が再発。心筋梗塞を原因とする心原性ショックを発症した。その後、CPAに陥った》

見つけた。これだ。だが声に出さずに飲み込み、亜佐子は部屋の隅に斉藤と小島と並んで立っていた飯森を呼ぶ。

「これですね、飯森先生」

彼だけでなく、斉藤もついてきた。

「そうです」

「それは飯森が書いたものだ。彼の履歴になっている」

「違います、私を払い除けて、私のログインのまま高井先生が書きました」

これまで弱々しかった飯森が別人のように反論する。

「いい加減なことを言うな。俺がどうしておまえの名前で書く必要がある。俺が書くなら、俺の番号でログインし直して書く」

高井は正論を言い張る。

こう言ってくるのも想定内だ。間もなく事実は判明する。

「松川先生、四月の小島先生のオペを開いてくれませんか」

「はい」

松川は操作して開く。

「これです」

また亜佐子たちは目を凝らして見る。

《癌細胞がリンパ節まで転移し、切除中に肝不全を発症、かねてよりペイシェントの心臓が弱っていたことで、ＣＰＡに陥った……》

ここでも見つけた。

あって当然だ。最初から二人に訊き、書いてあることを確認してから立ち入り検査に入ったのだ。それでも目にするまでは、もし書かれていなかったらと不安はあった。

「小島先生、これは小島先生が書いたものですね」

「はい」

「そうだ、小島が書いたものだ」

高井が叫ぶ。

「いいえ、小島先生は高井教授に言われるまま、患者が一年前に右上腹部の痛みを訴えたことは含めずに書かされたんですよね」

「その通りです」

「嘘をつくな、俺はそんなことは命じていない」

亜佐子は二つのカルテに書いてあった共通する語句に指を伸ばした。

「小島先生、この部分、声を出して読んでいただけますか」

「はい、かねてよりペイシェントの心臓が弱っていたことで……」

「結構です」

その一文だけで亜佐子は止めた。

「このペイシェントという語句、小島先生は普段から使われましたか」

「いいえ、私は患者さんと言います」

「なんだって」

まさか高井もそこを突かれるとは思わなかったようだ。

英語で患者のことだから使っている医師はいるかもしれない。だが亜佐子が学んだ共生女子医大も富国大でも「患者」もしくは「患者さん」だった。

「松川先生、すみませんけど、もう一度中田さんのカルテを開いてください」

「はい」

すでに確認して分かっていたことだが、亜佐子は画面を指す。

「飯森先生もこの部分を読んでくれませんか」

「ペイシェント、その家族に心筋梗塞再発可能性がある旨の同意を得た上で……」

「結構です。飯森先生はいかがですか。ペイシェントという言葉は使いますか」

「使いません。高井先生だけです」

「そんなの嘘だ。みんな使ってる」

「では松川先生にもお尋ねします。松川先生や他の先生は使ってらっしゃいますか」

この中では現役の准教授である松川もまた、高井の支配から逃れていた。

「いいえ、我々は誰がカルテを見ても理解できるよう、分かりやすい語句で書きます。英語を使うのは高井先生の癖なので」

「癖だと。俺は他人の小さな癖でも見抜いてきたんだ。そんな俺に癖などあるはずがない」

「いいえ、なんでも英語を使いたがるのは先生の癖です」

松川ははっきりと言い切った。

「癖でしたら、過去のすべてのカルテを調べてみれば分かることですよね。高井教授以外のカルテには、ペイシェントなんて語句は出てこないわけですから」

「はい。他にも高井先生しか使わない独特の言葉が書かれています」

「松川、おまえまで裏切りやがって、どうなっても知らないぞ」

我を忘れて高井は脅迫するが、もはやこの場に屈するものはいなかった。

「ところで松川先生は、どうして高井教授が嘘を書いたと思いますか」

松川は周囲に目を配って答えなかった。その代わりに小島が答えた。

「私のオペで言うなら、高井先生が最初に診断して、肝癌ではないと診断したからです。

一週間後に診た私が検査したいと言っても、先生は『俺が診たんだ。ペイシェントはなにも問題ない』と聞いてくれませんでした。その結果、その患者が一年後に激しい腹痛で運び込まれた時には手遅れでした。特定機能病院の指定が近づいていましたし、高井先生は自分が見落としたことにしたくなかったんだと思います」

飯森もあとに続いた。

「私のケースは、その術中死から半年、特定機能病院の指定から三カ月しか経っていないため、虚偽の報告をするよう命じたのだと思っています。いずれのオペも、高井先生は在院していなかった。その後ろめたさもあったはずです」

「それだけではないですよね。お二人とも難易度の高いオペを頻回に任され、疲弊していた。そのことも患者や世間に高井教授は知られたくなかったんじゃないですか」

「はい、そう思っています」

飯森が言うと、隣の小島も頷いた。

斉藤も強い目でカルテを見ている。これも伴が三人に会って、口説いてくれたからだ。伴は必ず令状を取って取調べに持ち込むから、高井教授以外が書いたカルテには「ペイシェント」というワードは出てこないことを証言してほしい、そう彼らに頼んだ。

「そうなりますと、高井教授にはこの消化器外科の責任者として、業務上過失致死の疑いが出てきますね。十月の手術のカルテは虚偽文書偽造罪に該当します。四月の手術に関しても、小島先生が書いたとはいえ、虚偽の事実を書かせた正犯《せいはん》に当たります」

伴が言う。

「俺はそんなことはしてない」

「弁解は署で聞かせてもらいましょうか。お手数ですが、最寄りの築地《つきじ》署まで同行願えますか。もし令状を求めるのでしたら、今すぐにでも裁判所に請求しますが」

伴の言葉に、いきんでいた高井も脱力するかのように俯いた。

伴が連れてきた刑事が「ご足労をかけますが、お願いします」と高井の背中に手を当て、部屋を出るよう促した。

26

東京フロンティア医大附属病院の医療監視から五日間が経過した。

警視庁は高井敦也を虚偽文書偽造罪で逮捕、その後の取調べで高井は自分が書いたこと、また部下の医師に言うままに書かせたことを認めた。

理由は四月の術中死は特定機能病院の指定が間近に迫っていたことで、このタイミングで自分の科で術中死を起こすわけにはいかなかった。自分が検査不要だと言った患者に、肝臓だけでなくリンパ節までもはや手遅れな状況に癌が転移していたことを、表沙汰にするわけにはいかなかった、と述べた。

二度目の術中死も特定機能病院に指定された直後であることが関わっている。同時に執刀医が倒れたことで、原因が医師の過労であり、管理者責任になることを恐れたと答えたそうだ。

取調べをした伴は「その日は在院しておらず、公にできない人間と会っていたのではないか」と聴取したが、「そのことは関係ないです」と宇佐美大臣や清原局長のことは口を割らなかった。

――まだ大学に戻れると思っているみたいだな。高井にとっての東京フロンティア医大の教授という地位は、苦労して手にした最高の権力だったんだよ。

伴は呆れていたが、逮捕された高井が、今回の事件で医師免許を取り上げられることはない。元医師の亜佐子にとっては皮肉ではあるが、国家試験によって資格を与えられた医師は、他の一般的な会社員よりはるかに守られている。ただし患者の命を蔑《ないがし》ろにした医師を雇う医療機関はそうはないだろう。

この後、心配なのは東京フロンティア医大だ。

高井が逮捕されたことで、最近入った二人の准教授のほか、高井に親しい医師、関係者がやめた。

だが現時点では特定機能病院の指定は取り消されていない。

確かに東京フロンティア医大附属病院に問題はあったが、病院には高井の言うままにならず、内部告発しようとした勇敢な医師や看護師がいた。

その事実を亜佐子は大切にしたい。そう思って山口室長にしばらく様子を見るよう進言した。津舟や古舘も同意見だった。

大学側からは、飯森、小島、斉藤を復職させ、松川らを含めた若手を中心に病院を立て直すという趣旨の改善計画書が厚労省に提出された。

山口から報告を受けた清原も、宇佐美大臣の名で指定した病院が、半年も経たずに取り消しになれば、宇佐美に顔が立たない、そう思って保留を決めたのだろう。そこは亜佐子も安心した。

この日は月に一度の医務指導室の全体会議だった。局長の清原も出席する。

昼休み、亜佐子はトイレの洗面台の前で津舟と食後の歯磨きをしていた。

「確かにあんたの言う通り、ＣＰＡは勤務医時代、よく使ったけど、通常の亡くなった患者のカルテには心停止って書いたわよね」

うがいをしながら津舟が言う。

カルテには他にも高井が書かせたと証明する語句があった。それがＣＰＡだった。病院で働いていたら、いくらでも耳にするが、使うのは心停止で緊急搬送されていたケースや患者が急変して心臓が止まった場合などで、オペなどそれ以外のケースでは普通に心停止を使い、カルテにも心停止と書く。

「松川先生が言ってましたけど、日本ではカルテは誰が見ても分かるようにと教わりますからね。でも独裁者で、誰にも意見を言わせなかった高井教授は、自分だけ異なるカルテの書き方をしていることに気づかなかったんでしょう」

だとしたら高井にとっては痛恨のはずだ。彼が誇りにしていた海外勤務経験が、カルテ偽造の証拠となったのだから。

「ペイシェントはさすがにいなかったけど、私が医局にいた頃は、ベテラン医師は普通にクランケと呼んでたけど」

「そうなんですか。私がいた病院ではペイシェントは普通に使いましたよ」

亜佐子もうがいをしてから言う。

「今はそうなの？」

「モンスターペイシェントにあれこれ言われたとか」

口を大きく開けて鏡で確認する。禁煙してから歯がきれいになった。

「なにそれ。モンスターペアレントの真似じゃない。確かにそう呼びたくなる患者はあたしの頃もいたけどさ」

きれいだと思ったが、隣でフロスしている津舟の白く輝く歯とは比較にならなかった。

津舟は仕事に育児と忙しい中でも、何カ月かに一度、しっかりクリーニングしているようだ。さっそく次の土曜日に歯医者の予約を入れよう。

「だけど本当にあんたはこれでいいの？　何度も言うけど、これじゃトカゲの尻尾切り同然じゃない？　あたしに『尻尾切りで終わらせるなんて言いましたっけ』って言ってたのに」

この五日間、一人だけ納得していないのが、津舟だった。

「そこはちゃんと考えていますって」

そう言ってから亜佐子は計画を説明した。

「本当にそんなことできるの？」

半信半疑だった津舟に、ひと通り説明してから、医務指導室に戻った。ちょうど会議が始まる寸前だった。

会議では冒頭、山口がこの一カ月間の医務指導室の仕事を称《たた》え、その後に清原が「今後も医療法に反する病院、今回のような悪事が発覚したケースではすみやかに警察に連絡して、協力していくように」と、いったいどの口が言うんだと呆れるほどの高説を垂れている。

そこで清原が横目で亜佐子が座る場所に首を動かした。

厳密に言うなら清原が目を向けたのは亜佐子ではなく、隣に座る津舟である。

清原は顔をしかめ、説明をやめた。

変化に気づいた山口が「津舟さん、局長の話の最中です。会議中にスマホはしまってください」と注意した。

本当は亜佐子がやるつもりだった役だ。歯磨き後に計画を説明している最中、「あんた『桃子さんにはもっと大事なところで活躍してもらいます』って約束したわよね。これこそあたしの出番じゃない」と言われ、津舟に任せることにした。

「あっ、失礼しました。ちょっと大変なニュースが出ていたもので、びっくりしてしまって」

津舟は慌ててスマホをテーブルの下にしまった。役者やのう……亜佐子は笑いそうになる。

「大変なニュースってなにが出てたんですか」

清原が口にした。

「はい、中央新聞のサイトに載っていたんですが、《病院と行政との闇》というタイトルで、今回、起訴された高井教授とうちの省との関係が書いてありました。局長の名前も出ています」

「なんだって」

清原が急いで自分のスマホを操作する。手が震えているのか、なかなか開けないようだ。

亜佐子もスマホを出して中央新聞のサイトを開いた。

そこには藤瀬祐里の署名で、津舟が言った通りの内容、高井敦也と厚生労働省で特定機能病院を管轄する医政局の局長、清原裕司が高校の剣道部の先輩、後輩の関係で、今も親密に交流、十月の術中死当日も清原と高井は群馬県内で会っていたと書いてあった。

——記事にしていいですよね。

そう言ったのは藤瀬の方だ。

——書くなと言ってもどうせ書くんでしょ?

——氷見さんだって、止める気もないくせに。これで大臣を直撃した件はチャラにしときますから。

書く気満々だった藤瀬は、東京フロンティア医大やその周辺を取材して回り、術中死当日に清原と高井が狩猟に出掛けていたことまで知っていた。

全体会議が行われる今日の午後一時に記事をアップしてとは頼んだが、中身まで指図していない。そこは記者の権限だ。

藤瀬は記事に宇佐美大臣の名前は出していなかった。宇佐美からの圧力は結局のところ入らなかったし、宇佐美には、この後、清原を医政局長の座から追い出してもらわねばならない。

あのこ、案外やるじゃない——亜佐子は最近、ワイドパンツを穿いて取材に来ては、颯爽《さっそう》と立ち去った藤瀬を思い出し、ほくそ笑んだ。

「氷見さん、これはどういうことだね」

約束が違うとばかりに、清原が訊き質してくる。

「さぁ、どうしてこんな記事が出たのか私にはさっぱり。この中央新聞の記者は熱心でパワフルなので、自力で摑んだんじゃないですか。私には分かりませ～ん」

亜佐子は両肩をすくめて、体をくねらせる。

「ここに書かれている局長のこと、事実なんですか」

津舟が隣から追い打ちをかける。

「違う、デタラメだ。私は彼とはなにも関係ない」

そう言い張るが、医務指導室の医系技官、事務官を含めた全員が冷めた目で清原を見ている。

「今日の会議は終わりだ。失礼する」

清原は立ち上がった。

「局長がそうおっしゃるので会議はここで」

山口もおどおどしながら会議の終了を告げた。

記事に出たとなれば、清原も知らぬ存ぜぬでは通せないだろう。

記者会見で藤瀬だけでなく他の記者からも追及を受ける。そうなれば宇佐美も内閣人事局を介して口を突っ込まざるをえなくなる。更迭は時間の問題だ。

そこで膝をトントンと叩かれた。

テーブルの下を覗くと、津舟の拳が見えた。

亜佐子もなに食わぬ顔をして、テーブルの下で津舟とグータッチした。

執筆にあたり、次の方々にご助言をいただきました。
藤原典子先生（湘南鎌倉総合病院　肝胆膵外科・膵がんセンター、外科部長）
菅野雅彦先生（宮前平すがのクリニック、順天堂大学非常勤講師）
山本光昭さん（元厚生労働省医系技官、現社会保険診療報酬支払基金本部理事）
籔原由紀子さん（徳島市民病院　看護師）
楠山吏奈さん（徳島市民病院　看護師）
油原聡子さん（産経新聞記者）

丁寧に教えていただき、大変参考になりました。深くお礼申し上げます。

解説

吉田伸子

ひどい、ひどすぎる！　物語が始まってすぐ、思わず前のめりになってしまう。その後、ふつふつと湧き上がってくるのは、医療の現場に対する不信感だ。

本書の冒頭で、六十五歳・男性の肝癌《かんがん》（ステージⅢ）手術が行われるのだが、過労による体調不良で執刀医の手元が狂ってしまう。一瞬のことではあったが、患者にとっては文字通りの命取りになり、「術中死」が起こってしまう。

厚生労働大臣・宇佐美《うさみ》の接待のため、群馬の山中でハンティングの最中だった執刀医の上司、東京フロンティア医大教授である高井敦也《たかいあつや》は、連絡をしてきた松川《まつかわ》准教授に、指示を出す。執刀医から患者の家族への説明は、術中に心筋梗塞が再発症したことにせよ、と。

え？　え？　それ、事実隠蔽じゃん!!　命を預かる医師が、そんなことしていいの？　しかも、高井（もう、呼び捨てだ、こんなやつ）は、自分の病院で術中死が起こったことを周りに気取られないように気を配りつつ、東京に戻るんですよ。そんなことに気を使ってないで、遺族のもとに駆けつけて、執刀医ともども土下座しろ！

もう、この冒頭の摑《つか》み、抜群じゃないですか。高井に対する嫌悪感&医療現場の闇感、マックス。そして、この冒頭を受けて登場するのが、本書のヒロイン、氷見亜佐子《ひみあさこ》である。富国《ふこく》大医学部附属病院の臨床医から厚生労働省の「医系技官」に転職。配属された医薬局に一年間勤務した後、医政局・医務指導室に移ってきたばかりだ。

亜佐子が転職したのは「医療現場を少しでも立て直したい」という思いからだった。とはいえ、医務指導室の仕事は「目に見えて成果が出にくい」。「あなたのような元医師が、医師を裁く仕事をされなくてもいいと思いますけど」と、内示が出る前に医務指導室の室長・山口《やまぐち》からやんわり釘《くぎ》を刺されてしまう。それでも亜佐子の意思は変わらなかった。「出にくいからこそ成果を出すのが仕事ではないでしょうか」「元臨床医だからこそ、法令に則《のっと》って管理、運営されていない病院や医師に、指導できます」

冒頭の摑み同様、この亜佐子のキャラも、ここで読者に鮮やかに印象付けられる。亜佐子、タフなキャラなのだ。おまけに猪突猛進《ちょとつもうしん》タイプ。そんな亜佐子からすれば、医務指導室はザ・お役所気質であり、そのぬるさにイラついてしまう。とはいえ、亜佐子は医師としてのキャリアはあるものの、医系技官としては新米も新米。仕事をしたいという意欲はあるものの、職場では空回り。そんな亜佐子に、先輩医療監視員であり、「専門官」の肩書きを持つ津舟桃子《つぶねももこ》は「イラチは損するよ」とアドバイスするのだが、そんな津舟にさえ、亜佐子は苛立《いらだ》つ。まぁ、亜佐子は亜佐子でオラオラだし、津舟は津舟で、亜佐子がオラっても、柳に風（省内にあるケンコー食堂での二人のやりとりが絶妙だ）なんですが。

物語は、高井が行った不正に切り込んでいく亜佐子を軸にして、医療の現場という〝密室〟を開示していく。そもそも高井が不正を犯すことになった根幹には、招聘《しょうへい》された東京フロンティア医大のランクアップを目指す高井の戦略がある。そのためのロビー活動をはじめ、「ありとあらゆる手を尽くした」結果、東京フロンティア医大附属病院は、創立十年余という浅い歴史でありながらも、「特定機能病院」の指定を勝ち取った。

東京フロンティア医大の教授になるまで、高井は努力に努力を重ねてきた。国立の名門には手が届かず、二流医大と揶揄《やゆ》される私立大出の高井は、ずっと学歴という負い目を背負ってきた。米国の医師免許を取得し、海外勤務で腕を磨き、学歴コンプレックスを乗り越えた。帰国後、いくつかの病院勤務を経て、現職に招聘されたのは、医師としての高い技術力に加え、「技術さえあればいいという考えを根本から変え、ひとえに霞《かすみ》が関《せき》、さらには永田町《ながたちょう》とのパイプ作りに努めた」からだ。

高井のキャラの背景がしっかりと描き込まれているため、読者に、高井に対する嫌悪感のみならず、日本の医療の構造そのものに対する疑問を抱かせるようになっている。証拠隠滅（カルテ改竄《かいざん》）を平気で行う高井が一番悪いんですが、でも、米国で勝ち得た医師としての技量「だけ」では勝負できない日本の医療界の問題等々を、読み物としてきっちりと描いているところがいい。じゃぁ、誰が悪いんだよ？　というのは、読者が各自で考えなければならないのだ。

　そんな高井（というか、日本の医療体制）に立ち向かうのが亜佐子なのだけど、この亜佐子をクセ強なキャラにしたのも、本書の読みどころ。本城さんのファンならば『ミッドナイト・ジャーナル』「二係捜査」シリーズでお馴染《なじ》みの中央新聞・社会部記者・藤瀬祐里《ふじせゆり》と亜佐子を絡ませるあたりも心憎い。しかも、その祐里に向かって「ねえ、藤瀬さん、最近太ったんじゃない？」と亜佐子に言わせているのだ。「俗に人は外見より中身が大事とは言うけど、知り合ったばかりの人間には中身なんて見えないんだから。せめて見かけだけでも綺麗《きれい》にする。それもまた努力よ」蓋《けだ》し名言すぎて、祐里ならず、読んでいるこちらまで、むぐぐぅぅぅ〜、となってしまう。この亜佐子の一言で、祐里が発奮して身だしなみに気を使うよう変化する、というのも、ちょっと良くないですか？

　高井の不正を暴こうとする亜佐子に立ちはだかる壁は高いのだが、そこは亜佐子が師匠と仰ぐ医師、錦織利恵《にしきおりりえ》いわく「頭がいいのに猪突猛進」な亜佐子のこと。高井が政治的に行動するのなら、とばかりに、高井の命綱ともいうべき厚生労働大臣・宇佐美に、祐里の助けを借りて遠回しに高井の病院の不正を伝えるのだ。

亜佐子が追い詰めるのは、高井だけではない。そもそも、高井と宇佐美のラインを作った、高井の高校の先輩であり、亜佐子が所属する厚生労働省医政局の局長である清原《きよはら》も、亜佐子のターゲットだ。この清原がまた、ザ・官僚というか、嫌ったらしいキャラなんですよ。その清原に対抗するためのキーマンとなるのが、祐里同様、本城さんファンにはお馴染み、『終わりの歌が聴こえる』に登場する警視庁捜査一課・業務過失班担当の警部補、伴奏《ばんかなで》。ファンサービス満点！

本書は高井や清原といった、日本の医療界の暗部だけを描いているのではない。高井によってカルテの改竄を余儀なくされ、良心の呵責《かしゃく》から東京フロンティア医大病院を去ることになった二人の医師が、亜佐子の熱に心を動かされ、高井に立ち向かう姿も描かれている。そこにあるのは、（現状はまだ）ダメダメかもしれないけれど、希望もあるのだ、あって欲しいという作者の願いなのだと思う。その希望の灯は、亜佐子のようなタフ（で型破り）なキャラあってこそ、これからも灯《とも》り続けていくものなのだ、とも。

本書を読みながら、ずっとタイトルが気になっていた。「ペイシェントの刻印」とは、何なのか、と。それは、私だけではないだろう。心にひっかかっていたそのことは、物語のラスト、見事に回収される。興を削《そ》いではいけないのでここでは書きませんが、もうね、唸《うな》りますよ。鮮やかすぎる！

本城さんといえば、野球小説、警察小説、競馬や新聞記者をテーマに描いた作品、というイメージを持たれている読者も多いと思う。本書はジャンル的には医療ミステリーとなると思うのだが、前述した藤瀬祐里や伴奏も登場するハイブリッド。読後、本城作品の〝手札〟が増えた感じがするのもまた良し。これから亜佐子が「医系技官」としてどのように成長していくのか、そして、どんな「医療の闇」を暴いていくのか、ここはぜひシリーズ化を期待したいところ。

そして、シリーズ化の暁には、テレビドラマ化もされて欲しい。個人的な妄想キャストは、氷見亜佐子役に田中《たなか》みな実《み》、津舟桃子役に明日海《あすみ》りお、錦織利恵役に木村多江《きむらたえ》。このキャスティング、個人的にはめちゃハマるんですが、さて、どうでしょう？

（よしだ・のぶこ　書評家）

本書は、集英社文庫のために書き下ろされた作品です。

集英社文庫　目録（日本文学）

堀田善衞　若き日の詩人たちの肖像（上・下）
堀田善衞　めぐりあいし人びと
堀田善衞　ミシェル城館の人　第一部　争乱の時代
堀田善衞　ミシェル城館の人　第二部　自然 理性 運命
堀田善衞　ミシェル城館の人　第三部　精神の祝祭
堀田善衞　ラ・ロシュフーコー公爵傳説
堀田善衞　上海にて
堀田善衞　ゴヤ　Ⅰ　スペイン・光と影
堀田善衞　ゴヤ　Ⅱ　マドリード・砂漠と緑
堀田善衞　ゴヤ　Ⅲ　巨人の影に
堀田善衞　ゴヤ　Ⅳ　運命・黒い絵
穂村弘　本当はちがうんだ日記
堀辰雄　風立ちぬ
堀江貴文　徹底抗戦
堀江敏幸　なずな
本城雅人　医療Gメン氷見亜佐子　ペイシェントの刻印

本上まなみ　めがね日和
本多孝好　MOMENT
本多孝好　正義のミカタ　I'm a loser
本多孝好　WILL
本多孝好　MEMORY
本多孝好　ストレイヤーズ・クロニクル　ACT-1
本多孝好　ストレイヤーズ・クロニクル　ACT-2
本多孝好　ストレイヤーズ・クロニクル　ACT-3
本多孝好　Good old boys
本多孝好　アフター・サイレンス
誉田哲也　あなたが愛した記憶
誉田哲也　フェイクフィクション
本多有香　犬と、走る
本間洋平　家族ゲーム
前川奈緒 深谷かほる・原作　ハガネの女
槇村さとる　イマジン・ノート

槇村さとる キム・ミョンガン　あなた、今、幸せ？
槇村さとる　ふたり歩きの設計図
万城目学　ザ・万遊記
万城目学　偉大なる、しゅららぼん
増島拓哉　闇夜の底で踊れ
増島拓哉　トラッシュ
益田ミリ　言えないコトバ
益田ミリ　夜空の下で
益田ミリ　泣き虫チエ子さん　愛情編
益田ミリ　泣き虫チエ子さん　旅情編
益田ミリ　かわいい見聞録
枡野浩一　ショートソング
枡野浩一　石川くん
枡野浩一　淋しいのはお前だけじゃな
枡野浩一　僕は運動おんち
増山実　波の上のキネマ

集英社文庫

医療《いりょう》Gメン《ジー》氷見亜佐子《ひみあさこ》　ペイシェントの刻印《こくいん》

2025年 2 月25日　第 1 刷　　定価はカバーに表示してあります。
2025年 6 月 7 日　第 3 刷

著　者　本城雅人《ほんじょうまさと》

発行者　樋口尚也

発行所　株式会社 集英社
東京都千代田区一ツ橋2-5-10　〒101-8050
電話　【編集部】03-3230-6095
【読者係】03-3230-6080
【販売部】03-3230-6393（書店専用）

印　刷　株式会社DNP出版プロダクツ

製　本　株式会社DNP出版プロダクツ

フォーマットデザイン　アリヤマデザインストア　　マークデザイン　居山浩二

ISBN978-4-08-744743-9 C0193